在爱和战争中
"二战"护士英雄与浴火重生的容颜

IN LOVE AND WAR NURSING HEROES

Liz Byrski [澳] 莉兹·博斯基 著

刘田 译

上海社会科学院出版社

图书在版编目(CIP)数据

在爱和战争中:"二战"护士英雄与浴火重生的容颜/(澳)莉兹·博斯基著;刘田译.—上海:上海社会科学院出版社,2019
 书名原文:In Love and War : nursing heroes
 ISBN 978-7-5520-2965-9

Ⅰ.①在… Ⅱ.①莉…②刘… Ⅲ.①长篇小说—澳大利亚—现代 Ⅳ.①I611.45

中国版本图书馆 CIP 数据核字(2019)第 259187 号

First published in Australia
by Fremantle Press in 2015
Translated by permission. All rights reserved.

上海市版权局著作权合同登记号 图字:09-2016-498

在爱和战争中:"二战"护士英雄与浴火重生的容颜

著　　者:[澳]莉兹·博斯基(Liz Byrski)
译　　者:刘　田
责任编辑:包纯睿　刘欢欣
封面设计:夏艺堂艺术设计+夏商　xytang@vip.sina.com
出版发行:上海社会科学院出版社
　　　　　上海顺昌路 622 号　邮编 200025
　　　　　电话总机 021-63315947　销售热线 021-53063735
　　　　　http://www.sassp.cn　E-mail:sassp@sassp.cn
照　　排:南京前锦排版服务有限公司
印　　刷:上海盛通时代印刷有限公司
开　　本:889 毫米×1194 毫米　1/32
印　　张:9.625
插　　页:2
字　　数:163 千字
版　　次:2020 年 4 月第 1 版　2020 年 4 月第 1 次印刷

ISBN 978-7-5520-2965-9/I·365　　定价:58.00 元

版权所有　翻印必究

中文版序

到2007年,我已经在西澳大利亚的珀斯市生活了数十载。就是在这一年,我回到了阔别已久的故乡——英格兰南部的东格林斯特德小镇。我和父母从第二次世界大战[1]结束就在那儿生活,一直到1972年。在这之前,我们曾在伦敦东区短暂地住过一阵子,那里在"二战"期间曾遭到严重的空袭。在我们街区,有很多住宅、商铺甚至整条街道都被炮火夷为废墟。尽管人们期待着战后重建,但我家那一片却一直没有任何重建的迹象。于是,搬到东萨塞克斯郡的乡下以后,当我们有了这个风景如画的新家,一切就像是梦想成真了一样。我的新家在东格林斯特德镇几英里[2]以外。这座小镇人口虽少但十分和睦。我喜欢跟着母亲。我们会搭公共汽车去逛集市,也常一起去镇上的图书馆借书。但在我孩童时的记忆里,这里却有一点让我胆战心惊——在这里,有许许多多的空军伤员出没,有的是战斗机飞行员,也有一些是轰炸机机组成员,他们在当地的一家医院里接受治疗。

---

[1] 本书的"第二次世界大战"简称为"二战"。——译者注
[2] 1英里合1.61千米。——译者注

这些人在战场上遭遇了可怕的面部烧伤,导致严重毁容。他们之所以被送到东格林斯特德医院,是因为这里有一位致力于整形手术并且在这方面有着开创性建树的外科医生——阿奇博尔德·麦克因多尔。凭着坚定的毅力与不懈的努力,麦克因多尔研究出一套方法,能够帮助毁容者重建面部。他不仅要为伤者进行皮肤移植,还要进行血肉的移植。繁复的手术流程意味着麦克因多尔必须夜以继日地工作。另外,伤者出院以后还会频繁地回到医院,进行后续治疗。尽管许多伤员的面部、手部或四肢遭到严重烧伤,行动方面却并无大碍。于是在住院期间,医生允许这些人走出医院。他们可以逛街、喝酒、看电影,还可以和当地人一起射飞镖、打板球。

麦克因多尔的康复计划需要小镇居民的全力配合。为了把整个小镇打造成一个康复社区,他不遗余力地走访当地民众,教育他们要学会接受伤员,把他们看成社区的一分子。同时他告诉当地居民,他们的努力具有重要的意义。他鼓励居民们不要害怕这些受伤的飞行员,不要嘲笑他们,不要盯着他们看,但也不要回避目光——应该大胆地正视他们的模样,欢迎这些"二战"英雄的到来。在那个年代,对毁容者的歧视是普遍现象,人们往往认为毁容的人精神也不正常。因此,在东格林斯特德,居民们对伤员的接受与肯定对他们的康复起到了至关重要的作用。伤员们自发组织起一个团体,叫作"小白鼠俱乐部",因为他们就像是麦克因多尔手术刀下的一只只"小白鼠"。这个戏称被保留了下来,今天在东格林斯特德,人们依然这样称呼他们。

当然,一个5岁的小孩子很难理解这些。"小白鼠"在镇上出没、游荡,这让我感到深深的恐惧,尽管他们并没有任何恶意。他们会冲着我笑,递糖果给我吃,或者友善地和我聊天。但无论何时何地,只要一见到他们,我就吓得不敢动弹。随着年岁的增长,我逐渐懂得他们的容貌为何如此。于是,一忆起孩童时自己是怎样回避他们的,我就感到深深的内疚和不安。即便这样,在随后的漫长岁月里,他们可怕的面庞总是萦绕在我的梦魇中,直到我又回到这个老地方。

令人意外的是,虽然阿奇博尔德·麦克因多尔爵士已经在整形外科,尤其是面部重建领域建立了赫赫功勋,他的大名也频频出现在医学文献中,他发明的治疗方法和手术仪器直到今天依然在世界各地广泛使用,然而,"小白鼠"和这座小镇的传奇故事却鲜有人知。2007年,我已经63岁了,也出版了几本小说和散文作品。这一年,我决定回到东格林斯特德,去寻访那些还健在的"小白鼠"和他们的妻子,讲述他们的故事。另外,在收集资料的过程中,我了解到当时医院的许多情况,包括护士在整个治疗过程中所扮演的特殊角色。于是我也想讲述她们的故事。

寻访过去的人和事,触摸岁月的痕迹,这是感性的一程,这一点我是有所准备的。但我没料到,这次久别重逢竟生出这些情感的枝蔓。我得以再一次面对长大成人的地方,重新去理解这里的许多事情。从今天的视角去看,昔日的英格兰也有了别样的色彩。当然我也更好地认识了自己,这包括当年的那个孩子,那个年轻人,以及现在已年逾七旬的自己。这本书讲的就是一个回到过去的故事。一路上,我拜访了很多了不起的人物,他们勇敢且慷慨地和我分享自己的故事,这种分享本身就很鼓舞人。当然,这本书讲述的也是我自己的故事。

我感谢所有帮助我、支持我完成这段旅程的人。我很感激他们能向我口述历史,为这本书贡献出自己的记忆和想法。在本书后面的致谢部分,我对他们分别表示了感谢。自本书于2012年在英国初版以来,我一直收到许许多多的来信和无以计数的邮件,有从英国和澳大利亚来的,也有来自新西兰、美国和加拿大,以及来自中国、日本、法国和德国的关注。在这里,我对关注这段历史、关注此书的所有人表示感谢。

我还要感谢复旦大学的同事——谈峥教授和包慧怡博士。在他们的热情推荐下,上海社会科学院出版社的唐云松先生也关注了此书,并且愿意将它的中文版带给中国的读者,对此我表示深深的感谢。也感谢刘田细致且周到的翻译。

能够以这种方式纪念那段历史是我莫大的荣幸:这包括"二战"英雄的勇气和坚忍、护士的奉献经历、东格林斯特德居民在战后的付出,以及已故的阿奇博尔德·麦克因多尔爵士对医疗事业的开拓和贡献。我也非常荣幸能向中国的读者讲述他们的故事。

莉兹·博斯基
西澳大利亚,珀斯
2018年1月

目录

中文版序 1

回忆 1
开始 13
备战 27
烧伤问题 38
面对面 44
在酒吧里 53
"小白鼠"和他们的俱乐部 63
恐惧与沉默 75
三号病房的生活 88
文化危机 102
心有灵犀 113
为战争做好分内的事 127
驻足深思 146
无理要求 160
东格林斯特德的老大 171
局外人 186

摘掉面具	198
情感劳动和战时工作	215
回归工作	232
不会盯着你看的小镇	249
再见	262
连点成线	274
解决之道	283
参考文献	286
致谢	292
译后记	298

回　忆

东格林斯特德，萨塞克斯

那是1950年。那一年，6岁的我在祈祷着和平，因为沃尔博特修女告诉全班同学，尽管战争在几年前就已经结束，但我们还要继续虔诚地祈祷，这样就不会有下一场战争。那时的我对"二战"还一无所知。如果有人提起那场战争，父母便会向我投来焦虑的目光，摇摇头然后转移话题。但是我知道，我的祷告并没有奏效，因为我看到了从战场上回来的人，还有他们可怕的面孔。他们在小镇的车站登上巴士，在医院下车。我敢肯定，他们在布莱克威尔谷地那儿一定有一个秘密基地。铺满苔藓的陡峭石壁将那里与外界隔开，茂密的枝叶悬在上空，将其永久地遮蔽在一片潮湿且神秘的黑暗之中。当某天，妈妈带着我等候巴士的时候，那些人会从背后的石墙里跳出来抓住我们。我皱起眉头，祈求上帝不要有下一场战争。最重要的是，我求他把他们带走，或者以一种万不得已的做法，我希望沃尔博特修女和爸爸能够向警察举报他们。我每天都这样祈求上帝，但他却对我置之不理。某些日子里，当我对自己无声的祷告失去信心、感到绝望的时候，我会走到屋后的那片空地，大声地向上帝呼喊，祈求他能听到我的声音。

每周三的课后时间，母亲会送我去上珀金斯小姐的舞蹈课。我们穿着缎面的束腰练功服，做着屈膝和阿拉贝斯克舞姿；珀金斯小姐的一头乌发打着卷儿，嫣红的唇膏将上唇完美勾勒，活像爱神丘比特的那张小弓，她用手杖轻轻地敲打着节拍。她穿着一双红色高跟鞋，脚踝上的鞋带还缀着红色的缎面蝴蝶结。我看过电影《红舞鞋》，见过莫伊拉·希勒在火车道上舞蹈至死，于是担心同样可怕的命运也会降临在珀金斯小姐的身上。好在妈妈告诉我，由于骨质疏松，她已经放弃舞蹈家的事业了。舞蹈课结束以后，妈妈会带我去克拉伦登咖啡馆，在那里喝下午茶、吃巧克力手指泡芙。顾客们都轻声细语的。女招待穿着褪色的黑裙子，围着上过浆的白围裙，头上还戴着一顶小小的白帽子，它们硬铮铮的，倒像是一些小小的王冠。我们的座位靠着菱形格子窗。空气中混杂着茶叶、科蒂牌香粉和4711号古龙水的味道。我喜欢克拉伦登咖啡馆里那种老式的氛围：人们都在低声絮语，帽子上的羽毛和假花在顾客头上微微晃动，在他们的悄声交谈中有一种互换心事的真诚。

"你今天跳得很不错,"妈妈说,"尤其是手臂的动作。上星期僵硬得像个风车,但今天表现得非常优雅。"

我的母亲曾经是一名舞蹈老师,所以她对我的舞蹈表现要求很高。对我来说,这个下午简直是天堂般的享受:吃着巧克力手指泡芙,听着妈妈的表扬。这是我每周最开心的时刻——直到搭车回家的时候。

车站旁边,那些人骑坐在围墙上,他们的皮肤是一种发乌的紫红色,嘴唇像球一样挂在脸上,没有耳朵,鼻子不成形状,有手却没有指头。他们就在那儿,喘息着,像一场无声的示威;他们藏在我卧室门外的楼梯上,躲在我的床底下,潜入我的梦里。他们是战场上的英雄。我当时对"英雄"两个字还很懵懂,但我知道,他们把战争带到了东格林斯特德小镇上。看到他们大摇大摆地走在街上,搭乘巴士,甚至在车站和妈妈搭讪,我是如此的害怕和震惊。

"不,傻孩子!"我的母亲笑着回应我。她听见我说,希望爸爸能喊警察来抓他们。"那些人是从战场上回来的英雄啊,而且战争已经结束了。"

我不信。那些人会礼让我们,让我们先上车。他们的嗓门很大,而且经常会放声大笑。有一个穿着一件皮质的飞行服，上面有一圈毛毛领；有一个穿着奶油色的棱纹板球毛衣；还有一个肩上搭着一件闪着银光的蓝色皇家空军大氅。

"不要盯着别人看。"妈妈小声说，那些人正要在医院这一站下车，"这样很没礼貌。你也不希望别人盯着你看，对吗？"

我不确定自己是否会介意被别人盯着看，但是我既不想看见他们，又忍不住想看。他们的脸令我感到害怕，然而我的目光却像磁石上的钉子一样被吸引了过去。他们中有一个人没有鼻子，那里只有一个奇形怪状的突起；还有一个人拿着一根白色手杖，他一只眼睛的地方是一个空空的洞。他们下了车，自由散漫地走向医院门前的空地，其中一个转过头来，咧开红脸上那条扭曲的裂缝，他在试着微笑；这笑容时常萦绕在我的梦里。他抬起那只缠满绷带的手，向我挥了挥。我紧闭双眼，无声地向上帝呼救，祈求他别让这些英雄再靠近我。但上帝终究没有听见我的声音，当时没有，之后也没有，因为很多年间那些人和他们可怕的面孔一直都出现在小镇上。正当我掉以轻心的时候，突然会发现一个就站在我旁边，瞥见几个站在玫瑰皇冠酒店的台阶上，或者看到几个正在和圣百利超市里切培根的店员闲聊。

东格林斯特德,萨塞克斯

这是2007年的5月下旬。这一年我63岁。当年的克拉伦登咖啡馆早已被改建为写字楼,于是我坐在镇上一家书店的咖啡区向窗外望去。我能看到商业主街、"二战"纪念碑、当年舞蹈课后我们乘坐的434路巴士,还有那些面目可怖的人经常出没的围墙——他们会坐在上面伺机绑架我和妈妈。当然那只是我的想象,而真实的情况是他们也在等候巴士,以便回到维多利亚女王医院。他们在那里接受长期的烧伤治疗。今天,"二战"英雄的踪影早已不见,但他们的影响仍在。尽管我小时候曾深深地惧怕他们,但英国皇家空军和轰炸机机组的战士们已经和这座小镇建立起了长久而深厚的情谊。在战场上,他们的脸被炸得面目全非,双手没了指头、失去功能,自尊心也支离破碎、危在旦夕。就是在这里,皇家空军的伤员们得到了医学整形外科先驱——阿奇博尔德·麦克因多尔爵士的治疗。他们是麦克因多尔的"小白鼠"。这些伤员还成立了全世界入会条件最为苛刻的俱乐部。要成为"小白鼠俱乐部"的一员,必须在空军战场上被"砸过、烧过或者煮过"。因为相似的遭遇,这些空军伤员来到我的故乡,在这里接受康复治疗。

到"二战"结束时为止,俱乐部里一共有649名成员。每年,大部分成员都会回到这里,参加他们一年一度的聚会。今天,由于年龄、身体以及距离上的障碍,俱乐部的规模在逐渐缩小。在世的 97 名成员如今分散在世界各地:9 名在澳大利亚,其他成员有的在加拿大、新西兰,还有的在欧洲的几个国家。在英国居住的 57 名成员中,有一些住在东格林斯特德镇上或附近,但一些住得更远的成员却因为健康原因很难再回到这里。今年,也就是 2007 年的 10 月,仍然在世的少部分成员会相聚在这里,庆祝他们的第 65 个也是最后一次聚会。俱乐部在战时及战后的日子里一直支撑着他们的生活。今后,俱乐部也将继续为在世的成员和记录在册的 56 名"小白鼠"遗孀提供帮助和支持。

这家书店的名字就叫作"书店"("The Bookshop"),它位于一幢年代久远的木架构都铎式建筑内,旁边的房子也是类似的风格,它们都坐落在小镇的商业主街上。我看着窗外的街景,感叹这个萨塞克斯郡的小镇看上去竟如此寻常。东格林斯特德颇有一些历史气息:一幢詹姆士一世时期风格的救济院、一座 16 世纪的砂岩教堂、一座可以追溯到工艺美术运动时期的建筑——现由国民托管组织掌管,还有临近的亚士顿森林,那里是维尼熊和克里斯朵夫·罗宾的诞生地。1913 年 7 月 23 日的晚上,夜幕刚刚降临,十名东格林斯特德妇女选举权协会的成员举着条幅走上街头。六个星期前在德比市,妇女选举权活动家艾米丽·威尔丁·戴维森葬身于乔治五世国王的马车之下。争取权利的妇女队伍刚刚走上主街,就遭遇了反女权者的袭击。1 500多名狂暴的反女权者将熟透的番茄、鸡蛋和草皮狠狠地砸向女权运动者们。[1]

在我童年的记忆中,这家书店的位置原本是一家文具店。文具店的窗子下面有三座坟墓,埋葬着三位16世纪的新教殉道者,他们的墓碑就立在人行道上。后来文具店变成了银行。几年前银行搬走,这里成了一家咖啡馆。为了将人行道开发成咖啡馆的户外区域,这块墓地被转移到了教堂院落。看来,即便是殉道者也要屈从于商业利益。

东格林斯特德的宗教背景也颇为有趣。除了英国国教、天主教、主业会以外,镇上还有包括蔷薇十字会、摩门教等其他宗派的存在。1994年,英国第四电视台在一档名为《见证》的节目中用一整集报道了这个可以称作英格兰"宗教首府"的小镇。节目对上述的几个教派都有所涵盖,还包括了异教联盟、占卜杖探水源者,甚至文不对题地对小白鼠俱乐部也有所描述。

圣山庄园是一座宏伟壮丽的宅邸,普遍认为它是萨塞克斯地区首屈一指的18世纪砂岩建筑。它历来的拥有者也都不是等闲之辈,其中最为众人所熟知的要数科学论派的创立者,已故的拉·罗·哈巴德先生。

他于1959年从斋普尔王公手里买下了这座庄园。今天,这座庄园已经成为基督教科学组织派总部的所在地。然而,在一段重要的历史时期,租住它的主人伊莲和纳威·布兰德作为阿奇博尔德·麦克因多尔的朋友,曾敞开庄园的大门为他的病人提供康复治疗的场所。

但东格林斯特德的主要成就还在于它与"二战"英雄的关系。在这里,空军伤员的烧伤严重程度超乎人们的想象。在这儿的医院里,他们接受了医疗新技术的彻底改造。从战争爆发到战后的十余年间,他们陆陆续续地回到这里完成少则三次、多则五十次以上的整形手术。维多利亚女王医院的前身是东格林斯特德乡村诊疗所,始建于1863年。在这里,现代整形手术得到了开创和发展。今天的维多利亚女王医院在皮肤创伤修复、重建外科和头颈外科等领域皆占据全国领先地位。除此之外,作为独立机构的布兰德—麦克因多尔研究基金会也在创伤修复领域与医院进行了长达半个世纪的合作。阿奇博尔德·麦克因多尔并不满足于仅仅完成患者身体的修复与重建。他决意要帮助那些年轻的伤员重拾信心,让他们看到,人们是可以忽略他们身体的伤残,并且真正地认识他们、理解他们的。他以一种非凡的魄力在小镇进行了一场实验性的康复运动,让全镇的居民都贡献出力量,帮助伤员恢复身心健康。他呼吁当地居民直面患者的身体状况,不要盯着他们毁容的身体看,也不要回避目光——要直视他们的眼睛,邀请他们去家里做客,和他们在酒吧里社交。他把东格林斯特德变成了"小白鼠们"安全的港湾,他的努力让他们重新找到了活下去的意义。

我坐在这里呷着咖啡。以前,我的母亲会来这儿购买巴斯尔登·邦德牌信纸以及我上学要用的练习册。我想要回到过去,从中找寻着手的方向。我想要拨开那些英雄主义、禁欲主义的面纱,绕过引人注目的整形手术,去挖掘被"二战"英雄的神话所掩藏的东西。我想知道,对于英姿飒爽的飞行员来说,转眼间变得面目全非、仅剩残肢、孤立无援,成了即将被社会抛弃的怪物到底意味着什么;我还想知道,这一切对于今天已迈入耄耋之年的他们来说又意味着什么。我想更多地了解麦克因多尔这个人:在他高超的医术之外藏着怎样的动机,以及他是怎样做到举全镇之力来重建这些即将倾颓的生命的。我还想了解更多关于那些护士的细节,她们一定有一些不为外人所知的故事。我相信,很多护士都是怀着饱满的激情参与到整形手术这类新的医学工作中去的。她们中的一些有丈夫或爱人在前线打仗,有的可能还很年轻,二十岁上下就被招来为紧张的战时工作效力。尽管被招募时还缺乏经验,她们满怀热情地进入这个开拓性的医学环境当中。在这里，职业操守和社会规范可能会被颠覆。然而女性的故事常会遭遇历史的冲刷，以突显、纪念那些英雄。被遗忘在角落里的这些女性的历史令我着迷。作为小说家，年迈女性的那些被尘封的往事也曾是我创作的主题。现在我想要知道的是在麦克因多尔的诊疗前线，护理这些伤员的经历对于这些女性来说到底意味着什么。许多年以来，"小白鼠们"一直以一种特定的方式口述历史，纪念那段集体记忆，使它具体、可感。但是那些未曾启齿的故事呢——那些多半已被遗忘的记忆，那些或许不合时宜的段落呢？

从我的幼年时期起，这个地方、这些人和他们的面孔就在我的脑海里阴魂不散。直到今天，他们仍然时常出现在我的梦魇中。在梦里，墙壁和屋顶都摇摇欲坠，要把我压在砾石之下不得喘息，坏事将要降临。几十年以来，即使我很清楚"小白鼠们"是"二战"英雄，并不是坏人，这仍无法驱散萦绕在我潜意识里的恐惧感，以及那些让人汗毛直立的惊悚画面。

一个夏日的夜晚，时钟早已敲过小孩子应该睡觉的钟点，我听见父亲在外面说话，便悄悄地爬到敞开的卧室窗户前。借着余晖，我能看到两个身着深色西装的身影穿过花园。于是我抓紧我的小熊，踮着脚尖走到楼梯口，从那里我可以向下一路看到大门。如果父亲进来看到我，他一定会上前给我一个晚安吻的。我屏住气,等待着钥匙转动的响声。父亲先进来,后面跟着一位客人,客人抬起头,看见了我。

"你一定是伊丽莎白。"他说道。他的脸是一团可怕的东西,布满了紫红色的伤疤,抻平了的皮肤泛着光,他的嘴唇又肥又大;他的眼睛一只高一只低,好像要去往不同的方向;他的额头布满了伤痕,但是没有眉毛。"你爸爸正和我说起你,"他一只手搭在栏杆上,手光秃秃的没有指头,一只脚立在底层台阶上,"你要下来吗?"

我向上帝祈祷过,求上帝别让那些人靠近,但是上帝没有听见。我难以承受这一切,又受了惊吓,于是向前跌倒过去。

醒来的时候我发现自己躺在医院的急诊室里,父亲和母亲焦急的目光落在我的脸上。

"你晕倒了,小傻瓜,"妈妈说,"你径直摔下楼梯了,头磕在门上,划了一个大口子。"

那块伤疤还在,尽管它现在已经很小了,却仍然提醒着我对于毁容的过度反应可能会给那个人带来怎样的打击。如果有一种比凝视毁容的脸更深重的罪,那一定是凝视过后晕倒在地。我还能找到那个人吗?我能否在照片里找到他的脸,和他谈谈,告诉他我时常想起他并对自己感到羞愧呢?

我伸长脖子向战争纪念碑的方向眺望。我看到母亲很多年前的样子：39岁，高挑的身材，穿着一件方肩的蓝色西装配一条窄裙，一顶俏皮的小帽用一根亮闪闪的发卡斜别在头上。她手上拉着的小孩怯生生的，像只小老鼠，齐刷刷的头发用发卡拢住，头戴一条红白格子的丝带。她紧紧握住母亲的手，一点点把自己藏在母亲身后，因为那些有着可怕的脸的人们正散漫地走向巴士车站。其中一个停下来向她鞠了一躬，说话间伸出一只残手。但那个小孩向后退，把脸藏进母亲的裙褶里。

开　始

　　从我抵达英国算起，连着三周，雨一直淅淅沥沥地下个不停。约克郡与英格兰中部的部分地区都遭了水灾；在格洛斯特郡和赫里福郡，房主和店主们已经放弃了最后一丝希望，不再储备物资，转而做最坏的打算了。今天是温布尔登网球公开赛的第一天，许多赛事都被取消了；但现在毕竟是夏天，尽管大家都因为坏天气而恼火，大多数人还是相信很快就会放晴的。他们显然没有认真听长期天气预报。

　　这是我自1981年以来第三次回到英国。前几次总是匆匆忙忙，马不停蹄地拜亲访友、探访故居，几周的时间往往一晃而过。但这次与以往不同，我有足够的时间进行自我调整，慢慢地挖掘材料，还可以追忆脑海里儿时故乡的面貌，任由怀旧情愫滋长。我来找寻往昔，却并不单单为着一个明确的目的而来。我想寻找的不仅仅是"小白鼠"和护士，还有战后的英国和人们当时的生活状态。战争刚结束时英国还因大伤元气而停滞不前，20世纪50年代起开始缓慢恢复，到60年代早期已经迎来了希望与活力。只是记忆中的那个年代和那时的英格兰总是与"小白鼠"的身影有些瓜葛。我在搜寻他们的故事,同时还想找到记忆当中那个最本质的英格兰。

鲍勃·马钱特一直站在维多利亚女王医院大门口的钟表下面等我。我们之前从没见过,但当我停好车,打着伞走过去时,我一下子就认出了他:一个矮矮胖胖的男人,一头漂亮的银发,穿一件亮色的雨衣。七十多岁的他显然因为太年轻而不可能是"小白鼠"中的一员,但在20世纪50年代和60年代早期,他曾是麦克因多尔手术室里的一名技术员,那时候很多战时的伤员还会定期回到这里接受治疗。现在他是小白鼠俱乐部的名誉秘书长,同时也是小白鼠博物馆的薪火传承人和馆长。博物馆的建立和运营完全是靠着他一个人自愿的付出才得以实现的。

"那我们先从纪念馆开始吧。"鲍勃说,结束了我们短暂的寒暄。我跟着他走过一条长长的走廊,来到接待处,那儿有一面墙,上面刻着一串名字,为了纪念小白鼠俱乐部的成员。"他们都在这儿了,"他说,"英国人、加拿大人、澳大利亚人、捷克人、比利时人、波兰人,都在这儿。"我们在静默中站立了片刻。其中有一些人们熟悉的名字:理查德·希拉瑞,喷火式战斗机飞行员,也是"二战"最著名的回忆录之一《最后的敌人》的作者;吉米·莱特,双目失明的他在战后成功创建了一家电影公司;比尔·辛普森,《我们只有一名飞行员生还》和《康复之旅》的作者;还有比尔·福克斯礼,他是在"二战"生还的伤员中烧伤程度最为严重的一个,尽管这项"殊荣"并不值得人们羡慕。其他人有的出版过回忆录,记录了关于英国皇家空军和不列颠大空战的点滴回忆,有的还上过电视纪录片。他们的一些故事流传了下来,但还有一些在缄默中,沉寂在历史的尘埃深处。

"我们边喝茶边聊?"鲍勃说,于是我们动身,穿过停车场和淅沥小雨,来到医院的咖啡厅。这座建筑在当年是医院的三号病房。"烧伤科,"他说,"一切都是从这里开始的。"

1863年,在一幢叫作"绿篱"的老宅里,东格林斯特德乡村诊疗所开始了它的革命生涯。它先后两次因规模扩大搬迁,直到1936年才搬到了眼前这栋专门为它修建的楼房里。几年后,诊疗所更名为维多利亚女王医院。我们在一幢半圆形的两层红砖建筑前面停了停。拱形的大门上方立着一根石柱,石柱上有一根旗杆,上面缠绕着阿斯克勒庇俄斯之蛇,象征着希腊医术之神。这座大楼外形很漂亮,带有那个时代的特色。与高高耸立、棱角分明的当代建筑不同,它的形制和规模更有亲和力,使人舒心。"当时有两间12床位的病房,男女各一间,一间6床位的儿童病房,几间私人病房和办公室,还有一个手术室,"鲍勃说,"刚开始空间还绰绰有余,战争爆发以后就显得很局促了。"

我们继续往前,小心翼翼地走过布满积水坑的道路,直到鲍勃抓住我的胳膊让我停下来。他看了看四周,确定之后才告诉我,现在我的一只脚踏在东半球,而另一只脚踩在西半球,我横跨了格林威治本初子午线——原来它正巧从停车场上穿过。这么多年来我竟从来也不知道小镇刚好被本初子午线一分为二。重归故里的我恍如隔世,在挥之不去的迟钝感里,这件事竟然也奇怪地意味深长了起来。

自从建院之初,医院陆陆续续地经历了许多扩建和改造,其中一些是在"二战"前夕和战争早期完成的。因为预感到战争的爆发,卫生部征用了医院毗邻的土地,搭建了3个军用木屋以安放新增的120张病床。儿童病房被改造成第二手术室。有一条石板路连通着各个病房,路的顶部勉强有所遮挡,而两边却露在外面。

"要知道,每次手术前病人都要坐着轮椅从这条路被推进手术室,手术以后再原路推回病房,风雨无阻,"鲍勃说,当时我们正站在那儿,大风不住地刮着,把雨水从四面卷进过道,"环境不是很理想。"

三号病房是一个创造过医学历史、改变了许多人的生活的地方。然而今天对于参观者而言,这儿却有一股骇人的冲击力。打眼看上去它并没有变样——还是一个军用木屋的样子。走进去,会看到一块纪念牌匾。一小株女贞树篱经过园艺师的修剪,依稀可辨是一只长着翅膀的小白鼠的造型——这是俱乐部的标志。尽管乍一看它更像一只小兔子。这只谦卑的小动物以它动人的姿态象征着那些曾在这儿接受治疗的战士们,以纪念他们非凡的勇气、忍耐和意志。走进三号病房,我发现这儿成了一个咖啡厅。很难想象这个有吧台、能吃三明治和喝下午茶的地方曾经躺着那些重度烧伤的战士:爆炸夺走了他们的眼皮、鼻子和嘴唇,他们的手指被火舌熔断、结成蹼状,从空难中死里逃生后,命悬一线的他们还要为前途未卜的人生和爱情担惊受怕。此时此地,或许是我自己的某种情结暗暗作祟,它说不清道不明地让我有些神经过敏。我问鲍勃为什么不更好地还原这间病房的面貌,因为我觉得把它作为博物馆的展厅才更为恰当。他耸耸肩,岔开了话题。也许在他的缄默背后有一些难言之隐吧。几个月以后,我才知道鲍勃·马钱特对博物馆的付出是多么无私。社会对博物馆有一些扶持,但都非常有限,所以是缺乏可靠的经济来源的。即便"小白鼠们"自己也大多会做出一些贡献,但是如果没有鲍勃·马钱特作为管理人不辞辛劳、年复一年的付出,这座博物馆不可能有今天。

"这是家很不错的小医院,在一个美丽的小镇郊外。"在给他母亲的信里,阿奇博尔德·麦克因多尔这样写道。他的母亲梅布尔·希尔是一位艺术家。那是1939年的一天,在第一次拜访东格林斯特德乡村诊疗所后,他写道:"我觉得能在这里有所作为。"[2]

在战前,英国政府进行了一些备战时期的人事调动。麦克因多尔得知自己将要被派往东格林斯特德做文职顾问以后曾多次来这里拜访过。即便在那时,人们也很清楚炮火会对大本营和前线带来怎样摧毁性的打击。当时整个英国只有四个有经验的整形医师;尽管皇家空军为提高战斗机的防火性做了大量的投入,然而没有人能预料到战斗中的爆炸将会给飞行员的身体带来怎样的摧残。从第一次拜访到随后的几次访问,麦克因多尔曾带领圣巴尔托洛缪医院的同事视察了这里的医疗设施。他的小分队包括麻醉师约翰·亨特、手术室护士吉尔·马林斯,还有一位年轻的见习外科医生珀西·杰尔斯。[3] 医院整体来说也许不错,但它的内部条件——尤其是三号病房里的条件——还是让麦克因多尔一行人感到略微失望:这是一间狭长的木架构建筑,从里到外都透着股杂酚油的味道;地面是水泥的,墙漆成了标准的白棕分明的样子。"是挺简陋的,"麦克因多尔对吉尔·马林斯护士说,她负责照看新病房,"尽管如此,我们还是可以稍微翻新一下。"[4]

到那年9月,麦克因多尔与医院董事会的关系发展得有点尴尬,有时还很僵。1939年9月4日的会议备忘有这样的记录:"麦克因多尔先生受卫生部指派前来接管医院并将其改建为颌面部康复医院,尽管并未接到任何相关批示。"[5] 这条记录是否隐含着一丝愤懑或是错愕,无从知晓。然而这39个文职顾问的到来,对于医院董事会来说无疑是篡夺权威之举。董事会成员和工作人员硬着头皮去应付这个新领导和他的计划,并没有人预想到未来发生的一切将会带来多少非凡的成就,创造多少历史。然而,阿奇博尔德·麦克因多尔和"小白鼠们"的故事在他来到东格林斯特德之前就已经展开铺垫,甚至比皇家空军的备战计划还要更早。

*

阿奇博尔德·麦克因多尔出身于新西兰一个虔诚的长老会牧师家庭。1925年,年仅25岁的麦克因多尔就获得了梅奥诊所的特等奖学金,成为首个获得此项殊荣的新西兰人。在当时,美国的梅奥诊所在世界范围内都是首屈一指的整形手术研究机构。为了陪伴他,他的妻子阿多妮娅不仅背井离乡地从新西兰但尼丁市远赴美国,还放弃了自己钢琴家的事业。这时的麦克因多尔已经成长为一名出色的外科医生,在胃部手术方面还小有名气。夫妻二人准备在美国长期发展，并且申请了美国国籍。正当他们静候国籍申请结果的时候，麦克因多尔却突然做了一个出人意料的决定。1930年初，时任英国皇家外科医学院院长的莫尼汉勋爵，伯克利·乔治，曾在访问梅奥诊所时观摩了麦克因多尔的手术操作。关于接下来发生的故事流传着多个版本，而根据麦克因多尔的传记作家们所说，莫尼汉勋爵曾劝说他离开梅奥诊所，寻求更好的前程。"伦敦才是你的天地。我要建一所新型医院，而我想找的就是你这样的人才，"莫尼汉说道，"把房子卖了，到大洋彼岸来吧，英国需要你这样的青年才俊。"[6]

阿奇博尔德·麦克因多尔是一个有抱负的人，一旦有了目标便会一心一意地朝着既定的方向努力。现在伦敦的大好机会摆在眼前，但是阿多妮娅却并不想搬家。她已经对这个明尼苏达州温馨的小家充满了眷恋，在这里她的社交生活也有声有色。她在梅奥诊所有一份工作，还兼职做起了钢琴老师。她既不喜欢英国的气候，也不愿意降低自己的生活质量。阿奇花了几个月的时间又是威逼又是哄骗才让妻子勉强同意去英国的决定。正当阿多妮娅闹着拖延时间的时候，美国公民身份的批文终于签发下来了。背着妻子，阿奇博尔德将公文撕毁，等到他们在英国安顿下来以后，他才坦白了这件事。[7]

1930年11月,麦克因多尔夫妇抵达烟雾笼罩下阴冷、潮湿的伦敦。除了凄风苦雨的天气,整个不列颠的国民情绪也是一片愁云惨淡。失业率居高不下,仿佛一切都没了出路。住宿条件也简陋得可怕:"他们预算以内条件最好的住宿是麦达维尔的一个地下室套间,尽管配备了家具,一进门却是油腻腻的墙壁和臭烘烘的盥洗室。"[8] 此时阿多妮娅已经怀孕,他们改善生活条件的全部希望都寄托在莫尼汉承诺的新型医院上。然而,事实证明莫尼汉的话一点也靠不住。当麦克因多尔几经辗转终于得到面试机会,来到勋爵在哈利街的诊疗所时,莫尼汉却根本不记得他是谁。新型医院的蓝图还停留在想象中,麦克因多尔寄希望而来的工作机会其实并不存在。

让人匪夷所思的是,从第一次在梅奥见到莫尼汉直到7个月后来到英格兰,麦克因多尔竟然一次也没有核实过莫尼汉的邀请,也没有进行任何联系。传记作家莱昂纳德·莫斯里指出,麦克因多尔的"一根筋"是这场跨国冒险行动背后的一大动因。也正是因为这种一心一意的精神,他后来才能安心地在东格林斯特德为伤员服务。莫斯里写道,"为了弄清楚究竟为什么他没有主动联系莫尼汉,人们只能得出一个结论,那就是他自己不愿意相信这份工作或许并不存在的事实",他这么做是为了从梅奥诊所那种进展缓慢、按部就班的发展模式中脱身出来,"并且,他渴望能有一个自立门户的机会"。[9]

但是阿奇博尔德·麦克因多尔很快就找到了工作。年底他就接到圣巴托洛缪医院的任命,担任整形外科临床助理。不久,他在伦敦卫生及热带医科学校出任普通外科医师兼热带医学讲师。在这里,他还找到了家族中的同行。他的表亲哈罗德·吉利斯在整形外科领域享有很高的声誉,在第一次世界大战[①]期间,经他治疗的伤员超过了1.1万人。他还在锡德卡普的女王医院有一套特殊的专业设备。战争期间,为了治疗重度烧伤的军人,吉利斯刻苦钻研植皮手术,他的技术一直走在整形外科的发展前列。在这一领域开拓性的贡献也为他赢得了爵士封号。

在圣巴托洛缪和热带医科学校工作时,麦克因多尔曾受到吉利斯的热情邀请。他要麦克因多尔来自己的诊疗所进行实践和学习,以提高整形外科的医疗技术。麦克因多尔不仅手掌宽大,而且手指粗钝,要进行极精细、极小心的整形手术,他面临的挑战可想而知。但在接下来的八年中,麦克因多尔在这个新领域树立了名气,成了吉利斯诊疗所的合伙人。他相信自己目前所钻研和开拓的领域在未来有着广阔的前景。当阿

---

① 本书的"第一次世界大战"简称为"一战"。——译者注

多妮娅还在英国的艰难生活中寻找心理平衡时,麦克因多尔确信这里就是他发挥一技之长的用武之地。到1938年,麦克因多尔已经有了一份可观的收入,足以养活妻子和两个女儿。生活上,他们在亨普斯特德租的房子温馨又舒适;工作上,他积极乐观,相信晋升和突破的机会都近在眼前。然而他没有预见到的是,近在眼前的是又一场战争。

1939年初,麦克因多尔对前来拜访他的弟弟约翰说道:"如果这场仗打不起来,再过十年我就可以退休了。但如果战争真的爆发,我就只能穿上军装任由政府里的那些喽啰们呼来喝去。我的下半生可全指望着这场战争不要打起来。"[10] 然而他的希望落空了。他不会想到,这场战争将会给他的工作和家庭带来怎样的改变,给未来的事业和名誉带来怎样的契机。尽管当时的整形外科技术仍处于起步阶段,为了应对战时的需求,这项技术将会大踏步地向前发展,形成难以想象的规模。

二十多年以前,哈罗德·吉利斯和他同时代的医护人员目睹了"一战"中涌进医院的大量伤员,他们当时面对的是人类历史上的第一批空战伤员。飞机的汽油桶往往会在敌军的炮火中爆炸、燃烧,严重烧伤飞行员的身体。一系列事故发生以后,尽管一些战斗机会临时重新设计燃料箱的位置,以降低危险系数,但这些有限的调整并不足以克服燃料着火的危险——爆炸的可能让所有人都感到恐惧,飞行员把这种意外称作"橙色死亡"。[11]一旦产生爆炸,即使伤情不会致命,后果也令人毛骨悚然。除了飞行员以外,还有六万多人因头部、眼部中弹或者被燃烧的飞机残骸砸中而毁容。数以千计的伤员其面部损毁严重到无法辨识。而且因为毁容,一些人的妻子、女朋友和家人不愿接受这样残酷的现实,将他们抛弃在医院里。

似乎唯一的解决办法只有用面罩将整个或部分面部进行遮盖,以隐藏那张缺失颧骨、鼻子、下巴、眼睛或脸颊的恐怖面庞。在制作面罩的过程中,医生还借鉴了美术工艺,把铜片压得极薄,并且依照受伤前的面部轮廓加以凹凸。铜面罩上还会镀一层瓷釉,尽可能地还原本来的肤色。医生会用小刷子蘸取颜料,精心勾勒出面部的线条和阴影。尽管这种面具尽可能地去还原面部形态,但它终究无法做出正常人脸的任何表情。长久以来,这种冷冰冰的面孔是人们对于毁容者的基本印象。另外,虽然政府规定,因肢体残疾而无法劳动的公民可以领取每星期16先令的补助金,但是颈部以上的残疾却并不包括在内。眼部、鼻子、下巴、耳朵的缺损乃至"面目全非"的重度毁容无法得到社会的认可,被认为是没有价值的牺牲。而且在大众眼中,毁容者往往和精神病人一样,是人们避之不及的对象。成千上万的毁容者过着悲惨的生活，有的因眼部残疾不能出门，还有的惨遭遗弃，只能沦落街头。

在锡德卡普，为了给伤员重新装上鼻子和下巴、填上眼窝，吉利斯坚持不懈地在实践中积累经验、革新技术。重建面部的手术需分阶段进行，往往要花上一段时间。外科医生还要有一定的美术功底，能依据伤员战前的照片画出一张手术预期效果的草图。尽管在实践中很难突破瓶颈，手术结果也并不总能达到预期，但吉利斯已经在整容手术方面开辟了一条新路，而这项技术将在接下来的又一次战争中实现真正的突破。到1930年前，"一战"后大量的医学研究结果已经可以有效地控制烧伤患者最可怕的敌人——休克。休克的后果是灾难性的，它会造成伤口失血过多。而且休克过后，当身体开始努力给重要脏器重新输送血液的时候，伤员又会经历二次休克。研究还发现，将等离子体技术和高浓度盐水治疗相结合能有效帮助伤员恢复身体的化学平衡。这表示，过去可能活不过24小时的伤员，在现在的条件下很有可能抢救成功。[12]但即便整形外科有了跨越式的发展，这些技术的进步仍不足以应对接下来的这场战争。医疗人员要面对的是规模空前的重伤员和令人难以想象的烧伤程度。

麦克因多尔参观东格林斯特德诊疗所之后，第一件事就是用更鲜亮的颜色重新粉刷三号病房。他把医用架子床和铁皮储物柜通通撤走，换上全新的家具，把这里装扮得根本不像是一间病房，倒像是人们记忆中的郊外别墅的样子。来到这里的第一批伤员就是在这样稀罕的环境里接受治疗的。与此同时，随着1939年9月战争打响，董事会的预算以惊人的速度收紧，同样，主治医师的财务状况也令人担忧。自从成为吉利斯的合伙人，麦克因多尔一直在分期付款以抵销在那边的股权。即使在他们最殷实的阶段，夫妇二人名下也不过只有一处房产和一辆劳斯莱斯汽车——这是麦克因多尔在战前抱有侥幸心理的一次投资。他原本打算在1939年事业蒸蒸日上的时候，用积蓄去法国南部买一幢别墅，这样就能带妻子和孩子偶尔逃离英国的坏天气了。但是现在，他在为皇家空军服务。军方给了他一个皇家空军中校的军衔。他觉得凭自己的实力和付出，这个职位还是有点亏欠的，于是他选择继续做个自由自在的老百姓。事实证明这个决定是有先见之明的，尽管短期内这点"骨气"并不能帮助他改善家庭条件、缓解经济压力。战争不由分说地将他推向新的人生征程，和家人、朋友、同事一起措手不及地书写医疗史上具有里程碑意义的一页。而他们即将展开的康复治疗将会给伤员们带来跨世纪的深远影响。

备　战

参观医院后不久,我在电视上看到托尼·布莱尔坐着装甲车,离开唐宁街的场面。在正式辞去首相职务之前,他要前往白金汉宫觐见女王。紧接着,戈登·布朗那张不苟言笑的尴尬面孔来到了白金汉宫。至此,英国人民与托尼·布莱尔的这段漫长且充满敌意的"权宜婚姻"宣告破裂。"不粘锅托尼"[①]的下台意味着整个英国对这个"万人迷"的审美疲劳终于告一段落。而英国人民面对布朗这个与以往截然不同的工党领袖依旧惴惴不安,不知道他会怎样开始自己的首相生涯。

对包括我在内的很多人来说,戈登·布朗的出现让人大大松了一口气。他浑身散发着一股安静的气息,偶尔显露一丝阴郁,这使他看上去很有威严。20世纪50年代出生的布朗多了一些内涵,少了一些卖弄。

---

① 原文为"Teflon Tony"。"Teflon"("特氟龙")是一种不粘锅涂层的品牌。——译者注

尽管他稍显无趣,但是把国家交到他手里最起码是保险的。用时事评论员的话说,他的举止和态度的确有待改进;面对这群已经习惯于消费名人的公众,戈登却拒绝摆出迎合的姿态。在该满脸堆笑的时候他只能挤出一个几乎看不出来的笑容,在该插科打诨的时候他最多咕哝几句别人听不懂的话。举国上下的民众都翘首以盼,期待他能够脱下古板的甲壳以赢得民心。相信时间会给出答案。

雨终于停下来了,这里终于迎来了初夏的阳光。我的怀旧情绪与日俱增,往昔的生活场面趁我不备统统袭来:我看到父亲从米兰银行里走出来,他把皮夹子塞进外套内侧的口袋,转身穿过马路;透过鞋店的橱窗我看到母亲伸长小腿,翘起脚尖打量着试穿的黑色麂皮船鞋。我在一间珠宝商店门口停下,记起这里原来叫作沃尔顿果蔬店,妈妈常从这里买一些蔬菜水果。店主是一个高个子的男人,留着小胡子,总穿一身棕色的工装裤,满脸堆着笑,头顶明晃晃。我走过公共汽车站,看到只有九岁或十岁的小小的自己孤零零地站在那儿,穿着难看的棕色校服,戴着贝雷帽,不安地踮着脚,心里默默地希望汽车快点开来——否则等旁边的文法学校放学以后,那些冲出来的高年级的男生就会跑过来戏弄我。

我住在哈特菲尔德村郊外的一间单人公寓,公寓在一幢讲究的老房子里，距离东格林斯特德只有5英里远。这里和我小时候生活的考普斯特隆村在很多方面都很像，而且到镇上的距离也差不多远。这里是我此次英国之行的长期住所，是一个麻雀虽小但五脏俱全的小天地。它安逸舒适，采光良好，堪称完美。公寓里的小浴室和小厨房使我联想到游艇上的生活设施；有一个卧室，它也可做书房；从卧室走出去几步就是一个很大的起居室，里面有几把舒服的椅子、一个沙发和电视。我是在西蒙·克尔的帮助下找到这个地方的，他在东格林斯特德地方议会负责旅游方面的事宜。他的妻子苏西是当地图书馆的管理员。西蒙和苏西是我一部小说的读者，一年前他们给我发了一封邮件，因为小说里的一些场景设在东格林斯特德，于是他们很好奇作者怎么会知道他们家乡这个小地方。在往来邮件中我发现对方和我是同龄人，成长的轨迹也差不多都在这座小镇周围。令大家感到意外的是，他们也在珀斯留下了人生的轨迹，这又是一个奇妙的巧合，仿佛在这之前我们曾有许多次的擦肩而过。我告诉西蒙自己正打算把"小白鼠"的历史写成书，并希望在镇上找一个住的地方。他欣然向我推荐了这个单身公寓，房主是他的朋友马尔科姆和芭芭拉。

能够住在萨塞克斯乡下真是一种纯粹的幸福：我的住所隐藏在主干道1英里以外的地方，靠着一条小径;屋外有一个绚丽的英式花园,它让我想起童年时我家也有一个类似的花园。马尔科姆和芭芭拉热情地欢迎了我的到来,然后如我所愿地把钥匙交给了我,留给我一个安静的私人空间。接下来他们打算去法国旅行,不仅让我采摘花园里即将绽放的玫瑰,还交代我尽情享用院子里的树莓。它们已经熟透,沉甸甸地压弯了枝条。我带着棘手的工作孤身一人来到这里,心里正没着落,却幸运地拥有了这个温馨的"据点",仿佛回到了澳洲的家。

著名的小熊维尼就来自哈特菲尔德,这个小村庄坐落在英格兰的一处秘境——亚士顿森林边上。旅游手册上会写这个名字,但它的美丽却并没有被大张旗鼓地宣传出去。这片森林位于高威尔德地区,绵延560平方英里[①],跨越了萨塞克斯、萨里和肯特三郡。在诺曼时期,这里有10平方英里是贵族进行猎鹿活动的场地。亨利八世也在这儿建了一处行宫用来狩猎,附近就是希弗城堡,这是安妮·博林的童年家园。在这里亨利八世曾疯狂地追求过她。今天这片森林是英格兰最大的公共绿地。这里有茂密的树林、一眼望不到边的草地、覆盖着紫色的石楠花的低地,金雀花开得耀眼夺目,在春天还会有大片的野风信子绽放。万幸的是

---

① 1平方英里合2.59平方千米。——译者注

猎鹿活动已经是过去时,如今有四种不同的鹿和一些野生绵羊生活在森林各处。除此之外,这里还是许多种鸟类和小型野生动物的家园,难怪小熊维尼也要住在这里。

上次雨中的医院之行让我颇有收获。我花了好几个小时坐在博物馆内阅读有关"小白鼠"的剪报——鲍勃·马钱特这几十年来一直坚持着收集相关报道,做成的剪报已经有许多本。我读到一些麦克因多尔的医疗事迹,还通过医院的摄影资料了解到面部重建手术究竟是如何一步一步地完成的。我亲手拿起了麦克因多尔自己设计的手术器械,这些工具在实际操作中发挥了很大的作用。我还仔细观察了下颌重建手术需要的蜡质模型。一张相片里,一群穿着制服的伤员站在一起,他们的脸部或手部正处在治疗的不同阶段;另一张记录了他们围在大师周围的温馨时刻,相片中的麦克因多尔正在弹钢琴。翻阅照片时我一直暗中留意着,想要认出当年站在我家楼梯口的那个人,然而他却从我的视线中逃掉了。之后我驱车前往森林中的一块高地,最初这里被称作"吉尔斯山谷"。我走啊走,从密林深处走到林间开阔地,我的思绪翻滚着,这儿熟悉的一草一木唤起了我的回忆。这是我童年的英格兰,六十多年过去了,它依然如故——这真让人既惊讶又感慨。

在小熊维尼系列的最后一本书里,作者艾·亚·米尔恩提到了"吉尔斯山谷"这块地方,不过在故事里这儿成了"帆船林"。今天人们称这里为"魔法之地"——小熊维尼和克里斯朵夫·罗宾就是在这儿结束他们的最后一次散步的。克里斯朵夫·罗宾离开了,没人知道他为什么要走,没人知道他要去哪儿,但是大家明白故事该结束了。而在这之后,"一切都会不一样"。小兔召集大家开会,在会上老驴宣布他和小熊维尼新写了一首诗——"他是一只讨人喜欢的小熊,但是脑容量明显不足",这是一首写给克里斯朵夫·罗宾的告别诗。诗朗诵完毕,大家鼓掌,纷纷向克里斯朵夫告别。然后克里斯朵夫·罗宾和小熊维尼就向"森林最高处那个有魔法的地方"走去。[13] 脑容量不足的小熊和他的朋友们陪伴了我的整个童年,故事的结尾在我看来有悲剧的色彩,所以这个地方是我精神图腾中的一个地标。以前我经常来这里极目远眺:宽阔的草地、郁郁葱葱的灌木丛、教堂的尖顶、一处处农田和连绵起伏的萨塞克斯地貌——埃尔加①的交响乐在我的脑海中渐渐增强——这景色令人动容。在这样的景色中我

---

① 爱德华·威廉·埃尔加爵士(Sir Edward William Elgar),英国作曲家、指挥家。——译者注

时常思索究竟哪里才是我的精神家园。①

麦克因多尔热爱着这片森林。他觉得自己不应该住在离医院太远的地方，于是选中了森林边上的一个叫作"小兔窝"的小木屋。他在战争时期一直住在这里。从厚厚的树篱外面很难看清楚这故居的样貌，但我还是把车停在路旁，凝视眼前的树篱，想象着这个男人为何能因为某人的一句话就轻易地赌上一切。他从新西兰漂洋过海到了美国，才刚刚打开局面，居然甘心将它放弃。靠着从吉利斯那里学来的本事，他的冒险之举竟然成功，且有希望在一项富有前景的医学新领域建立卓越的事业。他坚信整容手术不仅是一项新的医疗技术，更是一项造福人类的事业。不论是想整整鼻子的社会名流、电影明星，还是想要给胸部塑形的妇女，或者唇腭裂（俗称兔唇）的小孩，抑或是烧伤、面部骨折的患者，以及庸医手术刀下的失败案例——经过他的妙手都能以更好的形象示人；更重要的是，整形手术会让患者更加自信。在患者身上有许多"零件"是以他的名字命名的，比如说"麦克因多尔鼻子"。他的名气也一传十、十传百，有口皆碑。然而战争的不期而至使他不得不搁置在物质方面的追求和事业的发展，一

---

① 参考王峥译本，《小熊温尼·菩》，北京：中国少年儿童出版社，2015年版，第145—151页。——译者注

些突如其来的变化使他感到恼火和沮丧。

在刚开始访问东格林斯特德的时候，麦克因多尔就曾举办过一系列的讲座，向护士们介绍整形手术操作过程中的经验和步骤，其中很大一部分是关于如何用爱心去关怀患者，关注他们的精神状况。一些护士听了之后很激动，期待着他正式接管医院的一刻；而另一些则觉得他粗犷的行事风格有点吓人。刚刚来到东格林斯特德的时候，麦克因多尔总是打扮得衣冠楚楚。一道明显的中缝将浓密的黑发分开，头上打着百利发油；衣服是他最喜欢的细直条纹西装，名牌上总插着一支康乃馨，戴一副有分量的厚镜片眼镜。随着时间推进，战争的气氛渐渐在医院弥漫开来，这时的他重新穿上了以前宽松的运动夹克和灯芯绒裤子。他虽然谈不上十分英俊，但老照片里的模样却显得自信而干练。他也从不缺少女性的青睐。麦克因多尔独自住在医院附近，阿多妮娅和他们的两个女儿——小阿多妮娅和瓦诺拉——留在伦敦。姑娘们正在一家收费高昂的私立学校上学。两处的房租对麦克因多尔夫妇来说是不小的压力，同时阿奇还在担心妻女的安全问题。非实战时期的那几个月里人们都在担心敌军有可能要来轰炸伦敦。美国梅约诊所的朋友和以前的同事们帮阿多妮娅和姑娘们找了一处避难的住所，但是阿多妮娅婉言拒绝了，理由是她才在伦敦安顿下来，不想搬家。与经济压力相伴的是与日俱增的心理压力,于是1940初她终于同意和女儿们前往明尼苏达州,留阿奇一个人在英国。他将全身心地投入到接下来的任务当中。[14]

之后的几年中,麦克因多尔经常在手术室里一待就是12甚至16个小时。在高强度的工作之余,他喜欢就近去森林里享受片刻的宁静和放松。他常在这里散步。森林里的一处对他来说有着特殊的意义,那里被称作飞行员之墓。1941年7月31日的早晨,隶属于142号空军中队的一架载有6名机组成员的威灵顿轰炸机在森林当中坠毁,当时他们刚从德国科隆执行完空袭任务。这座纪念碑坐落在森林中的荒野之上,由一圈朴素的石墙围起。石墙内有一个小小的纪念花园,当中立着一个白色的十字架,它是由皮·维·罗·萨顿中士的母亲亲手竖立的,牺牲的那一年他只有24岁。每一年的老兵纪念日,这里都会举行一个简短的纪念仪式,届时将由一名亚士顿森林的骑兵敬献花圈。而战争结束之前有一年,应萨顿夫人的个人请求,麦克因多尔亲手敬献了花圈。

*

1939年,正当麦克因多尔和下属们在维多利亚女王医院进行紧张的备战工作时,有一些以后也会来到东格林斯特德的人们这时也在做着各自的准备。

在布莱顿,17岁的爱丽丝*①高兴得像打了一场胜仗似的,因为父母禁不住她几个月的软磨硬泡,终于同意她参加志愿救助支队了。

18岁的杰克·托佩尔正迫不及待地想要报效国家。得知自己有望飞上蓝天,杰克别提有多激动了。

16岁的乔伊斯*刚刚从东伦敦的中学毕业,现在她一边在当地一家布匹商店打工,一边和守寡的妈妈一起照看五个弟弟妹妹。

四年前,15岁的丹尼斯·尼尔就已经加入英国皇家空军,现在他刚刚被分配到轰炸机指挥部。

在利物浦,比尔·福克斯礼刚刚庆祝完自己16岁的生日,这时的他"脑袋里总盘算着谈恋爱的那档子事儿"。

布里奇特·沃纳这年20岁,是南安普顿的一名见习护士。整日里她要给病人擦洗身体、消毒伤口、准备病号服、倒夜壶。

在斯托克波特,17岁的艾伦·摩根是一名学徒工具匠。此时的他已经遇到人生的真爱,而且正在为入伍海军做行前准备。

德国宣战的那天清晨,理查德·希拉瑞——一个在日后最广为人知却并不典型的"麦克因多尔的男

---

① 此处表示化名。——译者注

孩"——正在比肯斯菲尔德的父母家里听纳威·张伯伦首相的广播讲话。希拉瑞在牛津三一学院已经读了两年,在那里他加入了大学空军中队,这是一个由政府资助的空军训练项目,旨在为皇家空军选拔人才。那天下午,他驱车前往牛津的中队总部,还自告奋勇地担任本科生的排长。一个月后,皇家空军正式征召他入伍。

在他们和其他所有即将在东格林斯特德相遇的伤员和护士当中,绝对没有人能想到,在未来几年的战争中,他们与这座小镇和这家医院将会经历怎样的磨难和蜕变。

烧伤问题

非实战状态①初期的几个月里,东格林斯特德的生活还算安宁。1939年12月之前,医院还没有接到一例烧伤患者,直到一名面部及背部均有烧伤的皇家空军飞行员来到这里。到1940年3月,麦克因多尔才开始正视他所面临的可怕的现实:在定期巡查其他空军医院的过程中,他接触了一些棘手的病例——在霍尔顿他见到一个名叫戈弗里·埃德蒙兹的年轻飞行员,他在一次训练飞行中意外坠机,整个面部都被烧毁。麦克因多尔立即下命令把他转至东格林斯特德进行治疗。这是一项艰巨的任务,对于一向坚强自信的麦克因多尔来说也是如此。艾米丽·梅休写道:"埃德蒙兹是东格林斯特德收治的第一例需要接受二十个以上面部重建手术的患者。治疗结束之后,他回到空军继续飞行,之后还被调任为伞兵训练官。"[15]除了前所未有

---

① 非实战状态,也被称为"假战争"("The Phony War"),指1939年9月德国宣战到1940年5月纳粹对比利时和法国发动闪电战之间的平静时期。——译者注

的严重烧伤,更令麦克因多尔感到难以置信的是患者在手术之后竟然能活下来,这在早几年几乎是不可能的事。患者手部和面部的烧伤是毁灭性的,即使由业界先驱吉利斯主刀也只能进行小范围的修复。多年以后,麦克因多尔曾向自己的演员好友安吉拉·福克斯吐露心声,说尽管已经自认为是一个"经验丰富、素质过硬的优秀的外科医生了","但当我第一次看到那个烧伤的男孩并且意识到我必须给他做一副眼皮的时候,我的右手感受到了上帝的力量"。[16]

5月26日,敦刻尔克大撤退开始了。到6月4日,364 628名士兵陆续撤回本土,占英国远征军的85%。德国方面,戈林①希望乘胜追击,进行快速空袭,最大限度利用英国人员、士气和武器装备方面的劣势。但是希特勒有他自己的考虑,否则战争很有可能在形势偏向德国的时候就结束。本土方面,丘吉尔呼吁英国民众继续抵抗,然而国内有一些声音却倾向于和谈,认为这样才能避免德军进犯的危险。但丘吉尔并不会轻易妥协。在6月18日的演讲中他强调说,法兰西战役虽已告负,但不列颠战役才刚刚打响。历史验证了他的预见。三周之后,多佛悬崖上的好几个雷达都监测到

---

① 赫尔曼·威廉·戈林,纳粹德国的政军领袖,担任过德国空军司令。——译者注

了移动的光点，表明有70架为海军护航的敌机正向西驶来。除此之外，还有6架飓风型战斗机做护卫。一场横亘在英吉利海峡上空，靠近"一战"时"地狱之火拐角"①的战役正式打响。不列颠击落了92架纳粹敌机，损失了50架飞机，一天之内就牺牲了6名皇家空军飞行员。伤员们也陆续被送到皇家空军医院。接下来，麦克因多尔和医护人员走出医院时，会看到壮观的空战景象在英格兰西南方向天空上演，同时他们也预感到医院很快就会收治这场战役中的伤员。

皇家空军医院开始接收越来越多的伤员，他们多为战斗机指挥部和轰炸机司令部的飞行员。遭遇烧伤的人数多得可怕。而且凭着轰炸机飞行员的烧伤情况，人们甚至可以想象飞机内部的大概构造。燃料箱位于驾驶员座舱的下方和前方，一旦被炮火击中就会爆炸，火苗会包裹飞行员的面部、头、颈、双手、大腿前侧和内侧。尽管配备了头盔、护目镜和长手套这些护具，这些装备在座舱狭小的空间里往往显得很碍事。尤其是手套和护目镜，为了方便飞行员经常会摘下它们。凶猛的火苗会造成身体各处严重的烧伤甚至残

---

① 地狱之火拐角（Hellfire Corner）是"一战"时期比利时伊普尔市的一处交通要道。在"一战"时期，英国军队运送补给物资需要经过这里，因为处在德军的监视之下，这里经常发生炮火冲突，故被称为"地狱之火拐角"。——译者注

疾，尤其会毁坏面部和手部，人们将这种情况称为"飞行员烧伤"。伤最重的地方却并不是很疼，因为神经末梢都被烧毁了。这给修复和重建带来了很大的困难和挑战。梅休将这种摧毁性的烧伤情况形容为"整体厚度"烧伤。"整体厚度烧伤是最严重的，因为包括皮脂腺、毛囊、汗腺和末梢神经的整块皮肤和组织都被毁掉了。"[17]

当时治疗烧伤的传统手段是使用凝血剂，尤其要用到单宁酸——这是一种通常在制革业中使用的工业原料。凝血剂相对比较容易使用，涂抹在伤口以后能形成一层硬壳。这层硬壳可以封住伤口，帮助预防感染。单那凡牌凝胶易于运输，所以在战争年代得到了广泛应用。然而在战场上无法保证医院里的无菌环境，人们经常会把凝胶直接涂抹在有毛发的皮肤或者是已经感染的伤口上，这样就会再次出现感染而且不易察觉。但这还不是凝血剂最主要的问题。吉利斯、麦克因多尔和他们的手术搭档们一直在寻找新的治疗方法，一方面要清理创面，另一方面还要保持创面的稳定性以便进行之后的整形。面部使用单宁酸以后会留下可怕的伤疤，还经常会致盲，因为一旦眼部接触到单宁酸或者紫药水，周围的皮肤会变得僵硬，这会导致眼皮收缩，容易使暴露在外的角膜变厚。手指涂抹凝血剂以后也会产生痛苦：凝血剂会把指尖融在一起，或者将指尖粘在手掌上使手部蜷曲,手指之间的嫩皮会变硬而且粘在一起,结成蹼状。手上的其他组织会长出"索链状的伤疤,它们不成比例地结在创伤的部位……反向牵拉手指,使手变成僵硬的鳌状"。[18] 麦克因多尔清醒地意识到他需要找到治疗烧伤的新方法,避免使已经足够可怕的情况变得更糟。

为了解决凝血剂的问题,麦克因多尔引入一种新的处理办法,用浸满凡士林的松网眼纱布覆盖患处,以保持烧伤部位的生命活性。剪成四方块的纱帐叫作敷伤巾,这是最常用的医用敷料,敷料剂通常提前准备好,放置在无菌的容器中。相比于简单涂一层凝血剂,这种方法需要医护人员的精心照料,但它能保持患处的水分和弹性,因此治疗效果显著。更换敷伤巾是烧伤病房里最难熬的时刻,因为会非常疼痛,但相比之前的方法这已经算是很大的进步了。许多伤员都曾描述,之前的那种方法需要揭掉凝血剂痂壳、抠下皮屑,这个过程比处理伤口本身还要痛苦得多。轻薄湿润的敷伤巾大大提高了烧伤部位的愈合能力,为后面的整形手术做好准备。

麦克因多尔发现落入海中的伤员比直接着陆的伤员情况要好得多。受此启发,他决定从基础疗法做起,在病房里推广盐水浴。温热的盐水能冲走粘在伤口上的衣物,在盐水环境下患者还能慢慢活动受伤的手指和肢体，帮助伤处保持灵活。这种做法虽然收效显著但是需要大量的人力支持，因为每个患者都需要进行两次或更多的盐水浴。刚开始使用的是标准的浴缸，有冷热两项龙头，护士用手逐渐加盐进去。然而伤员们出入浴缸很困难，有时候还会磕碰在龙头上。不久这些龙头就被拆掉了，医护人员把刚过体温的盐水灌进桶里，放置在楼顶。于是盐水可以通过管道直接冲下来。

这项新举措取得了明显的成效，而且麦克因多尔很快就发起了一场宣传运动，呼吁停止在治疗中使用凝血剂。到1940年底，不仅皇家空军医院积极响应他的号召，卫生部也在全国范围发布了停止使用凝血剂的命令，规定烧伤情况必须使用敞开冲洗技术来进行治疗。这是烧伤患者的福音，也标志着麦克因多尔的胜利。作为一名革新治疗技术、要与烧伤斗争到底的外科医生，他的名气逐渐传播开来。凭着坚强的毅力，麦克因多尔在未来将继续与传统观念和官僚主义斗争下去，而且多数情况下，他的信仰和追求会取得胜利。

面对面

五周过去了,来到这里以后我还没有见到一个"小白鼠"。在确认了我的确是带着严肃的目的而来,而且为人的确可靠之后,鲍勃·马钱特答应帮我联系几个愿意接受采访的"小白鼠"。我坐立不安地等他电话,只能去当地图书馆打发时间。我仔细翻查了一些旧报纸档案,心想不知如何才能找到那些护士。雨又开始下起来,气象局预测降雨会加剧部分地区的积水情况。很显然,这都是由于太平洋上的拉尼娜现象和喷射气流南移造成的。降雨会给周六的温布尔登网球公开赛造成大面积的影响。还好萨塞克斯郡已经放晴了很多天,并没有形成积水。我还利用这段时间乘火车去了几趟伦敦,在帝国战争博物馆的阅览室里度过了几日。

当年在三号病房做护士的女性,还有受麦克因多尔的鼓励志愿前来做护理工作的女孩子都是我搜寻的对象。"小白鼠们"的个人信息往往记录在册,他们的通讯录也时常更新。然而护士们的档案中却没有这些信息。她们当中有一些是本地的女孩子,也有一些是从东格林斯特德以外的地方选拔招募进来的。我向护理学院的图书档案管理员求助,却被告知说并无相关档案记录。在帝国战争博物馆我本来满怀希望地找到了一些档案,打开却发现除了一些我已经知道的回忆录片段外,在个人经历方面我仍一无所获。不过我发现了一本内容翔实的护士回忆录。这位女性曾在离这儿不远的坦布里奇威尔斯的一家医院里照看一名伤员,他随后被转院到东格林斯特德以接受麦克因多尔的治疗。还有一个姑娘,她的母亲曾在1942年替她报名来这里做"小白鼠"的志愿舞伴,那时麦克因多尔会专门为烧伤患者举办舞会。阅览室里闷得厉害,我一边不停地做笔记,试图寻找其他线索,一边昏昏欲睡,觉得自己毫无进展。

从伦敦返回东格林斯特德的途中,火车莫名其妙地停了好几次,乘客们都静静地坐着,在古怪且令人不安的沉默中等待列车再次开动。我记得母亲以前经常带我坐这趟火车,只不过随着时间的推移,她对面坐着的小姑娘渐渐长大成人。我这样大胆地追寻往事,母亲会怎么看?我想她多半不会赞同。母亲一向不喜欢探听别人的私事,她的为人处世之道就是避免打扰到别人,以免不合时宜或惹人讨厌,所以我此行的目的应该会令她感到不安。我做过许多她并不赞同的事,而且她应该也能猜到我还有更多事情没告诉她,否则她听到一定会大为惊骇的。上了年纪以后我渐渐意识到,虽然嘴上不说,但她其实是欣赏我的特立独行和叛逆的,或许甚至还有一丝嫉妒。在安静的车厢里,我能强烈地感受到她的存在。火车两边砌着高台,上面绿草覆盖,零星地散落着几簇欧芹。的确,从我刚回到故乡的时候起,她仿佛就在冥冥之中一直看着我,提醒我注意自己的言行举止。当我意识到自己有些出格的时候,我发誓能听到她深吸一口气的声音。母亲已经去世十多年了,但我仍然每天都会想起她、思念她。然而在这儿,在英格兰,在这节火车车厢里,在我们一起走过的街道上和小路边,在我们一同乘凉的大树下,在如此不同的生活中,我的思念却比以往来得更刺痛。

火车震了一下,又震了一下。我和其他乘客不安地挪动位置,期待它继续前进。慢慢地,火车又开动了,我听到手提包里的手机也在震动。

"你周三有什么安排吗?"鲍勃·马钱特问道。

*

周三中午 12 点半我来到菲尔布里奇酒店。半个小时后,我要采访杰克·托佩尔,他在过去的四年里一直担任小白鼠俱乐部的主席,并且从 20 世纪 70 年代起就一直负责俱乐部杂志的编辑工作。我站在酒店大堂,脖子上挂着一个 MP3 录音设备,包里放着笔记本。在那个年代,这家酒店还是"老菲尔布里奇"的时候,麦克因多尔的"男孩子们"最喜欢来这里的酒吧消遣,接下来"小白鼠们"的周年庆祝晚宴也会在这里举行。这可能是还健在的一些耄耋老人最后的周年纪念了。鉴于这次活动的特殊性,俱乐部的会长——菲利普亲王殿下——会亲自出席。今天杰克·托佩尔就是特地来酒店嘱咐安保工作的。多亏了鲍勃·马钱特的安排,在处理正事之前杰克会先接受我的采访。

我很熟悉杰克·托佩尔的面孔——他面部重建手术的不同阶段都被照相机记录了下来:那是一名年轻的无线电报员,脸上挂着大大的微笑,得意地穿了一件皮质飞行夹克,戴着头盔;然后是烧伤之后的杰克,他的脸成了一团畸形的烧伤组织;后来是他在三号病房里的样子,打着绷带的右臂绕过前胸,伸向左肩,胳膊上长着一条象鼻一样的东西,一直延伸至鼻子的部位。这个象鼻其实是管状肉茎,最初是哈罗德·吉利斯在"一战"时期发明的。在吉利斯的基础上麦克因多尔对它进行了改进。做一个管状肉茎,首先要从手臂内侧或前胸揭起一块皮,并不完全取下,使一端仍然连着;然后要将这块皮卷成管状,皮的另一端要在面部固定长达八周。臂部活组织的血液循环能够帮助肉茎生长,等到新肉充分长好以后就可以把肉茎割下,塑造成鼻子、下巴或脸颊的形状。在下一张照片中,肉茎不见了,而他面部中央多了一块厚实的肿块,接下来要往这个肿块里塞入猪软骨,这样它看起来才能更像鼻子,也能实现鼻子的功能。再往后是杰克现在的样子——我已经克服了童年的阴影——一位86岁的老者笑眯眯地看着镜头,他的鼻子很挺,嘴唇很厚而且很有光泽。尽管他的皮肤仍然布满了伤疤而且经过了拉伸,他的脸却不再像之前那么可怕和畸形了。当这张面孔的拥有者走进酒店大堂时,我第一眼注意到的并不是他的脸,而是他的风度:虽然是中等身材,但他看上去很有气势,让人一下子能感受到他的热情和直率,同时又有一种内敛但不容置喙的威严。

"当初报名的时候我可激动坏了,"杰克告诉我说,"我就是想当飞行员,而且坦白地说,对于它的危险性我根本没有考虑。我们中的大多数都是这么想的。当你爬进机舱的时候可能会有一点担心,但那不是真正的恐惧。我从来没想过我可能会回不来。"

1943年的8月,才22岁的杰克·托佩尔是威灵顿轰炸机第166飞行中队的无线电报员。杰克的第六次突袭任务是向门兴格拉德巴赫市上空投放燃烧弹。在返航的途中,飞机右舷的引擎突然爆炸,引起飞机急速旋转。驾驶员竭力在几分钟内使飞机从突然失重的状态中恢复了过来,之后他们在颠簸中缓慢地驶向北海,那是回家的方向。

"我们快要到达陆地的时候突然被探照灯发现了,

那种感觉相当可怕,因为你就在那儿——完完全全地暴露给敌人。"杰克说。驾驶员巴·奈特采取了闪避的动作,他们逃过一劫。然而要冲破敌人的海岸防卫他们需要新的闪避策略。奈特将轰炸机降低到海平面附近,与此同时机组人员将所有的东西都投弃到海里。他们穿过英吉利海岸,在滨海克拉克顿的旷野撞上一棵树后才终于着陆。

"其他人都跳伞逃生了,但是有一个降落伞被落在了机舱里,"杰克解释道,"它打开了,堵住了我的出口。我被困在里面,当我奋力逃出去的时候,一排氧气瓶对着我的脸爆炸了。"杰克最终从火炉中逃生出来,他逃出来的时候飞机已经烧得只剩下残骸。当时有人看到他逃出来的样子,说他活像一个"人形蜡烛"。火苗布满他的整个面部,而且往上直窜,足有六英尺[①]高。

"燃烧,真的是一种奇怪的体验。整个过程太快,以至于你几乎不知道它在发生。我失去了我的鼻子、我的上眼睑、我右耳的上部、我的上唇、我下巴的下半部,还有我右侧的脸颊——除此之外我很正常,"他大笑起来,"看看我现在,还是一个英俊的老家伙——不是吗?"的确是这样。时间将外形的缺陷塑造成一种性格,正如俗艳的色彩在风雨中褪色。从很多人近些年

---

① 1英尺合30.48厘米。——译者注

的照片中可以看出，岁月对于他们还算宽容，然而为此他们付出了很大的代价。杰克·托佩尔一共经历了26次面部重建手术，而俱乐部的很多成员曾经不止30次或50次地躺在麦克因多尔的手术台上。

"阿奇不仅是一位非凡天才的外科医生，而且还是一个极好的人。他觉得重建我们的脸和手还远远不够，"杰克说，"他想给我们的比这更多。他想让我们能够面对人们的目光，踏入社会，真正融入外面的世界。他相信这会帮助我们重拾生活的意志。最重要的是，他告诉我们只有团结一致、互相支持，才能渡过这个难关。除了医院里的困难，还有其他的。他给了我们面对未来的信心，只要你充满信心，你就能面对任何的困境。"他搓了搓鼻子。"阿奇给了我一个好鼻子，但是他造肉茎的时候是从我肚子上一块长毛的地方取的皮，所以我现在每两三天就要给鼻子刮毛。但这只是他为我做的一小部分。只要周围的环境是正面、积极的，人的适应能力就是无穷的，而他给了我们这个环境。我们在这个安全的地方学习如何重新生活，在这里我们摸索着前进，慢慢发掘今后要成为怎样的人。"杰克的双手也受到严重的烧伤，麦克因多尔为他做了双手重建，将残余的指根打造得可以使用。

我们谈到小白鼠俱乐部，谈到了它的诞生，以及它是如何从一个饮酒俱乐部发展成为一个患者互助小组,然后成为今天的福利机构。在战后的岁月里,俱乐部一直以各种方式支撑着这些人的生活,直到新世纪的今天。"如果没有它,估计很多人都活不下去,"杰克说,"对于我们这样的人来说,医院以外和东格林斯特德外面的世界太残酷了。"

圣山庄园在"二战"时期的主人纳威和伊莲·布兰德不仅为"小白鼠们"提供了康复疗养的场所,还和麦克因多尔一起帮助他们在康复以后回到部队或在战后就业。伊莲·布兰德的哥哥,西蒙·马科斯爵士,是玛莎百货的创立者,纳威·布兰德也是该集团的董事会成员。

"战后我在玛莎得到了一份工作,"杰克说,"我不敢相信自己的运气,但我想在店里工作,我想接受培训成为一名经理。但是他们担心我会吓着顾客,于是安排我到贝克街的总部上班。他们不允许我与顾客有任何的接触。这对我来说很难接受,但是阿奇鼓励我去争取自己想要的生活。在他的支持下,管理委员会同意让我在楼下的店面接受六个星期的培训,看看结果怎么样。这么说吧,顾客和我都克服了相当大的困难。整个过程的确很难:我必须学会适应被别人盯着看。但我都坚持着扛了过来,成为卡姆登区分店的经理,我后来的职场生涯都在那里。对于我们所有人来说,外面的世界是冷酷无情的。阿奇把医院和整个小镇变成了我们的家：人们不会盯着你看,也不会指指点点或者转过身去。在其他任何地方,当人们看到你时,他们的语言和行为都让人很难接受。"

他站起来,准备动身去开会了。"鲍勃告诉我说您的父亲也曾在玛莎百货工作,"他说,"我记得与他有过一面之缘,但我不敢说认识他,只知道他资历很老。"他转身要走,却又回过身来。"我不愿有任何改变。如果一切能重来,我也不愿有任何改变。我宁愿经历这一切,也不愿不去做一名'小白鼠',这已经成了我生活的中心。"

杰克的话扎在我的心里。那当然只是一种夸张的说法。他当然不会愿意再经历那种创伤,不愿被烧成"人形蜡烛",不愿自己的手和脸都被烧掉,不愿经历几个月之久的极其痛苦的治疗和 26 次手术。他怎么会心甘情愿地成为麦克因多尔的"小白鼠"呢？但在接下来的几周,我将听到其他人用同样的句式,同样以一种不易察觉的沙哑嗓音说着相同的话。而每当听到这些豪言壮语,我的喉咙就像被堵住一样,我的心里就会充满了一种危险且不安的感觉。

在酒吧里

钻研儿时的恐惧就好像拿着开罐器去开一个锈迹斑斑的马口铁罐头一样,手柄每扭动一下都会割开一点,每割开一点都会渗出回忆的汁液。那回忆有时候很清晰,但经常掺杂着使人困惑且不断变幻的画面。我时常梦见自己独自站在布莱克威尔谷地中央,穿着妈妈专门为我生日定做的礼服:那是一条纯白色的连衣裙,裙摆堆满了欧根纱,中间是一条蓝绿色的缎面裙带。我紧紧地贴着潮湿的岩石,尽管我很清楚如果把青苔沾到了裙子上,妈妈一定会大发雷霆的。然而我却一动也不敢动,那些可怕面孔的人就躲在树丛里。最后我鼓起勇气,在黑暗中跑回家去。我跑进大门,爬上楼梯,却没想到还有一个躲在卧室的门后悄悄地等着我。这梦魇一直笼罩着我的童年,直到我长大些才有所收敛,但直到今天它依然阴魂不散,从未从我的脑海里消失。

今天我开着车驶离阳光普照的大街,进入幽暗的布莱克威尔谷地。我感到自己被黑暗一点点吞噬,这感觉让人战栗。巴士穿过树木的繁枝搭成的拱门,这情景曾让幼年时的我不寒而栗。我们穿过的是那些阴影、那些面孔、那些恐惧。为什么我已经能够和那些人面对面了,却还是无法摆脱那些梦魇中的身影呢?

我开着车回到阳光下,出城前往克劳利镇上的刺猬酒吧。和杰克·托佩尔的会面已经是几周以前的事了,在这几周内我还采访了另外五名麦克因多尔的"小白鼠",现在我要去酒吧加入他们大概每两周一次的聚会。刺猬酒吧也承载着我自己的一些回忆,因为它离我家不远,所以我年轻时经常来这里。加了青柠檬的淡啤酒还有各色各样的男朋友——我就这样在这里度过了许多个周六的夜晚。那时候来这里喝酒的大多为青年保守派①的成员。但那是 20 世纪 60 年代后期,那个年代里各种抗议活动和社会主义的思潮高涨,所以我很少谈及这段经历。现在我略微有些紧张不安:我这些年越来越习惯于独来独往,要见到一大群陌生人还真是感觉不自在。我把车停好,一边往酒吧方向走去,一边想象我和这些新的酒友能否相处融洽。

我并不需要担心。尽管很难用一个词简单地概括这群"小白鼠",但在接下来的会面中我将感受到的是

---

① 青年保守派(The Young Conservatives)是英国青年右翼组织,成立于 20 世纪 50 年代末期。——译者注

一种集体的能量。这种能量延续了他们当年在病房和酒馆里的恣肆欢笑和轻狂话语。这些人都已经八十多岁了,我才六十出头。但是面对从这些老爷子们嘴里不间断冒出来的笑话、奇闻异事和荤段子,恐怕当年那些青年保守派的小伙子们也要甘拜下风。我的座位靠着汤米·布兰登,他告诉我说他以前是一名空中射击员。他乘坐的哈利法克斯轰炸机不幸坠落并且在落地时发生爆炸。和很多人相比,他身上的烧伤面积并不算大。尽管现在还有明显的伤疤,但令人惊奇的是伤疤和他本身的相貌已经和谐地融合在了一起。他告诉我说,在三号病房的治疗改变了他的一生,决定了他未来生涯的走向。

"是那些照片影响了我,"他说,"所有来到东格林斯特德的人在手术前和治疗的过程中都要照相。'老大'总要看一看他们受伤前的照片,这有助于了解他们之前的模样,以便尽最大努力进行恢复。我懂得了那些照片的重要意义,于是下定决心要在战争结束以后成为一名摄影师。"战争结束后不久,汤米接受了医学摄影的培训,后来成了伦敦圣汤玛斯医院的资深医学摄影师。

我左边坐着的是传奇人物比尔·福克斯礼。他打扮得整洁利落,穿一件粉色的衬衣,奶油色的亚麻外套,戴着标志性的太阳镜。比尔是最为人所熟知的"小白鼠"之一,因为他是"二战"中幸存的烧伤最为严重的飞行员。出生于利物浦的比尔在桑顿镇长大,现在小镇隶属于西约克郡的布拉德福德市,那里是布朗特姐妹的故乡,她们是小镇最著名的居民,而第二著名的就是比尔。1942年,18岁的他加入英国皇家空军,接受飞机领航员的训练。1944年3月16日,比尔刚过完20岁生日就开始了飞行训练。他驾驶着一架威灵顿轰炸机和其他五名机组人员飞往多宁顿城堡。飞机刚刚起飞,距离地面200英尺的时候,襟翼①突然朝下坠,导致飞机头往上翘。飞机的引擎停转了,随后轰炸机坠毁,燃起了熊熊大火。

"我想办法从天体观测舱中爬了出来,"比尔告诉我说,"但我听到了尖叫声,我意识到还有人困在里面。"

他转身回去,发现无线电报员在火中呼救。比尔用尽全力想把他拉出来,然而他还是不幸遇难了,同样遇难的还有其他两名机组人员。终于,人们把比尔从飞机残骸中拖了出来。他被送进医院,初步诊断为三级烧伤,伤势非常严重,他的生命危在旦夕。他说那以后自己的意识很模糊,只记得自己躺在医院的病床上,全身上下都裹着绷带。火焰烧毁了他眉毛以下的全部

---

① 现代机翼边缘部分的一种翼面形可动装置。——译者注

皮肤、肌肉和软骨,他的右眼被彻底烧毁,左眼的角膜严重受损,导致他的视力几乎为零。

"阿奇只能够拯救我的一只眼睛,但他给了我全新的眼睑、一个好鼻子、嘴唇和脸颊。"他抬起双手,关节处只有不超过半英寸①的指根,"他把我的拇指和其他手指分开了。我的手被烧成蹼状,但是阿奇的改造让我能够再次使用它们。"

除了有能眨、能动的"麦克因多尔"眼睑,比尔的嘴巴也可以动,所以他能够进食和说话。但是由于面部肌肉在火中被完全烧毁,他的脸看上去始终是冷冰冰的,没有表情。即便如此,我还是能感受到他的热情、幽默和同情心像阳光一样穿透那张布满疤痕的脸。即使他的脸经历了近30次手术,脸上却没有留下太多岁月的痕迹。只是面颊的粉红色更深了,于是这张脸看上去比其他人的更加脆弱。这并不是一张英俊的面孔,然而他的优雅和风度让我想起了年轻时的弗雷德·阿斯坦②。当他摘下墨镜,他那只漂亮的手工玻璃眼珠仿佛闪耀着生命的光彩。

"有一次我把玻璃眼珠掉在圣百丽超市的地上,没多久以前,"他说,"眼珠子掉下来滚到了收银台下面,

---

① 1英寸合2.54厘米。——译者注
② 美国电影演员、舞蹈家、舞台剧演员、编舞、歌手。——译者注

收银的小姑娘趴在地上才够了出来。要是我今天又掉了,你能帮我找回来吗?"

比尔的面部和手部经历了29个修复和重建手术,前后用了三年半的时间。1947年他和医院的出纳员凯瑟琳·阿克尔结婚。从手术中完全恢复以后,他下定决心要证明自己:即使他的脸部很难改变了,他仍然可以保持很好的身材。为了证明"小白鼠"也可以很健美,他开始了严苛的运动训练,而且在跑步方面还有了一些名气。比尔和凯瑟琳一直都生活在一起,直到1971年凯瑟琳去世。几年后,他再婚并且在这段婚姻中有了一个女儿和两个儿子。1969年,在由肯尼斯·摩尔和苏珊娜·约克领衔主演的电影《不列颠之战》中,比尔出演了一个面部烧伤的飞行员的角色。

"一个人的个性很重要,"当问到这些年是怎么熬过来的,他这样回答我,"坚强的个性能帮你熬过去。你必须学会接受它。对其他人来说要克服它很难——克服我的样子。后来有一段时间我每天都要乘火车去伦敦,人们会走进我的车厢,在我身边坐下来,看到我的样子以后他们就会走开。我旁边的座位一直是空着的。有时候我装作看不见,但有时候我会想,'没关系的,我不会对你们怎么样'。"

比尔的两任妻子都相继去世,现在他一个人住,除了开车以外完全可以料理自己的生活。"我会做饭、洗衣服，我还去跳舞，"他说，"还是当年的那个帅小伙①，不是吗？"

比尔今天的司机是雷·布鲁克，是他在战前最好的朋友。他们初次相逢是在 1942 年的新兵训练营里，但很快被分到不同的部队，直到在东格林斯特德才得以重逢。

1944 年 8 月的一天，雷正在兰开夏郡，这一天他正好休假。当他在一家咖啡店躲雨时，一架试飞的美国 B-24 轰炸机冲了进来。"当时我身边有三个同伴，一下子四周火光冲天。所以当全国都在庆祝巴黎解放的时候，我却躺在手术刀下。我遭遇的是'二战'中后果最为严重的坠机事件之一，61 人死亡，其中 38 人是儿童。我的脸部、双手和右腿都严重烧伤了。阿奇具体给我做了多少台手术，我已经记不清了，大概有四五十台吧。在那里我又见到了比尔。我听见有人说比尔·福克斯礼的头发长出来了，便开始打听他的消息。我们都被绷带裹得严严实实的，但能听出彼此的声音。"

和比尔一样，雷对于身体恢复和心理康复也有一套自己的想法。"在那之后你会更加重视身边的一切，"他说，"你会珍惜生命中的每一刻。我们很幸运，

---

① 原文为"glamour boy"，英国俚语，指穿着入时的漂亮小伙，同时也指英国皇家空军成员。——译者注

因为我们在那儿。东格林斯特德的人们让我们觉得自己是正常人；他们似乎为我们感到骄傲。当我们进城去，感觉就像是在家里一样，那里就是我们的第二个家。能够被那样对待——被当作正常人对待——意味着一切。"

"我们在女人面前比战前更受欢迎了，"比尔插了一句，"我们不那么青涩了，而且是战场上的英雄。女人们喜欢我们。"

于是话题展开了，他们开始谈起那些护士，那些追逐、夜里手术室推车上的私会、布草房里"颤抖的膝盖"；他们谈起蹼状的断指是如何笨拙地解开裤子拉链、吊袜带和胸罩，又是如何旋松医院电话厅屋顶上的灯泡的；他们谈起那些调戏护士的往事，还谈起是怎样开她们的玩笑。我询问护士们的感想。

"她们一点也不介意。"有人答道。

"是吗？ 她们都情愿？ 没有一个人表示抗拒？"

我的问题引来了更多笑声和回忆。这一段回忆是有关医院墙上的一张海报，上面画着志愿者救护支队的女护士。

"志愿者破处支队，"一个声音说，"可爱的姑娘们。"

"如果没有这些女人我们恐怕活不下来，"比尔·福克斯礼说，"她们帮助我们重新面对生活，靠的可不仅仅是护理。"

但我在想,她们的感受究竟如何呢?如果"靠的不仅仅是护理",那么为了照顾这群淘气的男孩,她们到底付出了怎样的代价呢?即便在最好的时代和最好的条件下,护理依然是一份需要充分投入体力和情感的工作。或许她们的母亲和祖母们曾经历过"一战",但这些护士们面临的这场战争与"一战"却有很大的不同。这一次,战场延伸至大后方,战争就在家门口打响,阴云笼罩,危机四伏。人们充满惊恐地醒来,睡觉的时候不知道还能不能见到明天的太阳。"战争的大后方"这个名词不是没来由的。你的邻居、亲人、朋友和爱人可能在一夜之间就不见了;下班回到家时,家里可能已经是一片狼藉;你出门去买牛奶,却发现街角的商店已不复存在。在这样的环境下,这些女人是如何日复一日、几乎一刻不停地照顾这些病人的呢?他们又是在怎样的额外关爱中重新获得面对生活的勇气呢?

我驾车离开了刺猬酒吧。一路上我的心里有点焦虑,感觉以往熟稔的采访技巧今天并没有奏效。不过我终于能够一瞥小白鼠俱乐部的真容,这是我一直以来都希望了解的。我收获了更多的故事,然而像回忆录里记载的那些一样,它们都大抵相似。尽管我对这个话题充满了兴趣,也有几十年丰富的采访经验,却始终没能挖掘得更深。这些老人总是用类似的方式向我讲述。在他们的口述历史中有事件，有结果，还有伤痛和手术。同样的玩笑话被反复地提起，同样重复着的还有其他人更为惨痛的经历。他们还谈到了麦克因多尔先生，在他眼里，他们是像朋友、孩子一样亲近的人，而他是他们的人生导师。是麦克因多尔的关怀和小白鼠俱乐部的兄弟情义帮助他们活了下来。然后故事就讲完了，仿佛有什么人在念符咒作法，让故事戛然而止。这也许是因为这些故事在漫长的岁月中曾被反复地谈起，也许是因为麦克因多尔的先见之明——他曾告诫他们，只有团结一致、互相扶持，才能在战争中存活下来，才能克服战后的种种挑战。在以往的经验中，我总能揭露真相和人们内心深处的回忆，但是"小白鼠"在口述中竖起了一堵无形的高墙；一旦有人想要往深处挖掘，他们都能风趣幽默地将话题转移。

这就是所谓的纪念吗？这种讲述个人和集体记忆的做法是否依然延续了英雄主义传记的思维定式，只不过这种真实的讲述更容易使人接受？或许是不得已而为之，人们用厚厚的盔甲包裹住自己来抵御回忆的痛苦。如果有人愿意一点点凿开这个盔甲呢？别忘了，这就是我来的目的，尽管到目前为止我的进展还少得可怜。我想要一点点凿开那些故事，同时一点点凿开我记忆深处那些尘封的回忆。如果记忆的高墙和盔甲都崩塌下来，他们会怎么样？我会怎么样？

"小白鼠"和他们的俱乐部

"一战"结束以后,英国皇家空军从传统军队中划分出来,成为一支不同于陆、海军的独立部队。正因为如此,为了彰显空军部队的现代性和独立性,将领们致力于发展空军的特色文化。马丁·弗朗西斯写道:"在飞行员眼里,他们是属于新时代的战士。而空军战士的勇气和本领如何,要看他们能否在战场上驾驭目前最先进的技术成果来获取胜利。"这种文化本质上是一种英才制度,而且人的个性很大程度是皇家空军选拔人才的标准;尽管弗朗西斯指出,招募官所看重的个性"往往意味着上过私立学校和精英大学的年轻男子更容易被选入"。[19] 而且对于普通人来说,空军让低等军衔的士兵更容易晋升。与陆、海军相比,皇家空军在服装和行为方面受到的约束较少,因此,海陆两军对于空军飞行员的作风一向颇有微词。当"二战"已然成为事实,青年男子想要应征入伍也不是没来由的——他们从小就对那些激动人心的空中冒险故事耳熟能详,尤其是英姿飒爽的詹姆斯·比格斯沃斯上校的传奇故事。"比格斯"上校是威·厄·约翰斯上校小说中的主人公,作者自己就是一名飞行员,曾参加过"一战"。约翰斯上校写过上百卷的长篇和短篇小说,都是关于这位虚构的主人公。原本这些书的目标读者是大一点的青少年,但为了适应更低龄的读者,一些作品的内容有所调整。比格斯的故事在青少年中受到无比欢迎,虽然诚实和勇敢是小说的主题,但在今天看来其中也不乏一些带有种族主义、性别主义,以及美化暴力的成分。在那个阅读材料不甚丰富的年代,比格斯和伙伴们的历险故事和英雄事迹成了男孩子心目中的经典。

到20世纪30年代,许多英国大学都有了自己的飞行中队。在那里本科生尽可以免费学习飞行,并且学校鼓励学生应征入伍,参加皇家空军。在很多人眼里,加入空军意味着可以穿上潇洒的飞行服,满怀凌云壮志去征服蓝天。然而皇家空军的纪律是出了名的松懈。这种松懈或许来自纨绔子弟的日常做派,因为大多数人相信"二战"时期的飞行员——尤其是战斗机飞行员——主要来自富人甚至贵族家庭,而且在英国的顶级私立学校读过书。事实上,70%的飞行员都来自公立学校,只有30%毕业于私立学校。其中,只有8%的人曾在伊顿公学、哈罗公学或其他精英院校上过学。而且轰炸机司令部和战斗机指挥部的成员也不全是英国人,还有一些来自波兰、捷克斯洛伐克、保加利亚、加拿大和澳大利亚的战士与英国士兵并肩作战。

当时的英国皇家空军是一个非常男性化的世界,其中酗酒的风气十分盛行。因此,它对于追求冒险和刺激的年轻人来说非常有吸引力,尤其是一些个人主义情怀强烈的年轻人。他们纷纷加入战斗机飞行员的行列,人们把他们称作"飞翔的男孩"。这些飞行员出了名地爱喝酒,他们经常不计后果地酗酒。因此在战前,大部分酒吧都不喜欢飞行员的光顾。家长们会警告自己的女儿不要和这些搞新名堂的士兵来往,但皇家空军的风光头衔和作为飞行员的超人气质都毋庸置疑地使这些年轻人迅速膨胀。不难想象,这些习惯了在天空飞行的年轻人会如何在泥泞的道路上疯狂飙车,在会车时轧着路沿飞驰而过。这些乡间小路即使在今天也很难容得下两辆汽车交会。也不难想象他们会如何穿着光鲜亮丽的飞行员皮夹克大摇大摆地走向当地的酒吧,刻意要来个华丽亮相以吸引当地女性的目光。

1940年上半年,民众对皇家空军的不满逐渐上升为一种敌意。尽管空军在法国上空顽强抵抗,他们还是没能避免英国远征军在敦刻尔克的大撤退,这在某种程度上加剧了陆军对空军的敌对情绪。英国国内骂声一片,空军将士有时候还会遭到其他士兵或平民的殴打,以前经常光顾的酒吧也开始排挤他们。然而,这一年夏末的不列颠之战使皇家空军成了人们心目中真正的英雄,尽管公众态度的转变的确花了一些时间。即使他们已经离开当地,去往战场,人们只要想起那些在餐馆和酒肆里喧哗闹事、在乡间小道上肆意飙车的战斗机飞行员,仍然是心有余悸。[20]然而对于有的人,尤其是女性来说,这些潇洒、英勇的飞行员有着难以抵抗的魅力。他们频繁地往返于当地和战场,冒着巨大的危险在空中奋勇杀敌,这种英雄形象无疑是令人着迷的。英国皇家空军在不列颠之战损失惨重:544名机组人员牺牲,422名受伤,还有1 547架飞机遭到损毁。丘吉尔在1940年8月20日的著名演讲中说道:"在人类战争史上,从来也没有一次像这样,以如此少的兵力,取得如此大的成功,保护了如此多的生命。"[21]人们往往认为丘吉尔所说的"少数兵力"指的只有战斗机指挥部的战士,其实也包括轰炸机司令部。而不管是战斗机还是轰炸机组的成员,在接下来的日子里他们将面临更为惨重的伤亡。

在很多人心目中,"二战"飞行员的典型形象来自《最后的敌人》这部自传体小说。小说的作者理查德·希拉瑞是一名喷火式战斗机的驾驶员。小说于1943年面世,在"二战"文学史上,它的地位堪比维尔浮莱德·欧文、西格里夫·萨松和鲁伯特·布鲁克这些"一战"时期诗人的代表性作品。希拉瑞是澳大利亚人,生于悉尼,长在英格兰。他在什鲁斯伯里学校读书——这是一所普通的私立学校,后来去了牛津大学三一学院,在那里他是出了名的划桨能手,并加入了大学的空军中队。他长得极为英俊,是一个富有魅力、见多识广且胆识过人的小伙子。但同时,他的性格也有傲慢自大、好争辩且目中无人的成分。[22]1939年9月3日,大学二年级的希拉瑞在父母家里收听了纳威·张伯伦的宣战演讲。他当即驱车从比肯斯菲尔德赶到中队总部,他是那里的本科生排长。当年10月,他应征入伍,加入皇家空军。第二年,在不列颠之战最为激烈的时候,他驾驶的喷火式战斗机被一架梅塞施密特式战斗机击中,整个飞机剧烈地燃烧了起来。希拉瑞想要打开驾驶舱顶罩,但是顶罩被卡住了。希拉瑞最终费力地打开了顶罩,但在这短短几分钟里火舌已经烧着了他的面罩和氧气瓶。他失去了意识,直到飞机旋转着坠入凶险的北海海域时他才清醒了过来。希拉瑞穿着救生衣漂浮在海面上,烧焦的皮肉发出阵阵气味,这让他感到十分惊恐。他在海面上漂了几个小时以后终于被马尔盖特救生船[①]搜寻到,将他送往当地的医院。

希拉瑞在战斗中脱下了手套和护目镜,所以他在

---

① 马尔盖特(Margate)是英国肯特郡萨尼特区的一个海边小镇,这里有一个皇家救生艇学会的救生站,距今已有超过150年的历史。——译者注

水里看见自己的双手时，发现上面的皮肉几乎都被烧光了，从指尖到手腕只剩下骨头。随后他眼前一片漆黑，还以为自己失明了。他的父母赶到医院，看到自己的儿子四肢都打着绷带，整个身体被带子吊着悬在病床上方几英寸的地方。他的脸上和手上覆盖着一层单宁酸的深色壳子，眼睛上涂着紫药水。五天后他转院到位于伦敦的皇家共济会医院，在那里医生揭开了单宁酸的结痂，却发现希拉瑞患上了败血症。他的手指被烧得蜷曲，指头被熔断，只剩下光秃秃的手掌。在这里希拉瑞见到了阿奇博尔德·麦克因多尔，随即转院至东格林斯特德。理查德·希拉瑞是麦克因多尔早期的手术"小白鼠"之一，他的个性也是最难对付的。尽管两人时有冲突，但随着时间的推移，他们最终实现了对彼此的尊重。除了剧烈的伤痛之外，三号病房的伤员还要面对毁容带来的一系列心理震荡。对未来的恐惧、身份认同危机和男性气质的丧失让伤员在肉体疼痛以外还要忍受精神创伤。他们中大多数人是靠着病房里的同志情谊、医生的鼓励、社区的支持还有后来的小白鼠俱乐部才没有深陷绝望。但希拉瑞是一个特例。他在战场上表现得很英勇，坠机以后遭受了严重的毁容——这是他和其他伤员的共同之处。他是一个典型的"小白鼠"，但在康复过程中他的个性和整个医院格格不入。无礼、易怒和傲慢的性格使他在医护人员和患者中都交不到朋友。尽管他是小白鼠俱乐部的创始成员,他却并不接受俱乐部的团体精神。这是他本性使然,或许也因此导致了他几年后的悲剧性死亡。

《最后的敌人》讲述了希拉瑞的个人经历,尽管作者本人承认,书中的确有添油加醋的虚构成分。虚构的目的是为了使他的经历在自己和读者看来都更有意义,但这也使得它——从文学而不是历史的角度来看——与一些传统的"小白鼠"传记有所区别。这类传统的传记包括威廉·辛普森的《我烧掉了手指》、杰弗里·佩奇的《火中击落》和汤姆·格里夫的《我和一名德国士兵发生了争吵》,其中格里夫的作品是最有启发性和深度的。与希拉瑞的小说不同,这些回忆录或许在文学性上稍有欠缺,但其中对人性的揭示和谦逊的笔触弥补了这一点,而这正是希拉瑞的小说所欠缺的。

*

之前的几周雨水时断时续,但最近却结结实实地连下了好几天。全国大部分地区都泡在水里,新闻里全是救灾的故事。受灾的人们站在自家屋顶等待救援的船只,而很多家畜都淹死了。下水道里的洪水开始渗进供水管道,导致受灾的群众只能等待饮用水空投下来。高速公路的航拍显示成列的汽车被困在水里,车里的人无能为力地看着水位逐渐上升至车窗高度。我站在公寓里,眼前是马尔科姆即将被完全淹没的花园,思绪回到了1968年的那场洪水。当时我正怀着八个半月的身孕,生怕突然临产却没办法穿过洪水前往医院。我不知道此时有多少孕妇正在收拾东西,等待着救援的人把她们即将出生的孩子送到安全的地方。新闻还报道说伦敦至伊斯特本的铁路已经彻底沦陷了,东格林斯特德火车站也已经关闭。终于,马尔科姆冒着大雨回来了。他从头到脚都裹着结实耐用的PVC塑料防护服,活像一个北海的拖网渔民。他趟着水艰难地走过来,手持一根撬棍将渗井打开,地面的水开始急速地流动起来。他告诉我外面的路也被淹了,如果今天下午雨停我们还有可能出去,但如果雨一直下的话,麻烦就大了。

不管战后这几十年以来英国发生了怎样的改变,至少天气依旧如是。1941年的7月,雨水也是异常地多,许多地区都很有可能遭遇严重的水灾。7月20日是一个星期天,天刚亮时正下着倾盆大雨。雨水灌进了维多利亚女王医院,地上满是大水坑,积水淹没了道路。护士们披着斗篷在不同的楼房之间低下头一路小跑。那天早晨,罗杰站在三号病房的窗前向外望去,他看到风雨吹掉了两名护士头顶上过浆的白帽子。

"那天早上我记得特别清楚,"他说,"天气糟透了,和我那天的心情一样。我宿醉得特别厉害。我看了一眼外面,又躺回床上。我们几个人前一天晚上玩得有点过头,所以我又多睡了几个小时。所以俱乐部当天的活动开始时我并不在那儿。我总是很后悔——没有一开始就去。"

那天早晨病房里很安静,只有前一天晚上最闹腾的几位打着呼噜,借睡眠消除疲惫。与医院主楼里亮堂且通风的病房不同,设在军用木屋的烧伤科病房总让人感觉既幽暗又压抑。尽管麦克因多尔曾尝试着将这里尽可能打造得如家般舒适温馨,但他改变不了的是这里依然住满了毁容和伤残的病人。房子里弥漫着酒精、汗液和受伤的身体的气味,还有来苏消毒液呛人的烟雾和盐水的味道,说不清哪种味道更刺鼻。麦克因多尔坚持放置的鲜花并没有起到中和这些气味的作用。对于工作人员来说,清晨是难得的休息时间。清晨过后,三号病房里会有无休无止的高强度工作在等着他们。护士和看护人通常一站就是一整天,要不停歇地包扎伤口,把伤员放进和移出盐水浴池,发药,喂饭,给伤员擦洗身体,做术前准备,迎接手术后的病人回来,倒便盆,还要在工作当中应付伤员们亢奋的精神和恶作剧。多亏了前一天晚上的过度饮酒,清晨才有了这片刻的安宁。这时几个醒了的伤员穿上衣服或披上晨衣,摇摇晃晃地穿过细雨,向不远处的一个小屋走去,那是他们的一个娱乐室。几个人在寻找一些狗毛,而其他人则继续呼呼大睡,一直到日上三竿。[23]

娱乐室的屋顶上雨声淅沥。一位双手尚且健全的"小白鼠"打开了一瓶雪莉酒，于是大家的情绪又高涨了起来。等到太阳完全升起来、雨声渐弱、阳光透过云层射进来的时候，发生了一个重大事件——有人提议成立一个"烈酒俱乐部"，大家纷纷表示同意。那天早上在场的有空军少尉杰弗里·佩奇、空军少校汤姆·格里夫、一位捷克斯洛伐克战斗机飞行员弗兰基·特鲁拉、理查德·希拉瑞和空军中校德里克·马丁。他们又将这个小团体称为"颌面人俱乐部"，因为大家都经历过颌面部整形手术。这些人很有一些挖苦人的黑色幽默，他们选了空军中尉比尔·托尔斯-珀金斯做俱乐部书记，因为他的手指烧伤太严重了，根本没法写字；少尉彼得·威克斯担任会计，因为他的双腿烧伤得太严重，只能坐轮椅，所以没办法携公款潜逃；汤姆·格里夫被任命为副主席。当天下午，他们又说服麦克因多尔担任俱乐部主席。几个月后，小团体的名称被改为"小白鼠俱乐部"。该俱乐部的入会条件包括必须在皇家空军服役，必须在服役过程中被"砸过、烧过、煮过"，必须在东格林斯特德接受治疗。麦克因多尔的手下也成了俱乐部的成员，包括助理医师珀西·杰尔斯和麻醉师约翰·亨特。过了不久，加拿大皇家空军上校罗斯·蒂利也加入了进来。许多加拿大皇家空军的飞行人员也来到东格林斯特德接受救治。蒂利有整形方面的背景,所以加拿大政府派他来协助麦克因多尔工作。两人一拍即合,不论在工作上还是私下都发展了密切而持久的伙伴关系。俱乐部的另一名重要成员是空军上士爱德华·布莱克塞尔,他以前是一名教师,曾经希望加入海军,遭到拒绝以后转而加入皇家空军。在那里他接受了培训,成为一名体能训练指导师。他先是在澳大利亚空军第十中队设在普利茅斯的派遣队待了一段时间,随后被派往东格林斯特德,向麦克因多尔报到。他的任务是负责空军伤员的康复。不出所料,在那个年代,包括护士长吉尔·马林斯在内的所有女性都被排除在俱乐部之外。

终于,杰弗里·佩奇提议说俱乐部的成立不应仅仅是一个大家过度饮酒的借口。佩奇对战后的伤残人员抚恤金并不抱太大希望,他认为有能力回到部队或者回归正常生活的人应该贡献出力量,以确保那些更不幸的兄弟们在经济上能够有所依靠。[24] 这的确需要时日,然而麦克因多尔很快就看到了俱乐部的潜力,他认为这是自己康复治疗计划中很重要的一部分。俱乐部不仅能够将这些人凝聚在一起,强化他们共同的使命感、对彼此的同志情谊和奉献精神,而且借着它的缘故,这些人能在未来的岁月中依然不离不弃,尤其是当一些人需要频繁地回到这里进行手术的时候。事实证明,作为福利干事的布莱克塞尔对俱乐部有很大的好处；他是一个坚强、亲切而且可靠的人，他的存在大大地鼓舞了伤员，使他们互敬互爱；他经常为伤员做心理疏导、解决矛盾纠纷、整理伤员档案和会员记录等诸多的事情。后来，在麦克因多尔的领导下，小白鼠俱乐部获得了皇家空军慈善联合会的长期资助。这个基金会成立于1943年，那一年理查德·希拉瑞的《最后的敌人》才刚刚出版，引起世人瞩目，于是捐助开始从四面八方涌来。

每年一次的俱乐部聚会是为了确保那些已经开始新生活的人依然和其他人保持着联系。对于麦克因多尔来说，在他和皇家空军与卫生部的种种瓜葛之外，俱乐部的名声和力量始终在他身后。艾米丽·梅休指出，小白鼠俱乐部的成员在全国都很有名气，"在英国现代历史上，人数如此众多的伤员能够长期吸引公众的兴趣，且受到大众的好评，这是第一次并且是唯一的一次"。[25] 那些宿醉中的清晨见证了一个非凡组织的开端。它的存在挽救了这些被战火改变了生命的人，帮助他们恢复精神健康、保持情绪稳定，还在经济方面接济他们和他们的遗孀。在那个风雨交加的早晨，在俱乐部成立初期的那些年月里，他们中有谁能够想到大家还能在今天回到东格林斯特德，相聚在新世纪。

恐惧与沉默

洪水封路,我仍被困在小小的公寓里。在这期间我和电视发展了一段很不健康的关系:极其乏味的英国真人秀节目、家装大改造与拍卖、罪案调查和美食节目。我尤其不能忍受《与我共进晚餐》这档节目。六名互为陌生人的参赛者轮流举办晚宴让其他人来自己家里做客。餐桌上的尴尬场面、消极攻击①的紧张局面和参赛者对整个事件的迟钝——它简直是真人秀节目的最差范例。每个参赛者回到家后还要接受采访,评价晚餐的食物,主人是否足够殷勤,家具风格,以及晚餐有哪些优点、缺点等。采访将人性的傲慢和阴险暴露无遗,让人叹为观止。更糟糕的是,我很快就发现自己竟然有些上瘾,甚至还代入感很强地生起气来,尽管我只是在看电视而已。或许这是因为虽然我一直苦苦地摸索,想要写出回忆中那些不平凡的人和事,我仍然找

---

① 消极攻击(Passive Aggression),心理学概念,指用不直接的方式来表达不满情绪和敌意的行为。——译者注

不到童年和青年时期的那个英格兰。在澳大利亚的时候我也会反感这类节目,但顶多是耸耸肩,把它当作一种时代的印记,而不会闷闷不乐地认为那是对印象中那个完美的故乡的一种冒犯。这种想法的确既可笑又任性。它真的冒犯到我的记忆了吗?

作为一对保守派中产阶级夫妇的独生女,我度过了一个优越的童年。在那个年代,不正派的作风和不良的举止大多都在公众视野之外。北部工业重镇上的穷街陋巷、伦敦城里的贫民窟、索和区那些罪恶横行的街道,还有隐藏在上流社会角落里的腐败窝点——这些都和我心目中那个高高在上的英格兰相去甚远。我想当然地以为英格兰应该是讲究的,仿佛镶着体面和谦逊的金边。而实际上生活的黑暗面却近在咫尺。在消极攻击这方面英格兰始终占据着世界领先地位:贵族阶层的背后中伤和乡野酒肆里的恶语相向简直不相上下。即便是在20世纪四五十年代的萨塞克斯乡间,种族歧视和对同性恋者的憎恶还是非常普遍的。女人在家里通常没有地位,不论她在战时会有多么出色的表现。

但我无忧无虑的童年回忆总是以我自己为核心的:我在洒满阳光的乡间小道采摘报春花,和我的好朋友伊芙琳藏在花园里的那棵巨大的迎春花灌木丛里,学习骑一匹小马驹,上芭蕾舞课,就着一大盘冷虾啜饮一杯好喝的"杯杯香"梨子汽水,还有我的第一条长裙。

我们从自己的意愿和向往中发现意义,围绕着自己愿意相信的事物创造意义,这是回忆的本质。但回忆有多精确呢?我们记住的真的比我们遗忘的更重要吗?印象中的过去已在永久之地定居,我是不是想要对它进行改变和挑战呢?那个已离我远去的英格兰,我真的相信自己能够找回它吗?我是不是真的相信仅凭回到这里就能重温过去的旧时光呢?

雨停了,然而道路依然被水淹着,我只好放弃了前往牛津的采访计划。我好不容易才联系上一位护士,她愿意和我聊一聊,但是计划被搁置了,这让我备感失望。莫伊拉·纳尔逊夫人是弗兰克·纳尔逊爵士的遗孀,爵士在"二战"时期负责特别行动执行小组的工作。在会面之前,我和莫伊拉已经有过简单的通信。我对她的女性视角充满期待,很好奇三号病房在她眼中究竟是什么样子,以及她认为那些男孩的狂欢作乐对护士来说到底意味着什么。我打电话向她表示歉意,但我暗地里希望她不会认为这次意外的推迟是因为我打了退堂鼓。她告诉我牛津也遭了水灾,希望下一周能够好起来。我们开了许多有关英国天气的玩笑,她听上去很有力量,而且性格十分开朗。

"我下周见你吧。到时候我们好好地喝杯下午茶。我这儿还有一些电话号码要给你——其他护士的电话号码。"

我那时并没有很多护士的线索。之前搜寻到的通讯方式要么是不见回音的邮箱地址,要么是接不通的电话,还有被退回来的信件,上面会潦草地写着"已故"或"查无此人"。我甚至开始走上街头试着和老年人搭话,询问他们有没有听说过麦克因多尔的护士。很多人被我的问题逗乐了,大多数人也会友好地回应我,但我终究一无所获。所以莫伊拉·纳尔逊的消息和她承诺给我的电话号码对我来说意味着重大的突破。

被困在家里的这些天,我也没有荒废时日。在此期间我一直在互联网上搜寻信息,想了解"二战"时期的男性,尤其是皇家空军飞行员,是如何克服恐惧的。和杰克·托佩尔一样,我见到的其他"小白鼠"也对这个话题避而不谈。同样地,我读过也看过一些类似的访谈,其中的当事人也总是回避这个话题。"如果可以一切重来,"他们说,"我也不愿有任何改变。我宁愿经历这一切,也不愿不去做一名'小白鼠'。"也许措辞略有不同,但表达的意思基本是一样的。与之相伴的是对恐惧的否定——"执行任务的时候我一点都不害怕"。"小白鼠"的话似乎意味着只有在出事以后,当他们躺在医院的病床上为未来担忧的时候,当他们因为毁容和残疾很可能会被爱人抛弃的时候,他们才感受到了那份恐惧。

所以,当他们煞有介事地讲述战场经历的时候,这种对恐惧的回避会不会是一种习得行为?[①] 戴上这张面具,他们就可以保护自己的男子气概,因为那时人们所理解的阳刚之气似乎就意味着男人不可以坦率地说出心中的恐惧。当他们翱翔于蓝天,那种震颤感是否释放出了足够多的肾上腺素,让人们可以在短时间内麻痹恐惧心理,这样才能英勇无畏地去战斗?或者有一种更深层次的作用,使他们能抑制住内心深处那可怕的恐惧感呢?而我又有什么权利去打扰这些已经学会在回忆中自处的老人,去探寻他们的内心世界呢?

乔安娜·伯克曾广泛研究两次世界大战期间的男性心理状态。在这个话题上,她认为恐惧在战场上占据了支配地位,无论任何阶层的士兵都需要持续地抵御它。[26] 战争历史学家保罗·福塞尔表示"二战"期间的士兵酗酒现象就是为了麻痹恐惧感、厌烦情绪还有普遍存在的身份认同方面受到的严重打击。因此福塞尔写道,"'二战'时期的酗酒现象相当于越战时期的毒品,它们都是士兵们对抗和逃避负面情绪的方式"。[27]

现在生活中的大多数人都像我一样,没有经历过战争,没有冒着生命的危险去服兵役,也没有忍受过足以毁掉自我意识的伤痛——我们无法想象战争到底意

---

① 习得行为(Learned Behaviour),心理学术语,指人通过实践和经验逐渐改变了的行为方式。——译者注

味着什么。在战争的环境下,想要给自己的存在和行为赋予意义是一件冒险的事。同时,书写战争的过程也时常是自相矛盾的。恐惧是战争内在的组成部分,而战争产生的焦虑、脆弱和绝望一方面是极其私人的情绪,另一方面又十分普遍。

在皇家空军,人们很清楚恐惧对飞行员的纪律、斗志和表现会产生怎样的影响。能够克服或者至少控制恐惧心理,无论是对于飞行员个人还是集体来说,都是重中之重。勇气是不可或缺的——毕竟在那个年代,勇敢是男性气质的重要组成部分。皇家空军的这些帅小伙在部队以外的表现恰恰证明了他们想要彻彻底底地感受生命。乡民们或许看不惯"飞翔男孩们"的种种表现,但这却体现了他们对于生活的渴望。他们想要活在当下,而不去想在明天等待他们的究竟会是什么。

飞行员也许设想过各种各样恐怖的受伤、致残和死亡方式。被大火吞噬或部分烧伤是一个显而易见的威胁。另外,在加压舱里被空气吸出去、被其他飞机的残骸击中、被击落然后坠入大海抑或是直接在陆地坠机,以及被敌军俘获等情况都是极其危险的。这些场景并不只出现在人们的想象当中。每一天都有新的伤亡数字,更多四肢、面部和手部被炸掉的案例,以及被大火吞噬的飞行员。部队里的朋友和战友爬进机舱以后,很有可能就再也见不到他们了。他们如果幸免于难,回来时却经常带着可怕的伤残。除了战场上的危险,飞行员在训练飞行中也容易受重伤甚至牺牲。即便如此,当时的许多人宁愿顶着巨大的恐惧感去战斗也不愿被人称作懦夫。毫无疑问,被当作懦夫是一件同样令人恐惧的事。[28]

"我理解不了这种恐惧。"很久以后我向一位朋友倾诉道。他是一位澳大利亚的越战老兵,现已年届六十,目前住在伦敦。我们认识许多年了,但他从来没有向我谈起过自己在战场上的经历。"这些人向我讲述了他们的经历,会用非常轻松的语气告诉我很多细节。他们谈到了自己的烧伤情况,谈到自己是如何克服困难去重新面对这个世界的。但是,对于恐惧他们始终闭口不提,不告诉我他们真实的感受和真正想到的东西。"

"我的老天,你想让他们的心再次滴血吗?"他说,"他们当然不想谈论这个。它不能被提起,因为这会毁掉一个人。他们都经历过那些,所以在一起时根本不必言说,大家心里都明白。它就不该被提起。你不会和一个没有经历过的人说这些。不可能。听着,在战场上,你会看到一般人本不该看到的东西,也做过人们不该做的事情。有些人愿意口述历史,讲述之前发生了什么,但你没办法让他们告诉你那是什么感觉、内心都经历了什么、是怎样扛过来的。那些感觉就像一个怪物,你总要让它离得远远的。如果有一个好事的作家来到他们家门口,想要知道点什么的话,她永远是套不出来什么的。"

他继续给我讲了一些有关创伤后应激障碍[①]的内容,然后话题又回到"二战"老兵。"他们和我们不同,"他说,"可能要比我们更糟,因为'二战'结束三十年以后我们才发明了这个名词儿。他们根本没办法去克服这种障碍。好像出现了这个名词儿,人们就能理解它一样。而事实上,你没经历过它,就永远无法理解。在那之前……根本没办法谈论它,我估计除非可以拿它开开玩笑。你会担心过多的情绪会让自己看上去像个懦夫。相信我。"他准备起身回家时说道:"你不能期望得太高。有些东西你要学会放手。"

或许是"小白鼠们"讲故事时那种质朴、娴熟和自嘲的幽默感让我产生了更多的期待。我以为,过去的一切都被整整齐齐地码放在记忆中,他们随时随地都可以拿出来,分享给等待倾听的人。创伤记忆往往在人的潜意识里挥之不去,而且不管过了多久,它都能随时浮出水面,制造混乱。重新唤起和整理这些记忆是对语言的公然反抗,这种尝试会对人的精神造成打击。我现

[①] 创伤后应激障碍(Post-traumatic Stress Disorder)简称为PTSD,指个体经历、目睹或遭遇到一个或多个涉及自身或他人的实际死亡,或受到死亡的威胁,或严重的受伤,或躯体完整性受到威胁后,所导致的个体延迟出现和持续存在的精神障碍。——译者注

在才意识到,在小白鼠俱乐部里的兄弟情谊背后是集体对创伤记忆的心照不宣,而这种纽带的建立能够帮助他们在残酷的经历之后依然可以坚强地生活下去。我很震惊,也很惭愧,因为我竟然花了这么长的时间才学会将创伤记忆的理论结合到"小白鼠"的话题上来。

战争作家、记者塞巴斯蒂安·容格在一次 TED 演讲中讲述了他和美军一起在阿富汗战场上的经历。容格说他有一种想要尽快回到战场上的渴求——"小白鼠们"都曾提到过类似的渴望。这种渴望既关乎兄弟情谊,也来源于一种恢复自尊和自我认同的需要。

"任何一个心智健全的人都仇恨战争,仇恨战争的概念,不愿意战争和自己发生任何关系,不想靠近它,也不想了解它。"容格说。他继续指出即便如此,很多人还是会花钱去电影院看战争片。"相信我,"他继续说道,"即使在一群爱好和平的人当中也不乏有人被战争的魅力所深深吸引,更何况是二十出头的被炮火洗礼过的小伙子了。"

要了解这一点,容格解释道,我们必须从神经学角度而非道德层面来思考战争。"试想一下战士的大脑是怎样运作的。首先在战场上人们会有非常奇怪的经历……时间慢了下来,人的视野变得狭窄;你会将注意力高度集中在一些细节上面,同时忽视其他的所有东西。人的心理状态被稍稍改变了。"他继续解释道,这是人体分泌出大量肾上腺素所产生的效果。"年轻的男性会不遗余力地去获得这种经历。这很自然,而且是受荷尔蒙支配的。青年男性因暴力或意外而死亡的概率是青年女性的六倍,因为小伙子就爱干那些愚蠢的事:从高处跳下来啦,或者是把什么东西点着啦……"

容格还讲到很多战士坚持要回到战场上去。他谈到了兄弟情谊,他将这种纽带解释为"杀戮的对立面,从某种程度上讲"。他说,这就是为什么有很多人想要回去的原因。兄弟情谊,在容格看来,和友情是不同的。"兄弟情谊无关个人的好恶。这是群体之间默认的约定,意味着你把群体的利益和所有同伴的利益放在自己之上。事实上你会告诉自己,我爱这些人比爱自己更多。"[29]

我想起了飞行员们的故事,比如比尔·福克斯礼,他自己从飞机残骸里逃出来的时候并没有受伤,但他折回去,再次置身火海去营救战友。我想起了那些即使伤残却恳求麦克因多尔签字,想要回到部队的伤员。当容格说到士兵之间的纽带,说到他们爱战友比爱自己更多,以及离开集体后的失落感时,一切都说得通了。"想想那种感觉有多好吧,"他问观众,"想象一下,他们庆幸自己能有这种体验。当他们回到家,像我们一样走进社会的时候,他们不知道有谁可以指望,不知道有谁会爱他们,他们可以爱谁,不知道遇到困难时有谁会在身边。这太可怕了。从心理学角度来说，面对这种疏离感，战争相比之下容易得多了。"[30]

"小白鼠们"的"烈酒俱乐部"让战场上的兄弟情谊持续了下来。直到现在，与志同道合的人一起喝酒仍是一种男性气质浓厚的仪式。这无疑是战争年代的生存机制在部队和平民社会中的延续。马丁·弗朗西斯指出空军文化还有另一个特点，那就是它完全依赖于当时最先进的科学技术和军事武器。空军的蓬勃发展仿佛是人类现代性与精密性的缩影，昭示着人类对于那无边无际的空中未知领域的征服。[31] 对于单人作战的战斗机飞行员来说，恐惧随时可以侵入并占领驾驶舱。正因为如此，他们才要将恐惧心理扼杀在萌芽状态。总体来说，战斗机飞行员要能够对自己所处的情况具备充分的控制能力。他们不喜欢将自己的命运寄托在别人身上，独立几乎是所有飞行员身上的品质。理查德·希拉瑞在书里写道：

飞行员是一个种族，他们自远古以来就不善言辞。因为他们往往要和死亡擦肩而过，所以能有意无意地感受到一些十分重要的事情。只有在天上，飞行员才能抓住那种感觉，那转瞬即逝的顿悟。那种片刻的洞察力会让他一瞬间成熟起来。只有在天上，他才能突然明白自己在这世上的位置。"回到地面上来"对他来说具有双重意义。他发现自己很难在这样一个世俗的俗世找寻方向；这里的人们会说话，头脑也机敏，还懂得世事——但他们终究是盲目的……他想要回到部队食堂，和同伴们在一起，和那些用行动代替语言的人们在一起……他想要回到那个封闭的语言环境，那里说的话只有空军战士才听得懂。[32]

希拉瑞被获准回到部队，只是不能单独飞行。他发现自己需要适应其他战友，有时候需要对他们负责，有时候又要依靠他们，这让他对飞行产生了新的恐惧和挫折感。作为一名单人作战的飞行员，他享受独自发现敌人然后打击敌人的快感。然而轰炸机司令部的成员却无法看到敌人，正如诗人詹姆斯·迪基在《轰炸的燃烧弹》一诗中所写的那样：

一些气味诡异的东西落下来——当地面上的人
死去，甚至没有一丝声响；
坐在驾驶舱里的感觉很酷、让人着迷，
……深深地陷入审美的沉思，
……正是这种超然，
这种受人尊敬的审美邪恶，
这种个人力量的巨大膨胀，
必须被消耗在酒肆中，或者以其他任何

方式。[33]

轰炸机的机组成员深刻地认识到他们彼此之间是互相依赖的,而这种支持的力量也约束着个人的行为。而且,由于他们既看不到敌方,又体会不到轰炸所造成的破坏,这些人都有一些神经官能症。对一部分人来说这又是一层压力。不难想象的是,不管硬件条件如何,即使在肾上腺素水平爆表的情况下,战士们仍需要和别人表现得一样出色,同时还要肩负伙伴的责任。在巨大的心理压力下,他们受到的负面影响可想而知。

由于对恐惧心理的抑制,皇家空军在心理和生理上都会出现一些异常:剧烈的头痛、失眠、消化不良、四肢颤抖、无法集中注意力的现象在士兵身上十分常见。有些飞行员会产生死亡的幻觉,有的还出现了精神崩溃的先兆。[34] 虽然在一轮轮艰苦的突袭任务间隙有很短的休整时间,但这只够略作休息,并不足以放松他们紧绷的神经。高强度的任务和紧张的心理压力已经成为他们的日常,所以即使有休整时间,他们也要利用起来做其他训练。于是,一旦他们回到生活当中,便要通过各种方式去弥补和放松。他们酗酒,疯狂地聚会,急速且极其危险地飙车,还有尽可能多的性生活。要找到一个合适的方式来讲述这些故事并非易事,然而,合适的讲述也是回归正常生活的秘方和克服心理障碍的良药。

三号病房的生活

自从上一次鲍勃·马钱特带我参观了维多利亚女王医院,我自己又专程来过几次,为了研究博物馆里的档案。每次来到这里,我都会花一些时间在咖啡厅里坐一坐,尽可能地在脑海中还原出三号病房在当年的样子,然而我发现这很难做到。杯盘叮当作响,客人们不住地聊天,还有凳子腿刮地板的刺耳声音、小孩的哭闹声,以及从后厨传来的噪声,这一切实在让我难以集中注意力。或许"小白鼠们"当年的吵闹程度与今天的咖啡厅不相上下,这和飞机机械师亚伦·摩根的叙述是吻合的。当年他刚来到三号病房的时候常常失眠,而且一直有一些震惊和困惑。在战争刚刚爆发的时候,亚伦是斯多克波特的一个工具学徒匠。他本来是想参加海军的,只可惜他是工厂急需的技术人员,所以免于征兵。

"我不知道自己在哪儿。听上去好像是在精神病院,我以为他们都是一群疯子。我不停地想——这真是个见鬼的地方,他们都是见鬼的疯子。"

亚伦不停地想，还不停地大声和其他人说话。他听到的不是普通医院病房里的那种噪声，而是大声的喧哗、沙哑的笑声、骂人的话、碰杯的声音、一天到晚响个不停的广播、床移来移去的声音、跑调的歌声、留声机里传来的音乐，甚至还有自行车的铃声以及女人们轻快的嗓音和笑声。晚上他能听到一群酩酊大醉的男人从酒吧回来，还能听到护士们让他们安静一些。那声音听上去很欢乐，有时候甚至盖过了因为剧痛而撕心裂肺的惨叫和呜咽声，但间或也会爆发出一两声愤怒和绝望的吼叫。生活的响动充斥在这间病房里，和亚伦所期待的那种安静的医院环境相去甚远。这间病房更像是个家——更接近于正常的生活——这是麦克因多尔致力于实现的。另外这里还有特殊的福利——年轻漂亮的护士为他们做伴，同时战友之间的情谊依旧。我渐渐明白，在这里人们不必恪守社会习俗的约束，打破各种界线也是理所当然的，而且经常会得到医生的支持。

尽管在许多外人眼里，麦克因多尔是一个冷漠的人，但他对他的"男孩子们"却表现出了极大的热情。他尊重他们，面对他们的伤残他保持着足够的客观和冷静，也从不向他们隐瞒病情。为了减轻他们对手术的恐惧，他鼓励还没做手术的人坐进手术室里观看他的操作。由于病人数量激增，东格林斯特德的病房越发紧张,于是他爽快地取消了不同军衔士官和士兵之间的隔离。

"我惊奇地发现临床躺着的是一名军官,大家都同吃同住,"亚伦·摩根告诉我说,"军衔在这里没有意义,大家都一样。这是阿奇的命令,谁也没有反对。如果你旁边床上的军官比你情况略好一点,他会给你倒一杯茶,加点糖然后搅一搅,端着杯子喂给你喝。我得告诉你,我花了好长一段时间才适应这一点。"

三号病房给病人、家属和医院的福利委员会都带来了惊喜。广播和留声机不停歇地说着、唱着,你会看见一个被绷带从头包到脚的伤员,脸上还挂着一根肉茎,肉茎的另一头连在他的胳膊上或胸前,他缠着一位忙碌的护士,非要和她跳一支舞。屋子里一直放着一大桶掺了水的啤酒,这是为了帮助伤员保持振奋的精神。这些在战前的任何一家医院里都是不可能的事。下流的玩笑和骂人的话从这个床铺被抛向那个床铺,而且永远都能看到伤员在竭尽全力地和护士搭讪。

1940年,医院的福利委员会对病房里的脏话、喧闹、饮酒和打情骂俏有很大的意见,为此麦克因多尔极力为他的病人辩护,最终让委员会撤回了意见。这些委员们以往所熟悉的病人通常都很有礼貌、懂规矩而且十分听话,所以三号病房里这些病人的举止使他们大为震惊,甚至感到被冒犯了。麦克因多尔看不惯他们的保守、偏见和缺乏同情心，于是在会上正面与他们理论起来。他义正词严地告诉他们，这所医院不再仅仅为社区服务了，它的首要服务对象是这些身心都受到重创的飞行员。医院要帮他们每个人解决具体的问题。这些人经历了可怕的烧伤和数次手术，但他们不是病人，然而烧伤的严重程度足以摧毁他们的意志。他说，他的工作就是要恢复他们每个人和集体的士气，让他们回到正常的工作和生活中去。在这之前，麦克因多尔已经为他的患者赢得了一场更加艰苦的战役——为了保护他们的自尊心，他说服皇家空军承认并向外宣称这些伤员依然属于现役军人。这让他们免于承受"康复服"所带来的羞耻感。那是一种难看的制服，用蓝色的印花棉布作面料，像极了监狱里犯人穿的衣服。"一战"期间，人们发明了这种病号服，目的是为了提高伤员们在治疗过程中的凝聚力。尽管的确有人愿意穿这种服装并且认可它代表着赞美与尊重，然而更多的人不愿意穿它，认为它意味着残疾或者病号。对于麦克因多尔的男孩子们来说，这种蓝色制服是对他们已经岌岌可危的男性气质的另一种威胁。麦克因多尔的这次胜利让伤员们可以继续穿上自己的军装，行走在医院、疗养院和大街小巷。在医生为他们组织的伦敦之行中，他们也可以穿着军装。这对于恢复他们的自尊心很有帮助。罗杰是一位"小白鼠"军官，他告诉我,当他听到可以继续穿军装的消息时简直如释重负。

"那时候,它好像是挽救我们自尊心的最后一根稻草,因为它代表了我想要继续延续的那种自我认同。如果我能穿着军装去城里一趟,我会感到非常值得。尽管我的手和脸都已经面目全非了,我还是皇家空军的一员,我将来还能回到部队。如果让我穿着那身可笑的蓝衣服,我肯定不会踏出医院一步。"

麦克因多尔的康复计划是要重建伤员的肢体和心灵,他的视野还投射到了医院以外的地方,他决心建立一个友好的社区。小镇上一下子出现了这么多面貌可怖的人,镇上居民的反应可想而知,于是他要尽全力保护他的患者。在面对福利委员会的那次发言最后,他敦促委员们要鼓励民众为他的男孩们营造一个友好的氛围,让他们感到舒服、自在。"我也不希望有人觉得他们很可怜。我不想要同情。我希望每个人——开商店的、开酒吧的、顾客和行人——能够像对待正常人一样对待他们,不要盯着他们看,好像他们是刚从怪物博物馆里放出来的一样。"[35]这些委员在麦克因多尔的训话以后都默默地反省。他们也很受触动,于是消息就在镇上传开了。但麦克因多尔并未到此为止,他亲自走访当地的生意人、酒吧老板和群众,还在集会上公开讲话。他告诉居民们这些人把自己的生命都奉献给了国家,他们理应得到感谢和尊重。

玛格丽特·斯特里汉姆现在已经将近九十岁了,以前是东格林斯特德的老住户。她还记得在1941年年末和母亲一起去教堂参加过一次这样的集会。

"他是一位气宇轩昂、身材挺拔的绅士。我当时想,我不会去和他争论什么,他说的都是对的。你也会这样认为——我就会对这种男人充满信任。他说了一些话——关于他们是如何冒着生命的危险,经受了地狱之火去保卫你和你的孩子的——他说的就是这些。我敢肯定这就是他的原话,我不会忘记的。它深深地刻在了我的脑海里,你要知道。我们都想为战争做些什么,他让每个人都能参与其中。于是你就会告诉自己——我准备好了,告诉我需要做些什么。"

玛格丽特当时有一个小婴儿,还有一个刚学会走路的孩子。但她当即就报名加入了定期拜访医院的志愿者。她会读书给失明的战士听,还帮他们写信。玛格丽特的丈夫萨姆当兵去了,她带着孩子和母亲一起生活。

"之后我们听说,有时候患者家属来到镇上会需要一些住处,有些伤员的母亲或者妻子会来。她们和我们一样,你明白的,也是手头不很宽裕的普通人。所以我们会挤一挤,招待她们一两个晚上。我妈妈家有三个卧室,我和孩子住一间,这样可以给客人空出来一间。现在看来也没什么，我们就是想尽点心。我想，她们从医院回来以后肯定想要和人说说话。母亲和妻子看到自己的儿子和爱人被炸成那个样子，简直太可怕了。有些女士直接转身就走，我听说她们再也不回来了。没办法面对呀。那是相当凄惨的。"

麦克因多尔认为，美丽的女性对于恢复伤员的自尊心会起到十分重要的作用，于是他很看重这些志愿来病房做伴的姑娘们。大量记录表明麦克因多尔在挑选护士时，除了要看业务水平，另一个很重要的标准就是长相。他手下的护士没有一个是长相平平、没有姿色的。这还不够，她们还要有幽默感，要开得起玩笑。我回英国几周之后，麦克因多尔的小女儿，瓦诺拉·马尔兰证实了这一点。关于她父亲对于女性的态度，她还向我透露了更多。

"我父亲希望他的护士是最能干的，同时他还希望她们美丽动人。他想要那种即使被掐了一下屁股也不会大惊小怪的女人。那些伤员都很年轻，一些人的女朋友无法面对他们的残疾或毁容，离开了他们。所以我父亲觉得，如果能有漂亮的姑娘在周围和他们打情骂俏，那一定会帮助他们恢复自信，所以在这方面他是予以鼓励的。这些人曾经都是非常潇洒帅气的小伙子，所以如果有什么能帮助他们恢复自尊心的话，那一定就是爱慕着他们的漂亮姑娘。"瓦诺拉告诉我说，她父亲这种男人是那个年代的典型。"他喜欢女人,喜欢被女人围绕的感觉,但同时他并不十分看重她们,除了觉得她们对男人有些用处以外。他认为她们为伤员的付出是理所应当的。他爱他的那些男孩子们,愿意为他们做任何事,他召集护士们和当地的女性给这些人举办聚会、舞会——而参加这些活动或者来帮忙的女性应该能开得起玩笑,愿意和伤员们调调情而不至于大惊小怪。"

我不禁又一次想,当这些护士们不得不接受这些语言和肢体上的暧昧时,她们是否会乐在其中呢?当她们抑制住个人的情绪,以配合这些小伙子们嬉闹甚至失控的日常时,她们究竟付出了怎样的代价?

由于天气的缘故,我依然被困在小屋里,只能在网上寻找有关三号病房护士的线索和故事,但收效甚微。直到后来很久,我才在英国广播公司以往的节目单中找到了一档叫作《人民的战争》的节目。节目的主人公是"二战"时期在东格林斯特德担任医院社工的玛格丽特·查德。1945年,查德在伦敦大学做了一次演讲。在演讲中她介绍了麦克因多尔在东格林斯特德的医疗政策,可以概括为"医院治疗的三R政策":责任（Responsibility）、康复（Rehabilitation）和重新安置（Resettlement）。她解释道,对于长期住院治疗的伤员来说,他们的康复过程并不简单,并非单凭常规的医疗

措施就能满足：

他鼓励患者要有对医院的归属感，而且他们要约束自己的行为举止，这并非是因为相关的规定和纪律，而是因为他们要对得起自己的荣誉。在医院里，患者会感到自己是一个独立且重要的存在，而且他们需要对自己的康复负责。所有规则的制定都是出于医疗方面的考虑而非社会层面的考虑。[36]

麦克因多尔的理念是一个理想的样板，其中强调的互相尊敬和患者规范听上去并不复杂，然而在操作上却并不是那么简单。尽管出发点是好的，在政策的具体实施过程中，护士的工作和她们个人都受到了很大的影响。四十年以后，玛格丽特在1987年来到诺福克综合医院又做了一次演讲。演讲中她描述了当时在三号病房里盛行的风气，这种风气与她之前所介绍的荣誉准则相去甚远：

护士们的顶头上司是霍尔护士长。她是一位待人热情且和蔼可亲的爱尔兰中年女性。她想要极力控制那些"家伙们"的行为。然而她的努力却难以奏效，因为这所医院和普通的医疗机构有很大的不同。当医护人员出现时，患者并不会像正常的病人一样容易服从。

当他们胡闹起来,她通常感到很难控制;他们晚上还会情绪激昂地倾巢出动,前往当地的酒吧买醉。而一旦护士长向麦克因多尔汇报这些行为,他的回复通常是:"这些人经历了太多的伤痛和不幸,胡闹一下也是正常的,你们也应该体谅。"如果你看到一名护士尖叫着被一个穿着睡衣的病人抱起来扔进冷水浴,你会去阻止或者惩罚他吗?如果你在半夜看到一群从酒吧回来的伤员,他们手里拿着许多从半路偷来的施工照明灯,在病房里大声喧哗、唱歌,把睡着的人都吵醒,你会说些什么?[37]

这些伤员是如此年轻,他们的伤病却是如此严重和可怕,皇家空军所倡导的又是如此不羁的文化——不难想象,麦克因多尔的纵容的确会让他们认为自己过的只是"正常"的生活。而且,这的确有助于恢复他们的自尊、自信和男子气概。他们三五成群地进城去喝个痛快,吹牛、骂仗,有时候也打群架,身边还围绕着妩媚动人的姑娘供他们调戏,这一切让他们感到自己还是有血性的男子汉。但三号病房里的胡闹程度已经完全扭曲了互相尊重的政策。这些人从头到脚都缠着绷带,有一些手脚相对利索的会趁护士不留意时把病床推来换去,以此来戏弄她们。所以经常出现这种情况,有的病人本来睡在盐水浴缸这一边,醒来以后却发现自己被推到了另一边。有一些能骑自行车的患者在病房里横冲直撞，有时候还会把病床连在车上一路带出去。另一些在床上不能动弹的患者经常会发现自己被一群人推出医院，病床会被推上山坡，去往镇子里。他们会将病床停在玫瑰皇冠酒吧门外，然后坐在床上看着人们进进出出。

麻醉师约翰·亨特在病人当中很受欢迎。他身材胖胖的，为人也相当豪爽，而且爱开玩笑。在为患者准备手术的时候，他很善于缓和紧张的气氛。"就简单戳一下！"他会这样说，手里挥舞着麻醉药的针头。而且他还向患者承诺，如果有人在麻醉之后出现呕吐现象，他就会给他买一杯啤酒。所以当他们清醒过来以后，会发现床边坐着一群打赌的人，想要看看他到底会不会呕吐。[38]对很多人来说，是这些生机和欢笑还有那些和护士开的大大小小的玩笑挽救了他们的生命。考虑到这些伤员经历过巨大的伤痛，三号病房里尽可能地保持着昂扬的士气。

在主治医师看来，伤员在医院的行为是否过分，这完全取决于"男孩子们"康复的需要，而并非事件中双方的态度。麦克因多尔的两部个人传记都提到了他的下属所承受的双重压力：她们一方面面临着医疗的巨大困难和挑战，另一方面还要满足主治医师和他的患者对她们个人的过分要求。在莫斯里的传记中，他写道麦克因多尔要求护士们必须将饱满的热情投入到工作当中,"想患者所想,急患者所急,乐观地、乖巧地、善解人意且幽默地为护理工作奉献出自己的力量"。[39]然而,似乎有些时候,人们分不清哪些是可以接受的,哪些是不能接受的。这时候霍尔护士长就会出面请求麦克因多尔介入或惩罚相关的人。然而,尽管对于医院之外的情况,主治医师总能在第一时间作出回应或者进行调停,尤其是对于毁坏公物的现象;但只要涉及伤员在医院内部的不良行为,麦克因多尔总是表现出对他们的极度偏袒和纵容,同时他对护士却极度苛刻、缺乏理解。玛格丽特·查德也揭露了一些轶事,其中都表现出他对霍尔护士长的轻蔑而生硬的态度。麦克因多尔期待他的护士们能在病人护理方面付出更多的精力,给予更多的关注。有的护士已经工作过几年,她们经验丰富而且足够成熟,所以可以应付这些伤员的情况;但同时她们中有一些已经结婚或者即将成家的,她们的爱人都在前线,这时候应付起来就难免会出现一些暧昧或尴尬的情况。还有很多非常年轻的护士刚刚加入志愿救护支队。除了在红十字会接受的基本培训外,她们没有任何护理经验,在工作上完全是新手,甚至从没接触过男性病人。但是在简单的培训以后,她们直接就被分配到东格林斯特德工作。麦克因多尔鼓励病人和护士之间的打情骂俏,而且还会给他们创造条件,让这种类似恋爱的关系可以发展下去。他鼓励"小白鼠们"大胆地和护士约会,而且还安排了一系列活动,比如郊游、舞会、看戏和短途旅行,创造机会让他们可以认识彼此。

我在帝国战争博物馆找到了一本莫里斯小姐的回忆录,她当时在坦布里奇威尔斯的一家医院做护士,那里在肯特郡和萨塞克斯郡的交界处。在那儿她曾经护理过几名受伤的飞行员,之后他们被转院至东格林斯特德。她还照顾过一名自由法国军队的士兵并和他发展了一段恋情。他出院之后联系到莫里斯小姐并约她吃晚饭。可能是护士长听到了这个消息,于是莫里斯小姐受到了严厉的惩罚,并且被告知如有再犯就会被开除。她试着解释说那名士兵在几个月前就已经出院了,然而护士长竟然将她从护士之家的窗户推了出去。之后莫里斯小姐继续留在医院工作,但这件事足以表明在那个年代,护士这份职业意味着严格的职业操守和制度约束。相比之下,在三号病房里,护士们的许多经历是与她们的职业道德背道而驰的。[40]

在三号病房,伤员们获得了各种支持,这让他们可以直面伤痛。在日常的打趣中他们团结一致、互相鼓励,以此熬过伤残带来的种种痛苦。这些女性的关爱、陪伴、慷慨和体贴帮助他们重新建立起了男子气概,使他们认识到即使毁容了、残疾了,他们也有机会去过正常的生活，去爱和被爱。这些人对主治医师所说的一切深信不疑，他们相信未来的可能性，同时也能认识到摆在面前的限制和障碍。在麦克因多尔眼里，他们的这种关系"比一般的医患关系来得更加亲密，因为双方都很清楚这么多年的重建工作意味着医生和患者需要付出怎样的努力"。[41] 他与"小白鼠"的关系是医院的核心所在，医护人员要付出一切代价去维护它；如果有人承受不了压力，那她可以另谋出路。麦克因多尔在三号病房树立了一种精神，这对患者的心理和身体康复起着至关重要的作用。这种精神是生命的良药，它不仅能把喝酒和玩闹中的人凝聚在一起，更支撑着他们熬过了一台台手术，挺过了换衣服时的疼痛和折磨，挨过了被爱人所抛弃的恐惧和悲伤。当有人被推进手术室的时候，站在他身边的不仅有推着病床的工作人员，还总会有一两个"小白鼠"陪在那里，紧紧地握住他的手。

文化危机

在养老院的玻璃门里,莫伊拉·纳尔逊正在等候着我。来之前,我对莫伊拉的住所满怀期待。我希望看到的是那种富丽堂皇、傲然挺立的老式英格兰建筑,内部装潢被打造得很有品位,它的经营者也一定是特别精干的人。我想象着老年人来到这座宅邸:这里有奢华的大吊灯、气派的大壁炉、花朵图案的棉布沙发、乳白色的地毯,还有凸出墙外的窗户——他们一定会感到宾至如归吧。我显然是看了太多的 BBC 电视剧,比如《摩斯探长》和《仲夏夜推理剧场》,那里的故事就发生在牛津市周围或者牛津郡内的村镇上。然而这座小小的市区楼房并不是一幢绿茵环绕的老宅子,而是一栋低调的两层退休公寓。它坐落在狭窄的伍德斯托克路上,离老拉德克里夫医院很近。我想象着摩斯探长驾驶着他那辆红色捷豹轿车从我面前飞驰而过,从车窗传来玛利亚·卡拉斯的美妙歌声。

莫伊拉拄着拐杖颤巍巍地站在那里。她摁了下电钮,为我打开玻璃门。因为找停车位花了很长时间,所以我到晚了一些,于是不住地向她道歉。"真的没关系,我想在这儿等着给你开门比较好,"她说,"我拿了本书来读。"她晃了晃那本印着德语的平装书说:"奥威尔的《巴黎伦敦落魄记》。这本书我当然是读过的,现在我正重读它的德文版——我需要温习德语。"她告诉我,她经常重读经典文学作品的德文和法文版。"你永远不知道什么时候需要用到这些语言,外语要勤练才不会生疏。"莫伊拉已经快九十岁了,也可能已经九十多岁了。我们乘坐电梯去她二楼的公寓,在电梯里她告诉我,保持身体的活力与保持头脑灵光同等重要。"尤其是当女人变得不再年轻时,"她说,"你就会明白自己是很容易受人摆布的。我需要保持身心的活力,这样才能处于不败之地,你说呢?"她中等身材,身形比中等更丰满些,满头银发,给人一种自信、友好却很威严的感觉。

"别拘束。"她说,我们走进了她小小的公寓。外面的雨停了,阳光照在地面的积水上反射进来,将屋子映得很亮堂。桌子上摆着茶具、小巧的三明治、迷你司康饼和小蛋糕。"我很喜欢下午茶,你呢?"莫伊拉问道。

我感觉一下子回到了童年时期的英格兰。在那个年代,一切都要做到尽善尽美,举止得体。我怀念一顿丰盛的下午茶所能带来的简单的快乐:一定要郑重其事地把牛奶倒进小奶罐,将黄油盛在小碟子里,旁边还要放上一尘不染的雕绣亚麻餐巾。想起我的母亲和祖母,我突然伤感起来。如果她们能看到我将要和如此讲究的人共进下午茶,一定会大大地舒一口气吧。相反,她们也绝对不会允许我在刺猬酒吧和一群上了年纪的飞行员一起喝酒的。

当年的莫伊拉·纳尔逊还叫作莫伊拉·卡林,她的护士生涯在战前的哈罗盖特就已经开始了。

"护士是一份适合体面女孩的职业,但它的待遇却并不怎么体面,我们一下子被推上诊疗前线,大家都只能硬着头皮。那时候没有什么护理员、家务员,而且纪律十分严格。从早到晚一直得站着工作——从早上8点到晚上8点,每12个小时倒一次班,然后晚班也是12小时。清晨要准备麦片粥作早饭,那些不能自己进食的病人还需要我们来喂。刷便盆、给便盆消毒,把消毒棉布捆成卷儿,准备敷伤巾、消毒棉片和医用巾,清洗病房,更换敷伤巾,把呕吐物、尿液和粪便拖干净,灌肠,清洗患者的身体、给他们泡盐水浴,还有分发药品。实习生总是在不同的病房之间跑来跑去,在护士休息的时候替她们干活。负责每间病房的护士和实习生要负责大约35个病人,而且要向护士长汇报他们的情况。

"我们那一片几乎没有轰炸。但当防空警报响起的时候,我们就得往所有的浴缸和盆子里都注满水,随时准备撤离。那是你能想象的最艰苦的工作。而且我们还得在业余时间去听讲座,不管接下来是不是还有白班或者夜班要上。有时候即使累晕过去,也得自己克服。我们既是护士也是女仆。每天扫地之前都要往地上撒些干的茶叶末,以防灰尘扬起。医院里特别忙的时候,经常会临时取消休息日。所以战争刚刚爆发的时候,有很多姑娘都走了,她们宁愿去军需工厂上班。那儿虽然也很辛苦,但是不需要在班上待这么长的时间,而且挣得也相对多一些。"

莫伊拉在医院留了下来,她还考取了国家注册护士的执照,因为她想要一份事业,而且到战争结束时她也会有一技之长。"我想要周游世界,去其他地方看看。我不喜欢手术室里的工作,我也不喜欢小孩,所以妇产科也不适合我。我想要长期看护一些卧床的病人,并且在看护的过程中和他们熟悉起来,"她解释说,"我不记得第一次听到东格林斯特德是什么时候,不过有人告诉过我阿奇博尔德在招聘护士从事整形手术的护理工作。我当时想,这太好了,因为整形手术在那时是相当新鲜的事物,大家都觉得这个领域大有前景。于是我就应聘了麦克因多尔先生的颌面部科室。"

莫伊拉于1945年搬到东格林斯特德,她满怀着激动和憧憬,但一下子就被医院的场面震惊了。她发现自己面对的是被慢性损伤和面部损毁折磨的"小白鼠们"。"一开始真的很难接受,但是麦克因多尔先生坚持让我们一定要像对待正常人那样去面对他们,我们的眼睛里不能流露出一丝犹豫和胆怯。我记得他说:'如果这些男孩子在你眼里发现了一丝的反感,那你就趁早走吧,因为你让我好几个月的付出都前功尽弃了,他们可能永远都无法恢复了。'但是渐渐地,你就对毁容完全适应了,而且我很快发现自己能够忽略他们的伤残,看到他们的内心。"

对莫伊拉来说,和她之前在哈罗盖特的痛苦经历相比,三号病房的工作简直就是"天堂"。"每个人都很友善,即使是护士长和主治医师,大家都直呼姓名。在我之前工作的地方,很多护士的态度都非常恶劣,甚至像虐待狂一样。她们喜欢板着面孔,仿佛很享受刁难人的过程,而且她们会找各种机会来惩罚你。所以东格林斯特德简直太不可思议了,好像大家都在朝着一个方向努力。尽管我们心里很清楚一切都在麦克因多尔的管理之下,而且他教训起人来也非常严厉,但他从来没有很粗鲁或者居高临下地和我们说过话——我不愿去直呼他的名字,但很多人都喊他阿奇。阿奇是我们的神。"

1946年以后莫伊拉主要值夜班。我问她对那些下流话、小动作和恶作剧作何感想,因为这些行为的确冒犯到了医院的一些董事。她笑了笑,然后转移了话题。

但过了一会儿我们又谈到这件事。"护士不会觉得这难以忍受吗?"我问道。

她犹豫了一会儿。"这些人是英雄,"她说,"他们本质上并不坏,像我们的亲人一样,又这么勇敢。但是他们做的事情的确逃过了相当严厉的惩罚。"

我将刚才的问题重复了一遍,于是莫伊拉放下茶杯,扭头看向别处。"他们对生活充满了激情,想一想他们都经历了什么,你就会意识到这种对生活的激情是多么难得。他们会互相帮助,有时候也会帮我们干干活,叠叠纱布、互相搀扶着躺进盐水浴缸、互相喂饭等。我们都是这个集体中的一分子。那真的很不容易,尤其是当我回想起一开始接受的培训时,要和病人保持距离、要守纪律之类的。如果他们晚上喝醉了回来,我会把他们带到厨房,给他们煮咖啡,有时候烤点面包片、煮个荷包蛋什么的,这帮助他们安静下来。你要知道,当我去那儿工作的时候战争都快结束了,这一点对他们也有些影响。我听说局势更紧张的时候,医院的情况……这么说吧……情况更失控一点。"

这一点说得通:尽管伤病带来的痛苦是难以磨灭的,在战争后期紧张的局面毕竟有所缓和。战争刚刚结束时,英国人的确沉浸在轻松的心情里,庆幸危机终于解除了,而这时 20 世纪 40 年代后期的士气大跌还尚未开始。

"您对此的感受在护士当中算普遍现象吗?"我问道,"她们对那些人的行为都表示同意吗?"

相当长时间的沉默之后,莫伊拉耸耸肩说:"对有些年轻护士,还有一些受过专业训练的护士来说,这的确很难适应。但这是我人生中最棒的时光。我在东格林斯特德度过了一段独一无二的、美好的经历。阿奇博尔德爵士和他的男孩子们都是了不起的人。"

几年之后莫伊拉离开了三号病房,她去了斯德哥尔摩的一家整形手术病房工作。这算是她周游世界计划的第一步,但她并没有走多远。1952年她遇到了弗兰克·纳尔逊爵士,他是一位前保守党议员,曾经在1940年受战时内阁指派担任刚刚成立的特别行动执行小组的总指挥。那时的纳尔逊是一个精力充沛、体格健壮的中年男子,他将全身心投入到工作当中,不遗余力地建立起这个新的秘密部门。由于特别行动执行小组在许多方面享有特权,纳尔逊在白厅内部也遭遇了不少敌意,他每天都要和许多人在明里暗里进行较量。两年以后,他凭借着刚强的性格终于使自己的机构得到认可。特别行动处的间谍技术也被认为是现代战争中的一项重要发展。同时他自己也树立了诚信和无私奉献的好名声。但由于他在议会、海外的外交活动和特别行动部门的工作中耗费了太多的精力,那时他的健康状况已经急转直下。1942年,59岁的纳尔逊光荣退休，之后被授予爵士封号。几年后，和他育有一子的第一任妻子琼去世了。1952年他遇到了莫伊拉·卡林并和她结婚。他当时69岁，而她却比他年轻得多。"我们非常幸福，"莫伊拉说，"他是个非常优秀的男人，但他花起钱来却总是不切实际，这就是为什么我现在只能靠退休金生活。他从来不用缴任何费用，也从来不为未来准备积蓄，他从来就没有考虑这些事。"她全身心地照顾他直到他于1966年去世。"我做了很长时间的寡妇，"她说，"到现在有41年了。"

*

那天我没等太晚就驱车离开了牛津市，我隐约觉得自己好像浪费了一个机会。这是我一直想要寻找的突破口，但我并没有挖掘出那些敏感话题，而且还可能错过了一个宝贵的机会——去了解莫伊拉和其他护士当年在东格林斯特德到底过着怎样的生活。我不仅仅喜欢而且钦佩莫伊拉·纳尔逊，我发现她的举止态度——她自处的方式——一下子将我带回到了童年的时光。她让我想起了我的父母和祖父母，还想起了修道院学校里的修女。在她身上我看到了20世纪50年代的英格兰，那个我一直追寻的年代。它处处都联系着此时此地，却和此情此景相去甚远。在"小白鼠"身上我也有相同的感觉，我不愿意向他们询问一些敏感的话题，生怕打破他们平静的生活，于是我必须克制住自己。因为在这儿,对于这个国家的这些人来说,即便这询问是出于真诚的好奇,那也是一种冒犯。我深深地知道自己从父母身上继承了对权威的尊敬,而这种尊敬有时候近乎恐惧。而且对我来说,权威似乎总是以一个年长的男性形象出现。在家里,我的父亲和他的朋友们代表着权威;在学校里,最直接的权威当然是修女们,但这些强硬且智慧的修女却要顺从地臣服于帕菲特神父。这位年长的牧师每周都会出现在我们面前,这时候修女们都会匆忙逃往屋子的角落,或者默默地站在他身后,同时恭敬地保持着一段距离。

在我的人生中,我曾非常擅长向采访对象抛出难题,尤其是针锋相对地和政客与官僚主义者斗智斗勇。不管在电视还是报纸上我都能游刃有余地进行采访,但是在这个国家、在这种情况下,我却无能为力。雨又下了起来,我闷闷不乐地前往伍德斯托克,今晚我就在那儿过夜。

夜里,我躺在床上,眼睛盯着倾斜的天花板,窗外是一片湿漉漉的景色。我试着想明白,这明明是我多年来一直想做的事情,为什么我的进展如此之慢、我的情绪如此低落?几天前我还热情洋溢地充满了干劲,现在却一下子觉得自己极不称职。我仿佛被施了什么魔法,虽然着迷于往昔的种种却又无处施展自己的本领。在过去的四五年间,我对故乡英格兰的眷恋之情潜滋暗长,这种情绪让我神伤;一读到有关英国乡村生活的描述,或者重看《万物生长》《仲夏夜推理剧场》这类经典的英国电视剧的时候,我的眼泪总忍不住簌簌地掉下来。我渴望回到过去的英格兰,但就像莫伊拉给我的感觉一样,我越是接近往昔的那些人和事,越感到无能为力。我又变回了那个想努力听话、守规矩的小女孩,尽管那些规矩和期望常常让我困惑不解。面对已逝时光的权威,我只能缄口不言,因为我知道作为一个体面人家里上教会学校的好姑娘,在保守的20世纪50年代,你必须听话、懂礼貌、能忍耐,还有最重要的一点——要明白什么时候需要闭上嘴巴。

我的父母都来自伦敦东区的工人阶级家庭,但是他们靠着一路打拼,终于成为中产阶级的一员。和许多力争上游的人一样,他们打拼的目的并不是为了财富上的攀比,而是想要跻身社会权威的阶层,这一点在我父亲身上尤为明显。等逐渐站稳了脚跟以后,他们时刻保持着警惕,以免从阶层的梯子上滑落。他们并不追求权力,然而却清楚地明白处于社会的上层阶级意味着更多的社会认可和权威。这种阶级差异在英国非常显著。人们不会想当然地认为如果一个人拥有权力,那他一定会去运用权力。相反,权力在这里意味着权威,而权威则意味着对权力的监督和质疑。尊重他人的隐私在这儿很重要,于是拥有自己的空间也是一件很重要的事。关起门来做自己想做的事是个人的权利，因为这和别人没有什么关系。和无关的人谈论收入或者家产是不得体的行为，但相比之下，谈论个人感受或者问一些不礼貌的问题才更加不得体。

对于今天的英国人来说，他们的情感可以在电视节目中得以释放。电视真人秀里播放着一些人类行为中最尴尬、最私密和最过分的片段。访谈节目的主持人仿佛要揭露嘉宾生活的方方面面，这在过去都属于个人隐私。在咖啡馆和餐厅里、在火车和公共汽车上，人们大声谈论着各自的感情生活、父母、孩子、上司和同事，甚至他们的财务状况和性生活。英国人特有的矜持被抛进历史，私人话题充斥着所有的公共空间。当然这些在澳大利亚也是事实，但这里是英国啊！对我来说，这个和往昔大相径庭的英国深深地冒犯到了我珍藏在内心深处的故乡回忆。

但有一点我可以肯定，那就是老年人并没有太大的变化。的确，在很多老年人身上我看到了变本加厉的英式缄默。他们也许是想以此来捍卫属于自己的空间，以抵御外界对于个人隐私的侵犯。于是我发现自己陷入了两难：一方面我想尊重他们的缄默和矜持，另一方面我却希望我的采访对象——那些"小白鼠"伤员和护士们——能够放下矜持，给我多讲一些故事。

心有灵犀

第二天早晨我醒来的时候,还带着前一天晚上残留的挫败感。我独自坐在小旅馆的餐厅里,点了全麦面包、马麦脱酱和英式早餐茶。等餐的时候我望向窗外,想知道会不会接着下雨,这时候一个非常帅气的小伙子穿着白色的厨师服向我走了过来。

"您点了吐司,女士,但是我想告诉您,我们有刚烤好的牛角面包,可能您会愿意……"

"那再好不过了,"我说,"那请您把我的茶换成咖啡好了。"他朝我甜甜一笑,转身回到厨房,不一会儿,三个圆滚滚冒着热气的牛角面包就来到了我的面前。感谢欧盟的存在挽救了单一的英国餐饮。这几个新鲜出炉的牛角面包足以拯救我低迷的情绪。

我回到房间,决定尝试联系一下莫伊拉说的那几个护士。她说很久没有联系她们了,也不知道她们这些年有没有换过电话号码。我拨通了第一个电话号码,是一个女人接的——她说她母亲几个月前去世了,她正在房间里整理遗物。"我有什么可以帮到您?"

我解释了来电的缘由,问她母亲生前有没有说起过在东格林斯特德做护士的经历,有没有留下日记之类的。"妈妈从来没有跟我说过这些,"她说,"只有一次,她提到过麦克因多尔先生有多么了不起,还有那些飞行员有多勇敢。我曾经想让她多讲一些战争年代的故事,但她总说,过去的事就让它过去吧。战争夺走了她的两个兄弟和未婚夫的生命,对她来说那是一个十分悲伤的年代。"

我对她表示感谢,然后将她母亲的名字从列表中划去。第二个电话号码无法接通。我拨通了第三个电话号码,响了一会儿,一个女人的声音传了过来,我向她核对姓名。"对,是我,"她的声音听上去有点不耐烦,"你想干什么?"

我向她说明来意,并且希望她能谈谈在东格林斯特德的经历。"我对那一切都厌烦透顶,"她说,几乎是在咆哮,"我再也不想回到那儿去。那都是过去的事了。别再打来。"说完她狠狠地挂掉了电话。

我现在只剩下一个联系方式了,那是我刚刚离开公寓时一个朋友通过邮件发给我的。我现在要动身回去了,于是开始打包行李。今天我要去威特尼见一位"小白鼠"成员,他的名字叫丹尼斯·尼尔。我准备走出房门时手机响了,于是我把行李扔回床上,赶紧接了电话。

"我是安吉拉,"手机里的声音说,"在维多利亚车站,我们聊过关于'小白鼠'的事,你还记得我吗?"

我把这件事完全忘到脑后了。有一次我从帝国战争博物馆出来想要回东格林斯特德时,错过了火车,于是在一家咖啡厅里等了半个多小时。当时没有其他空位了,我看到一位和我年纪差不多的女士在一个小桌子前静静地读书,于是问她是否介意我坐过来。她示意我坐下,我就把咖啡和自己的书拿来放在桌上。我当时在读的是莱昂纳德·莫斯里所著的《浴火重生的容颜》,那是阿奇博尔德·麦克因多尔的个人传记。书的封面大大地印着主治医师的黑白照片,但是因为书很旧了,在破破烂烂的包书罩下面依稀可以辨认他的面孔。

那位女士伸出手,手指轻轻地摁了摁书的封皮。她说:"这是治疗'小白鼠'的那个人,我叔叔就是一个'小白鼠'。"

我大吃一惊。一般情况下,当我告诉别人我在写一本有关小白鼠俱乐部的书的时候,他们都会以为我说的是一群天竺鼠的狂热爱好者,然后会表情滑稽地看着我。她告诉我她叫安吉拉,1943年他的叔叔接受了麦克因多尔的治疗。我问她我可不可以去采访他叔叔,她做了个鬼脸说:"很难说。他是一个异议者,所以不怎么爱说话。"

"异议者?"

"嗯。他很早以前就退出俱乐部了,大概从他五十多岁开始吧。"

一个"小白鼠"竟然退出了俱乐部,这听上去太有吸引力了,但是安吉拉说她对此也知之甚少。"我想去采访这个异议者。"我说,我还解释自己也在寻找当年的那些护士。

"这一点,我可能帮不到你。"她说。之后我们聊到了"二战"、英格兰和澳大利亚,两个人都时不时地看看指示牌,以免错过火车。她的火车比我的早开一会儿,于是她收拾好东西,临走前告诉我,她很高兴能和我聊天。

"你觉得你叔叔会愿意和我聊聊吗?"我又问了一遍,"我可以不写出来,也可以用化名。"

安吉拉犹豫了。"我不知道,"她说,所以我把自己的手机号码匆忙地写在一张卡片背面交给她,"我会问问他的,但是他并不怎么爱说话,所以请别期望太高。"

之后的几天,每次电话铃响时我都能激动得跳起来,我满心期待是那个神秘的异议者叔叔打来的,但每次都不是。

"我和我叔叔谈了,"安吉拉现在说,"他住在离布莱顿不远的地方。他说他愿意见你,不过他希望我也在场。"

我询问下周哪一天合适,还有在哪里碰面。

"他想在医院见你,"安吉拉说,"他说他也想再回去看看。离他上次去,好多年过去了。所以如果你同意的话,我们两个开车去,然后我们可以在医院见面。医院里肯定有咖啡厅,我们可以在那儿碰面、采访。"

我告诉她,以前她叔叔可能住过的三号病房现在被改造成咖啡厅了,她最好问问他是不是愿意再回到那儿。我们定好见面日期,她说如果他想要在其他地方见面会打电话给我。我对她谢了又谢,她却笑了。"我感觉很神奇,"她说,"他一开始是不愿意的,后来又改主意了。但是很有可能他要告诉你的事情你都已经知道了,我们可能只会浪费你的时间。"

"我愿意试一试。"我说道,然后我们挂了电话。

和一个"小白鼠"的异议者见面,不管他异议的是什么,都让我很有兴趣。这让我的精神为之一振。我在楼下付了房费,把行李扔进后备箱,这时候那个帅小伙厨师走了出来,向我挥挥手。"没什么客人,所以多出这些牛角面包,"他说,"我看您喜欢吃……"于是他把一个棕色纸袋子塞给我,转身不见了。纸袋子里有三个还热乎乎的牛角面包、一把塑料餐刀、几小盒黄油、果酱还有餐巾纸。我很高兴自己这么容易就被几个新鲜的牛角面包和一个有趣的约定搞得兴致满满、斗志昂扬。又要开始下雨了,但是我在路上,内心充满了阳光。我驱车前往威特尼,在那儿我要见的是"小白鼠"丹尼斯·尼尔和他的妻子尤妮斯。

*

我预留了半个小时的开车时间和半个小时的堵车时间,但因为天气原因,今天车子还是开得很慢。大雨倾盆而下,重重地浇在地面上。溅起的水雾挡住了人的视线。有好几次,路上的能见度都非常低,以至于我不得不靠边停下来,等待继续上路的机会。终于,我来到了威特尼,准备根据丹尼斯的指示寻找他的住所。然而因为看不懂路标我迷路了好几次。最终我把车停在一排商铺前狭窄的停车位上,在那里我拨通了丹尼斯的电话,他告诉我说我已经不远了,他这就出来接我,我还没来得及拒绝他就挂了电话。几分钟以后我看到一辆车开了过来,于是摇下车窗。我一眼就认出了丹尼斯——他一高一低的眼睛就算是对"小白鼠"来说也不常见。但那一眼让我产生了一股强烈的古怪的感觉,我觉得我们好像在哪里见过。这是我家楼梯上的那个人吗?不,不是他,想必是另有原因。

"跟我来,前面就到了。"丹尼斯坐在车里对我说,然后我跟着他爬了一段坡,几分钟之后就到了尼尔的家。我们俩站在门口抖落身上的雨水,在门厅里脱鞋的功夫,尤妮斯就把开水烧上了。

"现在你明白,为什么他们管我叫丹尼斯·高低眼·尼尔了吧,"他一边挂起雨衣一边说,"因为一个眼睛高,一个眼睛低。"

的确,有将近一英寸的距离,但还是看得出来他有一张非常英俊的脸,比其他许多"小白鼠"看上去要顺眼许多。他个子很高,非常挺拔而且自带一股强大的气场,同时又彬彬有礼。在真正采访到"小白鼠"之前,我看过他们的照片,有的是以前照的,有的是他们出院以后的,还有最近的一些照片。但对尼尔的这种似曾相识的感觉我还是头一次遇到。

我们在客厅里随意地坐下,尤妮斯走进来告诉我们茶马上就好。

"如果是我记性不好还请您原谅,"丹尼斯说,"但我感觉我们曾经见过。"

"我也有这种感觉。"我说。但很快我们就搞清楚了,这真的是头一次见面。

他笑了。"挺奇怪的,不是吗?我想说可能是上一辈子见过,但有的人不喜欢听这种迷信的话。"

"听上去没错呀。"我说,这时候尤妮斯端着茶托从厨房走了进来。

1935年当丹尼斯加入皇家空军的时候他才15岁。战争爆发时他被派到轰炸机司令部去做一名无线电报员。1943年1月的一天晚上,他所在的中队执行了一项秘密任务,在靠近法国北部海岸的英吉利海峡进行低光巡逻。当时,在三架反抗式拦截机中他的飞机是最靠前的一架,他坐在靠近旋转枪架的位置。飞机的驾驶员几乎什么也看不见,全靠丹尼斯在旋转枪架附近接收的无线电信号确认方向。他们安全着陆了,紧接着是第二架飞机,然而第三架飞机的降落地点出现了偏差,结果着陆在丹尼斯飞机的头顶。

"所以说我是一个彻彻底底的'小白鼠',"他说,"因为我被砸过、煮过还有烧过。我的半边脸被螺旋桨的叶片削掉了。很显然,我当时的反应看起来具有挑衅性。我想要把救我的那个人揍上一顿,所以当我在担架上的时候,两边都有宪兵护卫着。我们的任务是保密的,他们担心我开始说话——乱说话。"

丹尼斯被送到了奇切斯特的一家医院,当时阿奇博尔德·麦克因多尔正在巡查各个收治空军伤员的医院。几天以后他发现了丹尼斯,立即将他转院至东格林斯特德。这些丹尼斯都不记得了,他只记得在救护车里听到有一个女人说她饿了,能不能在前面的糕点店停一下。他听到有人说要买几个葡萄干面包之类的。有个人戳了丹尼斯一下,喊道:"别管他了,他撑不到最后了。"然后他又昏迷了过去,直到快要到东格林斯特德的时候才醒了过来。

"我问救护车里那个可爱的护士刚才是谁要吃葡萄干面包,还问她面包好不好吃。她发现我居然听见了他们的对话，简直吓坏了。"

丹尼斯的受伤程度严重到伤处可以列一个很长的清单：他的嗅骨断了，上颚断成两半，下颚断成三片，他的鼻骨穿透了嘴上面的皮肉，右眼垂在脸颊上。医生告诉他的母亲，丹尼斯活下去的几率只有50%。麦克因多尔为他做了大量的手术，包括重建上颚。他还从丹尼斯右胯处取了几块骨头来代替鼻骨。"现在我的屁股还是一边比另一边鼓一些，皮带总是往下滑。"他说这些的时候一直都面带微笑。直到战争结束的时候，麦克因多尔还在为丹尼斯做后续的面部整形手术，他的脸几个月都包在绷带下面，只在眼睛的地方留了两个缝，另外还有一根铁丝用来固定他的下巴。

他还记得当他的脸和眼睛都完全被绷带包着的时候，经常有人骑着自行车拖着他的床在病房里嗖嗖地跑。他向我谈起他在东格林斯特德感受到的非比寻常的同志情谊和自由。"你不会和别人谈起你的经历，除非是以一种开玩笑的口吻，"他说道，"总有比你更惨的人，但我们必须共同渡过难关，这一点大家心里都很明白。阿奇也一直支持着我们。某种程度上讲，病房就像是一个私人俱乐部一样——我们可以在里面做任何事，只要不妨碍护士和医护人员的工作就行。那些护士都特别好，因为如果有谁害怕我们的模样，她就会马上被医院开除。我们做了很多事都免于惩罚，因为阿奇觉得我们经历了常人不该经历的一切。还有你知道，无论如何，我们都在等待着回到部队的那一天。"

我问是不是因为大家都经历过可怕的事故，所以他们并不需要过多地谈论彼此的感受。"是这样的，我是这样觉得，而且我要说，大家宁愿这样——以一种玩笑的方式来谈论它。都是一些和命运有关的或者自我贬损的笑话。"

"那些护士呢？你觉得她们真的愿意被那样戏弄和调戏吗？"

"嗯，我当时是这么想的，"丹尼斯说，"但在今天肯定是不能这样的。我们当时就是觉得好玩，这样做能让我们感觉自己还是男子汉。但在之前的一次聚会上，我听一名护士说她当时并不是很高兴，因为她感到被欺负了。但她们也不会抱怨什么，因为阿奇太偏向我们这些男孩子了。所以像她这样默默忍受的护士可能不在少数。"

有人敲门，于是尤妮斯出去开门了。我深吸了一口气，鼓足勇气问他："你觉得当时会有胁迫发生性关系这样的事情吗？"

丹尼斯看着我的眼睛。"我自己没有，"他说，"但是我不会说没有可能。至于其他人我不敢说，但是男孩子终究还是男孩子嘛。"

这是我第一次听到关于此类问题的正面回应。丹尼斯还主动谈起面部毁容,他是以一种严肃、客观的态度在讲述,而不是开玩笑地说。这也是第一次有人不避讳地谈起这个话题。

"阿奇教会我们很多。'不管你们看上去和以前有多么不一样,'他曾经这样说,'不要忘记你们是谁。'他教会我们接受自己现在的样子,这并不容易,的确花了很多时间。因为做完所有的手术以后你会照镜子,但是发现镜子里的人并不是自己,而是一个丑陋的陌生人。我不停地想要回到过去,希望眼前的人是记忆里的自己,而不是镜子中的人。"

丹尼斯停顿了一下,他扭过头去,手里的茶杯和茶托微微地打颤,然后他清了清嗓子。尤妮斯这时候已经回到客厅,她安慰地向我点点头,示意我应该等他情绪缓和下来再说话。相当长时间的静默后,他终于深吸了一口气,转向我们然后把茶杯放了下来。

"要走出房门面对外部的世界,这对'小白鼠'来说是异常困难的,这不只关乎你自己的感受,主要是它会影响到别人,让别人感到不安。另外,还有别人如何对待你的问题。人们总是把相貌和品格联系在一起,但经常并不是这么回事。有些人认为毁容意味着脑子也出了问题。人总是无知的,而我们不得不忍受他们的无知。他们会盯着你看,小声地指指点点,好像我们看不见或者看不懂他们在做什么一样。如果有人害怕你那才更可怕,尤其是遇到小孩的时候,他们会捂住脸被吓得直哭。我想人们不知道这会对我们造成多大的伤害,他们意识不到被盯着看是一种怎样的痛苦。这比所有的伤痛和手术都要糟糕,因为你知道下半辈子只能这样过了,你的脸就是这个样子,这是无法逃避的现实。慢慢地有人会习惯,有的人却不会。我认识一些人就走不出来。

"阿奇给我们打过预防针,他帮助我们有个心理准备,尽管并没有什么用。在东格林斯特德我们很幸运,因为他让镇上的人都接受了我们。我们出行是没问题的,因为没有人会盯着你看、嘲笑你或者在那里窃窃私语。人们会向你微笑,就好像他们认识你一样。我们和整个小镇融为了一体。这是阿奇的功劳。但是其他的地方就完全不一样。这在战争结束以后持续了很长一段时间。

"阿奇告诉我们,无论如何都要保持自信。他说我们需要先克服自己这一关。他是这样说的:'如果你因为有人盯着你看而感到难为情,那首先是因为他们在你身上看到了不自信的一面。所以不要给他们机会,不要表现得难为情。一个从战场上回来的英雄没有什么好难为情的。'"

我问他现在对于这张脸还有什么感觉,是不是很生气自己经历了这一切。

他耸耸肩说:"我都习惯了。现在的人也比以前好一些,不像当年那时候。刮胡子的时候我会刮着刮着停下来,问镜子中的那张脸,为什么是我?但我不生气,生气没有任何意义:我该和谁生气呢?能来到东格林斯特德、成为小白鼠俱乐部的一员我感到很幸运,我不愿做出任何改变。一点都不。"

战争结束以后,丹尼斯回到皇家空军在德国的一个基地担任准尉,虽然他再也没法飞行了。他的梦想是经营一家酒吧,几年后梦想实现了——他和第一任妻子在卡星顿买下了一家名叫"红狮子"的酒吧。后来他搬到威特尼,在查尔斯·厄尔利经营的毛毯厂工作,在这里他结识了尤妮斯。"她是一个充满生活情趣而且脚踏实地的女人,"丹尼斯说,"而且她是一个很有同情心的人,这都是我所需要的,是同情而不是怜悯。"

"以前如果有人盯着丹尼斯看而且不怀好意的话,我会特别生气,"尤妮斯说,"我想让他们走开。因为他是一个多好的人啊,我真想让他们知道。但他从来都不生气,他总是能从容地面对生活中的一切。"

丹尼斯点点头。"经历了这么多,我现在很相信命运。对于死亡我没有一丝恐惧。回想当年我只有一半活下来的概率,在生死两端我已经走了一回了。我现在 87 岁了,我热爱生命,也不去考虑今年几岁。我只想活在当下。"

那天下午当我离开尼尔家的时候雨已经停了,阳光穿透云层洒下来。丹尼斯的故事和我已经采访到的其他故事有很多相似之处,但是那种心有灵犀的感觉让我印象深刻。离开的时候我们还约定,等下一次"小白鼠们"在东格林斯特德举行纪念晚宴的时候再见。我们真的又见面了。在宴会上人们说着、笑着,清脆的碰杯声不绝于耳。这时候尤妮斯告诉我丹尼斯刚刚被诊断出白血病。要离开的时候丹尼斯拥抱了我。

"我希望还会再见到你,"他说,"但我知道自己时日不多了,可能来生再见吧。"6个星期后,我接到了他离世的消息。我只见过丹尼斯两次,一次是7月在他威特尼的家中,之后又在10月的晚宴上有过匆匆的相遇。我一共只和他相处了几个小时,但那种失落感是如此强烈,仿佛我们已经认识了很久。

为战争做好分内的事

从牛津郡回到哈特菲尔德的第二天,我想起老朋友伊芙琳在我动身前曾联系过我,留下了一个护士的联系方式。伊芙琳和我认识五十多年了,但我们已经有很长一段时间没有联系。我们是童年和青少年时期的挚友,我住在小镇的这一头,她住在小镇的那一头,都和其他朋友离得很远。但是二十岁以后,我们渐渐疏远,开始喜欢上不同的东西,做不一样的工作,然后各自结婚生子。后来我又去了国外。但几年前我在一个叫"老友重逢"的社交网站上找到了她。很巧的是她当时正计划来澳洲旅行。于是我们在几周之后终于相聚在珀斯,一下子就找回了从前的影子。伊芙琳还是我认识的那个小姑娘——只是更成熟、更睿智了,而且和从前相比,她也更加独立、坚强。

"我觉得,你现在来调查'小白鼠'这件事,是不是不太好,"我刚回英国的时候她就这样跟我说,"我是说,那是一块神圣的领地,不是吗?而且你只是一个外人。1944年你出生的时候'二战'都快结束了,我不理解你为什么还要做这件事。"

尽管从小一起长大,但我们的成长轨迹和兴趣爱好完全不一样。伊芙琳的家庭条件不是很好。她家住在一个破旧的小木屋里,有几英亩①的土地、一些家禽、几头猪和一头牛;她的父母要抚养两个女儿,生活还是很艰难的。她父亲打一些临时工,修修树篱、挖挖水渠什么的;她的母亲是一名清洁工。伊芙琳16岁时从家里出来,进入税务局工作,结婚后开始做一些零售生意。她的生意做得有声有色,后来开了好几家连锁店。几年前她把生意都转让出去了。我家的境况比较好。我也是16岁离开家去做秘书,然后进入了新闻行业,开始了写作,后来又进了大学。所以我们是从不同的角度和政治立场去看待这件事的。但即便我们总是意见不一,这并不影响我们的关系。

要解释我此行的动机并不容易,这主要是因为伊芙琳不能理解我为什么要在"小白鼠"的身上找一个答案,这甚至比为什么要寻访护士更难以理解。而且她不像我这样执念于记忆中的人和事,因为她一直都生活在这儿,经历了这个国家一点一滴的社会变迁。她也怀旧,但是见好就收。她也记得那些"小白鼠",可能比我印象更深一些,因为她比我大两岁,所以不至于害

---

① 1英亩合4046.86平方米。——译者注

怕他们。她觉得我在干一件蠢事,但伊芙琳的务实精神对我也是有益的,因为我自己也需要搞清楚此行的动机。她怀疑的态度反而更让我坚定了要完成它的信念。所以,我很惊讶她能给我打电话,告诉我她得到了一个护士的联系方式。有个人告诉她,他的婶婶曾经给"小白鼠"做过护士。

"然后他就把她的联系方式给我了,"伊芙琳当时这么说,"不知道有没有用。她的名字叫乔伊斯。"

"是的,我哥哥告诉我你会打电话来,"乔伊斯在电话那头说,"我可以给你讲一些在医院里工作的故事,但是你要来的话可能有点远。我要告诉你的事情你很可能已经知道了。"

事实上,坎特伯雷离哈特菲尔德只有 70 千米的车程,第二天我在明媚的阳光下启程,一路上我将肯特郡和萨塞克斯郡的乡村美景尽收眼底。又一次,我默默地期待着这次采访会有一些新的进展。我也给自己打气说,我是不会被困难吓倒的。

妇女在战争年代得到了意料之外的解放,这已经是学界的共识。除了性的解放以外,在许多战前只接受男性的工作岗位和领域,女性获得了更多的机会。但近几年来,随着口述历史逐渐被纳入研究范围,越来越多的研究者开始质疑"二战"时期的女性是否真如官方或民间所勾勒的那样,在工作机会和社会活动方面都获得了比以往更多的权利和自由。以往通常认为,在战争年代人们抛弃了对性的压抑,而越来越多的历史学家指出社会对于女性气质和贞洁的推崇并没有在战争年代减弱。[42] 如同1958年社会研究者理查德·莫·蒂特马斯在《战争与社会政策》一文中所说的那样,"二战"时期的"无私奉献、个人品质和敬业精神""通过一种强烈的使命感"将社会各界凝聚在一起。[43] 但最近的研究表明"战争年代的社会动荡可能反而使人们退回到了私人领域","人们尽可能地去维护个人生活的完整性,以对抗战争给家庭和个人生活带来的破坏和干扰,比如紧急撤离、征兵和招工等"。[44]

佩妮·萨摩菲尔德和妮可·克罗凯特曾揭露了大量发生在"二战"时期的"男性胁迫性性行为",包括"士兵以明天可能战死为由诱奸女性"的案例。她们指出,"从女权主义的角度来看,由战争造成的性别关系失衡可能会促使男性去维护他们在性关系中的权力"。[45] 这个观点恰恰可以和东格林斯特德的护士联系起来。她们的工作是传统的女性职业,服务的对象是清一色的男性,而她们的领导是一个宁愿牺牲一切为患者服务的男主治大夫。在这种情况下,本着"一切为患者服务"的理念,麦克因多尔就理所当然地要招募一些漂亮且顺从的年轻姑娘来陪伴他的患者了。"小白鼠们"总是对当时的轻浮举动一笑置之,那些玩笑、游戏、调戏和恶作剧似乎对他们来说是无伤大雅的，但我却很难接受用这种态度来描述护士们的遭遇。

在战争年代，女性往往会因为自己的性别而遭到一些过分的要求，通常会有一些隐晦的信息将性与战争联系起来。战争年代的宣传材料经常通过文字或图像的方式暗示女性会受到法西斯主义的直接威胁。这些广为传播的宣传材料频繁地将女性描绘成在轰炸中伤亡，或者被匈牙利和日本侵略军俘虏、强奸或杀害的受害者。这种宣传材料往往会对女性进行高度色情化的表现。的确，这种色情化在战争时期得到了普遍的强化。不仅女性是战争的直接受害者，而且这种针对女性的伤害也意味着在前线打仗的男人们以及整个国家安全都间接地遭到了外敌的威胁。战争经常被比作娼妓：她在人间传播疾病，还勾引一代又一代的男人踏上死亡之路。女性形象也暗示着其他的危险。帝国战争博物馆里有一幅招贴画，上面是一位光彩照人的金发女郎。她穿着晚礼服，身旁围绕着一群仰慕者。招贴画下面的一行字写道：小心说话——勿中美人计！粗心大意得不偿失。有魅力的女性使人怀疑，她们有可能是危险的女间谍。还有一幅漫画，画中的两个女人一边喝着茶、吃着蛋糕，一边聊着天。下面又有一行字：切莫忘记隔墙有耳。在这幅漫画中，两个女人背后的墙上贴着布满了希特勒面孔图案的墙纸。

还有一些招贴画,目的是招募女性参军或者进入工厂工作,然而它们传达出一个信息,那就是女人参加工作,主要是为了支持在前线打仗的男人们。在一张皇家空军的招贴画上,一个身着军装的女人抬头仰望,她身后是一位戴着飞行头盔和护目镜的飞行员,在他们身后是皇家空军的旗帜。这张招贴画传达的意思是"加入空军妇女辅助队,在这里看男人们翱翔天际"。同样地,一张招募海军的招贴画上,一个身着制服的姑娘向大海望去,潜台词是"加入皇家海军女子服务团,这样男人们就都可以去海上杀敌了"。而和"英国妇女进工厂去"这句口号相对应的是这样一张插图:一位穿着粗布工装裤的女人仰起头,张开双臂,向画面上方的工厂烟囱露出微笑,而烟囱上方是一队翱翔天际的飞机。几乎毫无例外,在招募女士兵和女工人的招贴画中,这些姑娘都是抬头仰望的姿态,而并非面向镜头。在大部分招募护士的招贴画中也总是一些漂亮姑娘。她们都穿着挺括的白色制服,但不出所料的是,她们也都崇敬地向上方望去。但也有个例,有一幅就画着一个虽然可爱但谈不上美丽的护士,她穿着制服,身后是一排同样普通的病床和病人:在战时选择护士职业——这是一份有前景的工作。

战争年代充斥着对女性职业的理想化想象;与此同时,职业女性却常常被描绘成穿着工作服的性感尤物：她们的衬衫扣子总是开得很低，以便露出胸部，有的不穿裙子或裤子以展示光溜溜的大长腿。尽管当时的部队和工厂已经有了相当多的女性，印着这些图画的日历或海报仍然经常出现在部队餐厅和工厂车间里。留在后方抚养孩子的女性被塑造成年轻漂亮、温柔体贴而且十分脆弱的形象，以凸显保护大后方的意义。美貌是这一时期女性形象的核心要求。事实上，英国广播公司的记者，同时也是作家的约·博·普利斯特里就提出了"美丽即义务"这一口号，来要求战争年代的女性：在工作中，她们要有天使那样善良而无私的美；在家庭中，她们要有母亲那样纯洁的美；而在其他情况下，女性则要兼备美丽与性感。

没有孩子的年轻女性纷纷响应国家的召唤，至少招募海报里的工作岗位听上去很有英雄气概。然而很多女性发现，她们的工作内容在很大程度上只是为战场内外的男人提供服务和支持；而且她们在这种岗位上时常会遭遇男人的敌意和不信任，因为她们的出现打破了既定的性别关系模式，所以被看作是一种威胁。有时候她们的男同事还会故意使坏——有证据表明，在一些机车或飞机制造厂里，有些男性工人会故意往女同事负责的油箱中加入沙糖，或者拧松一些零件上的螺丝。

詹姆斯·欣顿曾研究积极公民权，在这个过程中他对战时民众的日记有了广泛的了解。在这些日记中,有许多细节显示当时的社会讨论过一些"更加广泛的话题"。尤其是在女性的日记中,欣顿发现当时的许多妇女都在"努力争取个人的自主权"。[46]还有很多女性开始从事自己以前认为根本不可能完成的工作。她们享受工作中的挑战和危险,在艰辛的劳动中发现了自我价值,并且很珍惜能和男人们共事的机会,即使一些更具有挑战性或者更刺激的工作往往会分给男性去做,而她们的工作顶多只是起到辅助作用。还有一些女人愿意待在家里,或者从事传统的女性职业,比如护士。一些专业护士愿意去部队工作,但也有护士选择留在后方。尽管她们的工作环境不同,不管在前线部队还是后方的工厂,但是战争的危险始终是存在的。和"一战"不同的是,"二战"时期的大后方也充满了各种各样的危险。

不管在哪里,护士的工作总是非常繁重和劳累的,除了工作时间相当长以外,还有与之相伴的高强度的工作压力和紧张情绪。但对于大多数护士来说,这是她们为战争应做的分内之事。热情高涨的女孩子也很高兴能出来工作,暂时摆脱父母的约束和控制。传统上人们认为护理工作符合女人的天性,因为女人天生就擅长照料别人、关怀弱者还有呵护生命。和身着戎装、在炮火中飞行相比,许多父亲会更放心自己的女儿去从事护士这份职业。尽管有一些家长还是会顾虑它意味着过多地接触男性的身体，但大部分父母还是认为护理工作是一份值得尊敬甚至适合淑女去做的职业。而现实当然与这种想象有一些区别，因为护士的工作内容基本上就是在艰苦的环境下做繁重的家务。也许在很多人的想象中，护士是为英俊的战士拭去汗珠的白衣天使，而现实中的护理工作却是倒便盆、清理呕吐物、清理和处理化脓的伤口、灌肠、清洗尸体、给尸体穿衣服以及面临可怕的伤残情况。这些完全在那些女孩子和她们父母的意料之外。

*

乔伊斯的小木屋像极了一个巧克力盒子，坐落在坎特伯雷市的郊外。小木屋有乳白色的支架和灰白色的墙壁，高高耸起的茅草屋顶，还有菱形格子窗。房前的小花园里种着五彩缤纷的蜀葵、毛地黄、美洲石竹、玫瑰和薰衣草。

"这儿有个天然屏障，"乔伊斯向我解释道，正是因为它，这些植物才躲过了这几周以来的糟糕天气，"我们很幸运。我的母亲如果还活着的话，她一定会觉得这儿像天堂一样。她有一个饼干盒，上面就画着这样的小茅屋，她做梦都想在这样的地方生活。"

战争爆发时乔伊斯只有16岁，她和母亲连同5个弟弟妹妹住在伦敦东区。她14岁就不上学了，开始在一家小小的布匹商店打工。1940年,乔伊斯刚刚过完17岁生日就志愿当了护士。在红十字志愿救助支队接受了简短的培训后,她被送往东格林斯特德。

"我不得不离开家,留下我母亲一个人照顾弟弟妹妹。年龄最大的弟弟比我小5岁,最小的妹妹只有6岁而且还得了肺结核。妈妈的负担很重。我父亲在工厂的火灾中去世了,他走的那年是1939年。所以要离开家我感到很内疚。但我自己还是很兴奋的,因为我从小就想要做一名护士。"

我们继续泛泛地聊着有关"二战"的话题,聊到了招募女性工人,乔伊斯还谈到她当时对护理工作的乐观态度和满心期待。"当时的我非常天真,"她告诉我说,"从没谈过男朋友。我父母都是虔诚的基督徒,我们每个星期天都要去教堂。妈妈总担心我会遇上什么麻烦,所以即使我已经16岁了,她对我的管教还是非常严的。能做什么,不能做什么,能去哪儿,不能去哪儿。于是志愿当护士这件事让我感觉自己长大了。我当时非常激动。"

乔伊斯继续讲述自己刚来到东格林斯特德时的感受,她告诉我第一次见到三号病房的病人时她是多么震惊。"我简直不敢相信——还有没有鼻子或者下巴的人。我见到的第一张面孔只有一只眼睛,另一只眼睛只是一个洞。他们的手都非常糟糕——只剩下凹凸不平的指根。还有那些长出来的肉茎,简直要把我吓死。"但她惊讶地发现自己很快就对这些可怕的肢体和面孔免疫了,她对待这些人的时候可以不受他们模样的影响。"他们非常勇敢,你不得不深深地敬佩他们。"

"所以你和病人们相处得很融洽?"我问道,并且告诉她我读过相关的材料,也从"小白鼠"嘴里亲耳听到过一些故事,所以在我的想象中她们的工作环境是非常恶劣的。"并不仅仅是护理工作本身,当时的整个氛围就对护士提出了许多苛刻的要求。"我试探着说。

乔伊斯耸了耸肩,眼睛看向别处。"的确是这样,"她说,然后她站起来,像是作了一个重要决定似的,"到喝茶的时间了。"我的心向下一沉,我又一次碰壁了。但这次我不想放弃。乔伊斯端着茶回来了。我想办法将话题转回来,于是试着问起麦克因多尔在三号病房的治疗方法还有他为伤员举办的那些郊游和社交活动。

"你有没有参加过这些?"我问。

乔伊斯向我探身过来并且压低了声音,尽管她已经告诉我房子里只有我们两个人。"我不知道关于这些你知道多少,"她说,"但那的确……的确是很特殊的情况。"

我给她讲了我和"小白鼠们"在刺猬酒吧的谈话,告诉她我读过的关于三号病房的文献。她稍稍放松下来，坐回椅子里然后探寻地盯着我看了许久。

"我没跟任何人说过这些，"她说，"我感觉这是在背叛他们。他们大部分都很好，我不想说一些让他们听上去很坏的话。"

我静静地等着她说下去，她在椅子里挺直了后背。

"我在东格林斯特德没有任何愉快的回忆，我当时相当无知，这让我很害怕。我不停地去想如果母亲知道了会说些什么。她一定会吓得发抖的，所以我知道我永远没法告诉她。我离开她，去尽战争时期的义务，但我们两个都没有想到……哎，当时我只有17岁。我知道那儿的工作肯定不容易，那些病人肯定都伤得很重，但我没料到……那时候太天真了，换作现在的话，我肯定能想到这一点。但当时我根本没有想过要去接触男人的私处。你可以想象一下那种打击，我之前从来没见过阴茎，但是我到那儿的第一周就要给病人换衣服。所以我不仅第一次看到了阴茎，等我换完衣服我还看到它勃起了！我现在可以笑着跟你讲这些，而且当时的护士都得适应这种事。但是我对性一无所知。我不知道怎么……人们是怎么做那件事的。我是问过妈妈她是怎样怀孕的，妈妈的脸红透了，她告诉我说：'等你长大了就知道了。'说老实话，我直到去了东格林斯特德以后还相信女人只要结婚了就会自然怀孕。我知道你很难相信这些，但当时的确有很多姑娘像我这样。没有人教育我们这方面的事。

"然后当我到了那儿……嗯……战争可以解释一切,也是一切的借口。大家都尽可能地尽自己的一份力量。我当时什么也不会。噢,你根本想不到!我在那儿的第一个月学到的东西比我之后一辈子学到的都要多,而且并不仅仅是关于护理工作的。一开始我很震惊的,你知道,那些人可以随意骚扰我们,做恶作剧戏弄我们。我不是那种对这种事情无所谓的女孩子。我不知道该怎么维护自己,但是那些人会和你自来熟,好像你是他们的女朋友一样。我之前几乎没有接触过男人。这对我们来说真的很难。你得去忍受一些事情,如果对方不是他们,你是绝对不会这样忍气吞声的。有些事情真的难以启齿……反正……很不好。那些下流的语言还有笑话,还有他们和你说话时的语气。有时候他们会想要亲吻我们或者搂住我们,比如偷偷走到你身后然后抱起你打转。

"我不知道该怎么做。有一些姑娘……性事总在发生……而且大家也都在背后议论,如果你明白我的意思。所以每天去上班的时候,你心里很清楚除了正常的工作以外,还要应付那个。总是有人想要连哄带骗地占你的便宜,或者想要更多……还有些人……会嘲笑你,说你假正经或者给你起其他什么外号。我当时为自己的无知感到羞愧,而且好像这是我自己的错一样。我不知道该怎么办。也不能有任何抱怨,因为麦克因多尔先生他……他觉得这样做是为了那些人好。

"我觉得他不明白,对一些女孩来说这意味着什么。也有像我一样的姑娘,但是知道也没什么用,因为护士之间也会有一些拉帮结派的现象。我知道有些人并不介意,她们愿意和男人在手术室里过夜……不管怎么说,我知道有一个,她和我一样也是志愿救护支队的。她说要回家待上几天,然后就再也没有回来。有人说她怀孕了,而且吓得不敢跟父母说。我再也没有她的消息。还有一个护士精神崩溃了,她也离开了医院,再也没有回来。我还记得有一个年长一些的护士总是很生气,因为她已经结婚了,但是她的丈夫远在部队。她总是说:'埃迪要是知道了该怎么办呀?'因为她担心他会以为是她主动的。随着年岁的增长,我渐渐能够理解为什么要这样。我明白这能帮助他们恢复自信,让他们以为女人还是愿意和他们在一起的。但当时的我完全不理解。我只能低着头咬紧牙关,默默地希望能挨过每一天。"

我问乔伊斯为什么没有离开,或者请求重新派遣到其他地方。

"我也想,但是不知道该怎么做。因为其他人觉得没什么,所以如果我投诉别人的话,大家会觉得我在小题大做。而且麦克因多尔先生他……我想说他特别专横。就连护士长在他面前也没有发言权。我当时什么也不懂,我都不知道也许可以离开这里。但是我要怎么和妈妈交代呢?之前我在布匹店工作,除我之外那儿还有三个年纪挺大的妇女,而且店主是一个老爷爷。他们都是很古板的人。所以医院里的……不管怎么说,我身上还起疹子了,胳膊上都是红点儿,而且延伸到了脖子,像是红色带花斑,特别痒。医生说是因为精神紧张引起的。我身上不停地起疹子,好了之后又犯。"

尽管她胆子很小,但乔伊斯说,她还是拒绝参加和伤员们郊游或者舞会这类社交活动。"他们喜欢看到你和伤员们出去。有些姑娘也乐在其中。但是我总觉得哪里不对。他们非要你去的话就让人很烦恼。这种事情应该要尊重我们的意愿才对。我是说,即使工作中有让人难为情的地方,但那毕竟是工作。所以工作之外的事情应该是想去就去,不想去就不去,不应该勉强。但是如果拒绝和他们出去鬼混,你就会显得很难堪。可能我的观点有点过时了,现在的女人比过去自信多了,但是好像来者不拒一样,都太……噢,你知道我什么意思的。"

乔伊斯在东格林斯特德待了两年,最后终于鼓起勇气请求转院。之后她来到了一个环境相对正常的医院。在那里,她爱上了护士这份职业,考上了注册护士,后来还成了一位主管护士。

"那段经历让我变得坚强,"她说,"但是能离开那里我还是非常高兴的。尽管第二家医院的要求也十分严格,但至少你知道自己的位置在哪里,病人也知道他们的位置在哪里。我喜欢这样,因为我感到自己是安全的。我甚至可以和妈妈写信,向她汇报近况。但在之前是不允许这样的。"

我们又聊了一会儿,我能觉察到乔伊斯可能是累了,也可能是不想再多说了。于是我收拾好自己的东西准备离开。

"他们非常非常勇敢,那些人,"她说,"他们经历了难以想象的痛苦,而且当时的环境也不像现在这样。时代的确不一样了,不是吗?和你说这些,我心里其实并不舒服,因为我不想让你对他们产生不好的印象。我的确做过一些自己不情愿做的事情,我希望自己当时没有逼自己去满足他们。但是我们不能以今天的标准去评价它。他们想找到生活的希望,那是他们求生的方式。也有一些姑娘在那儿过得挺愉快的。"

她给了我两个联系方式,是另外两个曾在东格林斯特德工作过的护士。"我们现在只在圣诞节互相寄些贺卡,"她说,"要是她们知道我们的谈话内容,不知道会怎么想。"

*

回到公寓以后我打开手提电脑,找到了乔伊斯给我的一个电话号码。几天之后,我在克罗伊登见到了她。布里奇特·沃纳在 21 岁的时候来到了三号病房,那时她刚刚成为一名注册护士。她的老家在都柏林。布里奇特今年已经 88 岁了,但是她看上去很硬朗。她是一位性格泼辣且豪爽的女士。和莫伊拉·纳尔逊一样,她当时也非常看好整形手术的前景,认为能在这一领域从事护理工作是一个很好的机会。她告诉我说,她可不像乔伊斯那样羞答答的。在电话里我听得出她很热情,但是见面以后又有一点拘束和尴尬。

"我是不介意的,"当我问到麦克因多尔的非常规治疗和管理手段时,她这样回答我,"我爱那些男孩子。一些年纪小一点的姑娘一开始还挺不情愿的。但他们毕竟是男孩子,而且都经历了那么可怕的事。我常常跟姑娘们说——你们应该感到庆幸,自己是在这里工作而不是在飞机里被烧伤、炸伤。你们能拿着工资在这里为自己打抱不平,难道不是因为有这些人在外面冒着生命危险保护你们吗?这是我们为战争做的分内之事,就给他们多奉献一点也是理所应当的。"

"我自己就是一个喜欢打情骂俏的人。他们也是特别优秀的男孩子。那么英勇,又那么团结。所以如果他们有时候脸皮厚一点,或者开开玩笑,给你增加点工作量,也没什么大不了的。他们也总是喜欢说点轻佻的话。我承认自己在布草房里和他们有过几次约会,但那都是年轻人玩玩而已,我也并不介意。那时候情况不一样,我们都想尽自己的一份力量让这些男孩子快点好起来。我不明白为什么有人要这样过分地……抱怨。你应该做好分内之事,而且要尽可能地多做一些。"

我们聊了一会儿,布里奇特承认一些护士很害怕那些"小白鼠",也对麦克因多尔的脾气心存畏惧。"他基本上掌管着一切,"她说,"你不会想要和他争论,或者被他抓到你在抱怨工作环境或者抱怨病人。他的态度一直很坚决,所以心里即使有不满也不能说。他很会胁迫你,而且老天知道他发起火来有多可怕。但是如果你面带微笑做好本职工作,他就不会找你的麻烦。他工作起来简直不要命,一天要在手术室里待上12小时,有时候是16个小时。人们把他称作上帝是有原因的,因为他真的什么都能办到。我总是要累得虚脱过去,有时候心情也不好,但只要一看到那些可爱的男孩子,想到他们经历了怎样的苦难,我就又有力量接着干下去。我很感恩,自己能够离开家,尤其是离开我的父亲和兄弟们。我之前对男人有点经验,也交过一个男朋友。我想要体验生活,也想要自己的一份事业——在那儿我都得到了。有时候他们会有过分的要求,但大家毕竟都是年轻人。我只记得他们非常爱我们。他们觉得我们挽救了他们的生命。这对我来说已经是最好的奖励。"

我坐在车里准备启动引擎的时候,回头看到布里奇特站在门口招呼我回去。我钻出汽车,又沿路走了回去。"你可别小题大做啊,"她说,"你千万别写任何会让他们不高兴或者有损他们名誉的东西。"

我问她之前是否有人像我这样问过这些问题,或者她有没有跟家人或朋友谈起过这些。

"并没有,"她说,"有什么可说的呢?就是战争年代的那些事儿,大家都不容易。而且都已经过去了。"

我明确地说自己不会随意评价"小白鼠们",尽管他们那时候和护士是差不多的年纪。那个年代和现在的确不同,人们的想法和对事物的期待也不一样,但是我觉得在这里女性的声音是很重要的。

"这么多年过去以后,我也不觉得有多重要了,"她说,"我们都要为抗战做一些自己不喜欢的事情。每个人都应该认真地做好分内之事。你要记着这一点。"

驻足深思

乔伊斯的故事深深地打动了我,以至于从坎特伯雷回去的一路上我都泪流满面。这并不仅仅是因为她口述的内容,更主要的是讲述时她整个人的状态。很明显她说话的时候很不安,很紧张,她感到难为情并且好几次眼泪都快要夺眶而出。我离开的时候向她表示很抱歉,因为我的造访让她难过了,但她紧紧地握住了我的手。

"能和人说一说反而是一种释放,"她说,"我参加过一次医院的重聚活动,当时我想找个人聊一聊——你知道——和其他护士聊聊这些事。但是当我到那儿以后,我感到很羞愧,那感觉就和当年工作的时候一样,好像我没有任何发声的权利。仿佛我的苦恼是因为自己放不开,而不是别人的过错。"

这些个人的感受,乔伊斯从未和任何人提起过。她知道有一些护士和病人是认真相爱的,而且他们后来还结了婚。

"因为有这些人,我感觉自己更像是一个难为情的傻姑娘,好像我哪里出了问题似的,"她说,"但我从来没和妈妈说过这些,也没跟我丈夫提起过。"

我问她如果护士们公开谈论这件事会怎么样,会有什么影响。"他们,那些人,会特别难过,他们毕竟是英雄。我想他们会认为一定哪个古板的老姑娘在大惊小怪。我相信他们并不觉得自己做错了什么。而且那个年代和现在也不一样。他们只觉得是在开开玩笑而已,好像并不会伤害到我们。我记得在电视上还看到过"小白鼠们"对护士赞誉有加,说我们挽救了他们的生命。他们是不会了解我们的感受的。但我不会忘记,从来没有。而且我相信不止我一个人这么想,如果她们还活着的话。羞耻感会追随人的一生,像一个污点一样。即使你后来学会了做自己或者被嘲笑的时候敢于站起来维护自己——你仍然无法忘记当年的羞耻感。"

相比之下,采访完布里奇特之后我感到很生气,我为护士们愤愤不平,因为布里奇特觉得护士的声音理应受到压制。回家的途中我一直愤怒地咕哝着,还狠狠地踩了几次油门。我的决心似乎比以往更坚定了,我一定要搜集到更多女性的口述。

第二天早晨,我意识到自己之所以会如此情绪化地在乎乔伊斯的故事,是因为它触动了我自己的感受。所以,我对乔伊斯和布里奇特的确都有些反应过度。

或许,这也是因为我之前在面对"小白鼠"时屡屡碰壁,那些压抑的挫败感终于得到了释放。我有点担心自己是不是在这两次采访中用力过猛了,会不会让乔伊斯感到不自在,也冲撞了布里奇特。但或许这种担心才是反应过度的表现吧。我意识到自己应该向后退一步,置身事外地冷静一下。

太阳出来了,我决定给自己放个假,暂时抛开20世纪四五十年代的思绪,去泳池和商场放松放松。明天我要去见安吉拉和她的异议者叔叔。但是当我拎着从精品店里淘来的战利品准备上车时,电话响了。安吉拉说,她的叔叔得了重感冒,所以我暂时还不能去"小白鼠"的医院赴约。她问我能不能等他康复了再打给我。我解释道,下个星期我要去康沃尔和我的儿子马克还有儿媳莎拉度假,他们也是从澳大利亚过来的;我们还要接两个双胞胎孙子,他们在英格兰西南部和自己的妈妈一起生活。安吉拉保证8月中旬会打电话再约时间。但是我有一个可怕的感觉,我猜想她的叔叔是不是改主意了,才以身体欠佳推掉了我的采访,到时候他还是会拒绝和我见面的。我把买的东西一股脑扔进后备箱,自己一屁股坐进驾驶座位,闭上了眼睛。这次回到英国以后我一直在伦敦周围来来回回地跑,经常在资料室和阅览室里熬夜工作。为了见到采访对象,我已经开了好几百英里的路,还遭遇了暴雨堵车的情况,不得不在风雨交加的路上以龟速行驶几个小时。但这样辛苦得来的采访结果却往往不尽如人意,老人家总不愿意向我透露更多的故事。我在各地的图书馆里度过了许多闷热、困乏的时光,在泛黄的一堆堆旧报纸中搜寻着信息。我还在大街上四处张望,寻找老年人并和他们搭讪。我可能真的需要我的"老朋友"——贝克斯咳嗽粉末——帮我养养神,再躺下来好好休息一下了。

我回到家后不久,电话又响了起来,是布里奇特打来的。她告诉我说今天早上她和她的朋友格拉迪斯＊通了电话,说起了我们的会面,然后格拉迪斯说她愿意和我聊聊。所以现在我又多了两个联系方式:格拉迪斯和乔伊斯的朋友爱丽丝。但是我决定先不联系她们,因为我意识到自己需要一点冷静的时间和空间。所以我想,在动身前往康沃尔之前,我可以晒晒太阳,还可以读一些与"二战"无关的轻松的书籍来转移注意力。但是我的注意力很快又回到了工作上。我发现自己又开始整理笔记,坐在电脑前将手写稿和采访录音输入文档。我要确保自己没有过分地引导乔伊斯去说一些话,也没有误解布里奇特的立场。我仔细地校对,直到将所有内容都整理出来。之后我将文稿打印了出来。第二天早上,我把笔记和谈话录音的文字版寄给了乔伊斯,请她阅读之后告诉我,她是否认可这份记录。我再次向她表示歉意,因为这惊扰到了她的过去。我又把对布里奇特的采访也这样梳理了一遍,然后寄给她。两封信寄出之后,我这才动身去见马克和莎拉。

*

在康沃尔,我终于可以从成堆的书籍、剪报、笔记还有文稿中脱身出来,离开它们和哈特菲尔德那间公寓里的小桌子。我们租住的一幢小屋坐落在风景如画的福伊小镇中心,这里颇具康沃尔海边小镇的风格:蜿蜒的陡坡路两旁是一幢幢白色的小别墅,门径都铺着鹅卵石,窗槛花箱里溢满了天竺葵和三色堇。我们的小屋靠近福伊河岸码头,从我卧室的窗户向外望去,可以看见在河口对岸的博丁尼克村,在那儿成群的渔船摇曳在岸边,远处的山坡上还散落着一簇簇房屋和一片片林地。福伊是已故女作家达芙妮·杜穆里埃的家乡,她是我很多年来特别喜欢的作家之一。杜穆里埃的作品常被批评为"过于浪漫"或者"太过关注女人的东西",因此在20世纪的现代主义文学领域她常常受到忽视。尽管如此,她的作品在英国以及海外都得以广泛出版,并且有一大批忠实的读者。杜穆里埃最受读者喜欢的几部小说都是在这里完成的,尤其是1938年出版的《蝴蝶梦》。这部小说首次付印时达到两万册,在当时来讲这是很大的数字,而且第一个月的销量就比这翻了一番,可见其受欢迎的程度。《蝴蝶梦》在

"二战"时期依然保持着不错的销量,而且至今从来没有停印过。小镇向内陆延伸不远的地方有一座梅那比利庄园,它是小说中曼陀丽庄园的原型。在这座庄园里,杜穆里埃曾经度过了二十多年的时光。从福伊到邻近的港口梅瓦吉西有轮渡,站在轮渡的甲板上可以看到小说里的船库所在的那片海滩——那是丽贝卡和情人幽会的秘密基地。在这个著名小说的诞生地始终萦绕着一种狂野的浪漫主义情结和阴魂不散的诡谲气氛。

我和家人在如此美景中畅游,感到身心愉悦,然而乔伊斯的故事始终盘旋在我的脑海中。她以一种非常私人的方式向我吐露了自己曾经天真、无知而且充满了羞耻感的经历,这让我感到很不安。过去的几个世纪里,女性被剥夺了获取性知识与身体奥秘的权利,这是因为在性这件事上女人是完全从属于男人的。随着由男性主宰的宗教系统、医疗机构和精神疾病研究逐渐专业化,性的话语权进一步被男性主导。不管是男人还是女人,在 20 世纪 40 年代,人们对性的了解要比今天逊色得多;在那个并不算久远的年代,许多现在能在电视和互联网上看到的内容是令人难以启齿的。20 世纪 40 年代的民意调查中有文献显示,直到 1949 年,只有 11% 的英国人从母亲那里接受过性教育,还有 6% 是从父亲那里获得的相关知识。而父母自己在性知识方面就很受限,而且当时的大环境也很保守——当时基督教的道德观是社会主流,无论是否信教的人都会受到它的影响。工人阶级和中产阶级在这方面非常落后,然而上流社会的人也并没有进步多少。大多数女人在步入结婚殿堂的时候还保持着完璧之身,她们不知道新婚之夜将会有怎样的欢愉抑或是可怕的事情在等待着她们。学校里的性教育也非常有限:男孩子们顶多只知道性爱的基本原理,而女孩子的性教育常常以一种更隐晦的方式进行,以至于她们并不明白老师讲的到底是什么。[47]尽管玛丽·斯特普的《婚姻之爱》和《明智的父母》早在1918年就已出版,避孕知识的普及依旧非常缓慢。很多人对这些书籍或者其他生殖方面的读物避之不及,一想到有人阅读或者购买这类读物就会感到极其厌恶。裸体是家庭中的禁忌,尤其不能在儿童面前展现或提及。性和裸体都是十分下流而且危险的话题。

这种普遍的保守态度持续到了20世纪50年代后期,有的家庭甚至到60年代还依然如此保守。1955年,那时我11岁,住在伦敦的一位阿姨家里。有一天我醒来发现床单上面有血迹。我哭着叫阿姨过来,于是她不得不肩负起这个艰巨的任务:向我解释到底发生了什么。她给了我一些卫生棉片,并向我保证等我回到家以后妈妈会向我详细解释一切。而事实上,我妈妈表现得一脸惊恐,把我打发给了一位医生——她因为太难为情,没有惊动那位年迈且坏脾气的家庭医生,而是去另一家诊所预约了门诊。很多年以后她告诉我,当时之所以这么惊慌是因为她第一次来月经的时候已经快 15 岁了,而我来得这么早,她以为我哪里出了问题。医生当然宣布我是正常的,或者至少身体没有异常,然而他仍没告诉我为什么人会来月经,只让我知道在我接下来的生命当中,每个月都要忍受一次。几天以后,妈妈在我睡觉之前给了我一本小册子,册子的封皮是粉红色与白色相间的花纹。她告诉我说,这是医生推荐的阅读材料。我怀疑她自己可能压根儿也没翻过这本书,但我相信她一定对扉页上写的"女孩应该了解的重要信息"深信不疑。可惜册子里传递的信息都太隐晦了,那些小海龟和小果蝇的故事(真的是这么写的)并没有解释清楚这件让我深深地难为情的新事物——月经——到底是怎么一回事儿。我上的修道院学校在小学阶段还招收男孩子,但是等到我们 11 岁小学毕业以后,班里就只有女孩了。我们这些女孩进入中学阶段时已经 12 岁了,但在性知识和生理卫生方面我们仍然单纯得像 5 岁的小女孩一样。因为修女不会向我们传授有关性或身体方面的任何知识,同学之间也不会讨论。性是肮脏的,然而我们又应该把最宝贵的第一次留给结婚以后。我们隐约知道的性知识是如此自相矛盾,所以当我16岁毕业的时候,我还如当年翻阅那本小册子时一样懵懂。

乔伊斯那一代的女性肯定比我们这些战后出生的一代更缺乏这方面的知识。我第一次真正了解避孕是在19岁,尽管在这之前,我听说过许多有关流产的可怕的故事,仿佛那比死亡还要恐怖——对于一些迫不得已去非法的流产诊所堕胎的女人来说,那的确意味着死亡。

在战争年代,避孕技术还处在初级阶段,经常并不可靠,并且资源非常有限。体外射精是最常见的避孕方法。橡胶避孕套的普及正在缓慢推进,这要归功于乳胶生产技术的进步。但是20世纪40年代的男人仍然不喜欢使用避孕套,而且那时的价格也不菲——需要两三先令才能买到"三只装",这对于工人阶级的男人或者偷偷摸摸的小伙子来说是一笔不小的开支。问题在于,这种避孕方法必须要男性来采取措施,而很多男人并不愿意使用它。女人要指望男人体外射精或者使用避孕套来避孕,但如果她们自己去购买或者随身携带避孕套就会被认为是"轻浮"的女人。

早期的子宫帽只有在丈夫同意的前提下医生才能开给妻子,或者患妇科疾病的女性才能获准使用。另外,"均码"的避孕膜片也可以通过邮购买到,但它的可靠性很差;同时对于社会底层的女性来说,恶劣的住房条件很难保证隐私,因此放置或者使用子宫帽对于她们来说也是很不方便的。很多女性倾向于使用所谓的"女性婚姻卫生用品",这些产品她们自己就可以在药房或者通过邮购获得,并不需要看医生或开处方。这种用品指的是杀精剂的灌洗器,或者可以放置在阴道里的浸满杀精剂的小海绵。所谓的杀精剂通常是一种泡沫状或胶状物,也有些是泡腾片。但它们大部分其实并没有杀死精子的效果,反而对人体有害——它会破坏阴道内菌群的自然平衡状态,甚至会造成阴部灼伤和起泡。

一些护士会使用上述的这些避孕产品,有的也会坚持使用避孕套。但很可能大多数的年轻护士并没有真正的避孕知识。即使到了1959年,当我15岁的时候,我对性和避孕仍然一无所知,只知道其中会接触到男人的阴茎,至于怎样接触对我来说仍是个谜。接下来的三年中,的确有几个男人向我展示了他们引以为傲的宝贝,以为我会满怀热情地迎接它们,但年少无知的我却感到害怕和胆怯。当我知道有和我一样年纪的姑娘对它了如指掌,甚至亲密接触过的时候,我的恐惧达到了无以复加的地步。20世纪60年代初的年轻男子是厌恶避孕套的,他们常常抱怨它,并且很少有人将它随身携带。年轻的姑娘如果坚持要求她们的男朋友使用避孕套,往往会遭到拒绝或者不满。当时的很多男人坚信（有的是半信半疑地认为）如果发生性行为时女方采取站立的姿势就不会怀孕，或者认为体外射精也能避孕。那时的情况对于女性来讲是非常不利的，这样想来，再早二十年的20世纪40年代显然更加危险。

*

在我们假期的最后几天里，我脑海里挥之不去的都是乔伊斯的经历，还有布里奇特和莫伊拉·纳尔逊讲给我的完全不同的故事。在回哈特菲尔德的路上，我开始犹豫要不要放弃寻访护士的想法。我仍然可以完成此趟研究之旅的要求，并且可以将精力集中到麦克因多尔和"小白鼠"的身上。我不需要再去寻找和访问那些护士，不必再搅扰她们战时的记忆，也不必担心是否会闯入禁区，更省去了彼此的不快和烦恼。我也不再需要担心这个话题是否会冒犯到"小白鼠们"。回到哈特菲尔德以后，我说服自己放弃了。一时间肩上的担子仿佛一下子卸了下来。我一开始为什么要如此费尽心力地自讨苦吃呢？女性在整个事件中的位置似乎没什么好争辩的。或许布里奇特是对的——已经时隔多年了，而我也不是什么人权斗士。我只是一个自以为可以揭露故事另一面的作家罢了。

然后我坐在电脑前，打开电子邮件。

"我说不出这对我意味着什么——你能将这些都

整整齐齐地写下来,"乔伊斯写道,"我之前还担心自己说了傻话,我以为自己读它的时候会难为情,但我没有。能够把话说出来我感到很自豪,人们读了以后也能了解当时的情况。尽管我还是不想让人知道我的名字。"邮件最后她附加了一段,说布里奇特会知道的,她的朋友——爱丽丝——也会知道的,但这并没有什么。可是她的真名绝对不能出现在最终的成书中,以免让"小白鼠们"感到不高兴。

布里奇特也给我来信了。"我想我之前可能有点唐突,"她写道,"我知道有些姑娘在那儿过得并不好,但是很多人都欣然接受了。但我想或许也应该有人把它写下来,这没有什么关系。我希望你的作品不会让任何人感到不悦,或许没必要正式发表,单单做一个记录就可以了。那些男人会不高兴的,这样不是很好。"

我还收到布里奇特的朋友格拉迪斯寄来的一张明信片。"我不是很同意布里奇特的想法,我愿意见你。我可以告诉你在维多利亚女王医院工作的真实情况。"

于是我刚刚才找到的解脱感和放松感只能到此为止了。我纠结了好几天,后来决定既然已经开了头就有责任继续做下去。最主要的是,乔伊斯"让人们了解当时情况"的愿望驱使着我继续下去。于是几天之后我和格拉迪斯通了电话,让我意外的是,这是一个手机号码。她邀请我几天以后去伦敦的一家老年俱乐部见她，那是她现在的住所。另外还有一位当地报纸的记者打电话来，我们几星期前见过。她给了我另一个护士的联系方式，她叫南希＊，现在住在达特福德。我也联系到了她，我们还定好了见面时间，正好是与格拉迪斯访谈之后的一天。达特福德离贝克利斯不远，伊芙琳就住在那里。于是我也留了一些时间驱车前往她的住所，在那儿留宿一夜，随后搭火车去伦敦。

我跟伊芙琳谈起和乔伊斯还有布里奇特的会面，告诉她我差点要放弃了。

伊芙琳将一大杯茶放在我面前，和我一起在厨房餐桌旁坐了下来。

"你不能放弃，至少现在不能，"她说，"你得咬紧牙关坚持下来。已经开始做了就要善始善终。"接着她又开始责备我不够果敢，她说："你不是要做女权主义者该做的事吗？你之前跟我说了那么多关于女性的故事，你说它们都被掩盖住了，所以你是什么意思呢？一切才刚刚开始，现在你就想放弃。我搞不懂你，你很多时候都是那么坚强、那么无所畏惧，怎么遇到这件事你就这么轻易地退缩了？"

她后半句说对了，但我从来都不是无所畏惧的。我始终都处在某种程度的恐惧当中。尽管这种恐惧感并不总是那么强烈，但它始终是我生活中的一部分。然而我一直都很善于隐藏这一点。我的身体和头脑时常处于紧张的状态,我总是神经过敏地时刻准备着,因为一切可能发生的危险而草木皆兵。突然响起的声音会惊得我跳起来,因为一些恼人的小事我也会整夜地睡不着觉。很小的问题在我眼里会严重得不得了,我还总是担心自己这里或那里做得不够好。我会梦到自己被倒下的墙壁和天花板压得喘不过气,还会因为做了傻事而羞愧不已,或者没由来地感到自责,生怕被家人和朋友抛弃。如果我对伊芙琳将这些都和盘托出,那后果简直太可怕了。所以我什么也没说。

"反正,听上去像是你在找许多借口似的。"她说。之后我们进行了一次很长的对话,这对话让我烦躁,因为伊芙琳一直想让我承认尽管我自认为是一个积极的女权主义者,我仍然很害怕被男性否定,尤其是我崇敬、爱戴的男性和拥有权威的男性。

"我的天,"她说,"你是说有很多女人一直缄口不言是因为在意男人们的感受,而且现在你也想保护他们?这不合情理。你不合情理。"

她当然是对的。

无理要求

格拉迪斯的老年俱乐部位于肯辛顿的一幢优雅的维多利亚式建筑里。走进去的一瞬间像是走过了上百年的时光。"有点过时了,"格拉迪斯说,回应我对这里优雅装潢的啧啧称赞,"女性俱乐部、男性俱乐部——几乎都是旧社会的事物了。"这家俱乐部现在只向退休的职业女性开放,格拉迪斯告诉我她定期来这儿住两到三周,有时候会住一个月。之外的时间她和她的姐姐和姐夫住在坦布里奇威尔斯。"经常来这儿住一住对我有好处,"格拉迪斯向我解释道,"我姐姐和姐夫也都上年纪了。"

她身材瘦高,略微有点驼背,但她拄着拐杖走起路来却意外轻快。我以为她有 80 多岁,所以当她告诉我说她今年 92 岁时,我吃了一惊。我们在休息室里坐下来,格拉迪斯点了茶水,上茶的时候茶托里还放着小小的黄瓜三明治和岩皮蛋糕。她神秘地对我笑了笑:"这也是我常来这儿的一个原因,感觉自己像一个老贵妇。"

当年格拉迪斯才26岁,她在伦敦一家医院做护士时被阿奇博尔德·麦克因多尔选中。"他来我们医院治疗一位严重烧伤的飞行员,我当时是他的看护护士。麦克因多尔先生决定让他转院至东格林斯特德,他对我说:'你也应该来,护士,我听说你干得很出色。'""我当时还挺漂亮的。"她笑了,抬起手拢了拢头发。她现在仍有一些当年的风采,而且气场很强大,只是说话很慢而且要经常停下来喘气,她说:"我的头发现在可能白了,但当年我可是有一头漂亮的红头发,上面打着自然的卷儿。很多朋友都羡慕我的秀发。我身材高挑,比麦克因多尔先生还高一些。他有一点吓人,所以我很高兴自己比他还高!长话短说吧,三个礼拜之后我就来到东格林斯特德,住在护士的宿舍楼里了。"

来东格林斯特德之前,格拉迪斯已经见过很多从战场回来的重伤人员,但这里烧伤的严重程度远远超出了她的想象。"也许是因为有太多异常严重的伤员都集中在这里了,"她说,"没有一例像肺炎、阑尾炎这样普通的病例,甚至连轻度烧伤也没有。我记得那里堆满了各种在普通病房里看不到的东西:啤酒桶、钢琴、盐水浴缸。房间里很热,而且不透气,感觉条件特别艰苦。"

格拉迪斯在伦敦的工作环境和医患关系都很正常,她在那里也接受了严格的培训,所以对于这里护士们所面临的挑战她还是感到大为惊骇的。"我刚到那儿的第一天,病人们就喊我红毛怪。在以前的医院,病人们不能给我们乱起外号,只能喊护士。如果他们乱起名字,护士长会过来及时制止的。那时候的护士培训还是相当严格的,其中很重要的一点就是要和病人保持距离。我们学会的第一点就是要守纪律,这也是为了确保病人不会和护士越界,也有利于保持病房的安静和秩序。但在东格林斯特德,病人们都直接喊我们的名字,除此之外还有很多玩笑话和不雅的言辞。就是在那一天,我看到有一个手和脸都烧伤了的病人骑着自行车冲进了病房,是我们当时骑的那种老式黑色坤车,车前面还有个篮子。之后他把车子停在病房中间——他没有手指,到底是怎么骑进来的,我到现在也没弄明白。不管怎么样,他从篮子里拿出一个纸袋子,用两支短短的指根夹着它高声喊道:'有谁要葡萄干蛋糕?'然后有一个头上缠满绷带的人站起来,抓过袋子,开始向各床扔蛋糕。'给你一个,给你一个……'我那时就想,接下来可有我受的了。"

过了几周,格拉迪斯就十分想要离开这里,因为她发现实在无法面对三号病房。"但是看到麦克因多尔先生给这些男孩子如此多的爱,看到他为他们做出的这么多努力以后,我最终决定留了下来。他坚决要帮助他们回到工作岗位上,或者回到皇家空军去。我觉得这很重要，而且那些男孩子……他们中的很多都特别可爱、特别勇敢，这是另一码事了，总之我不想放弃他们，尽管他们很难对付、很出格。我很反感当时护士们的处境，还有那些风流韵事。我……我想说那里对我们毫无尊重可言，而且这一定是不对的。我在想，他们在内心深处还是尊重我们的，但是他们总是或多或少地知道自己可以为所欲为。这一点我很反感。但又能做些什么呢？麦克因多尔希望我们做的恰恰是和我们之前所学的纪律和操守完全相悖的。而且护士长没有任何发言权，她不能干涉麦克因多尔的决定。我什么也没说过。我当时还缺乏一些自信。但我很幸运，因为我个子高，他们在我面前能收敛一些。他们本意并不坏，只是……你知道……他们随便惯了，并不在乎我们的感受。一旦你稍稍板起脸来，他们就会变本加厉地戏弄你。和他们单独在一起时还能愉快地聊天，但当他们聚在一起时就会有十分恶劣的行为。一旦霍尔护士长站出来为我们说话，就会受到麦克因多尔先生的严厉批评。伤员才是最重要的。其他的姑娘会说：'他们是战场上的英雄，我们得做自己分内的事。'但我觉得这份工作有辱人格，我当时报名参加护士工作时想的也不是这样。所以我觉得我当时就是一个女权主义者了。"

格拉迪斯在东格林斯特德工作了将近两年，于

1942年离开。那一年她和一名英国广播公司的工作人员订婚了。他们相遇在战前她工作的医院。他比她大了快十岁,是一名伤员,而那时的她还只是医院的一名见习护士。

"那天他乘公共汽车去上班,下车的时候车子还没有停稳,于是他摔倒了,然后又被一辆小汽车撞了。他失去了一条腿,身上其他地方也受了许多伤。所以他没被征召入伍,"她解释道,"我们过得很幸福,我和我的好弗兰克,但他出意外之后身体却不怎么强壮了。1998年他走了,他是我一生的挚爱,在他之前和之后没有任何人能替代他在我心中的位置。他不想让我去东格林斯特德,但是我说,这是我的工作,我想去试试。所以他也没拦着我。他会坐火车来看我,有时候在镇上住几天,但是因为我总在上班,也没有什么机会见面,而且我下班时总是已经精疲力尽了。这就是为什么我最后离开了那里,因为我们那时准备结婚了。弗兰克花了很长时间才鼓足勇气向我求婚,"想到这里,格拉迪斯放声大笑,笑声引得旁桌的几位女士投来惊讶的目光。"他说他一开始不是很愿意,因为他比我大得多,而且他只有一条腿,担心会拖累我。但他从来没有拖累我。"

偶尔格拉迪斯也会和病人们去参加舞会,有时候还会一起去布莱顿。"我是不介意和他们出去的,但是如果他们企图越轨我还是很介意的,你明白我的意思。"

我请她解释。"如果你和一个手指都被烧掉只剩下指根的人出去约会,你就得替他做很多事。比如说替他拿刀叉切食物,可能还要亲手喂他吃饭。你得把手伸进他的裤兜里掏钱,然后把钱放在他的指根上面,这样他就可以把钱递给服务员。你得帮他脱外套、穿外套……而且……如果周围没有其他男士的话,你还得和他一起去男厕所,帮他解开裤子纽扣,然后你可能还得……还得替他扶着那个。如果是在医院里,作为护士我可以大大方方地做这些事,我每天都要替病人做一些很私人甚至很私密的事情,因为这是我的工作。但是如果你们越过职业的界线,比如说一起约会,再做这些事就显得不一样了。那时候他们就会觉得这不仅仅是你的工作,可能还有些别的什么。"

格拉迪斯只和一群人一起出去,以此避免这种尴尬和危险。而且自始至终她都不断提醒自己,我是一个护士,这是我的工作。所以她可能替不止一个病人做过那些尴尬的事。"我会动作很快、很简洁,你知道的,没有什么额外的动作。我会陪两三个人一起去厕所,这样就不会和其中的任何人关系太密切。我能做到这些是因为我接受过专业训练,而且我也很有经验。我比很多姑娘都大几岁。有些小姑娘和他们做了越轨的事,等她们回到医院就会发现很难办,因为那些人就开始缠着她们。我觉得这对她们来说很不公平。"

格拉迪斯停了下来,她闭上眼睛,头向后靠在椅背上。我看了看表,意识到我们喝着茶已经聊了不少了。我想她可能累了,于是开始收拾东西,但她睁开眼睛,挺直了身子。

"你别着急走。"她说,但我看得出这是客套话。我谢谢她,告诉她我要赶火车。"我很乐意再和你聊聊,"她说,"如果你有时间的话。"

我向她保证,很快会打电话和她再约时间。"您跟我讲的有关越界的事——护士和患者之间的界线,对我来说很有帮助。"我告诉她。

"界线——"她说,"就是这个词儿,界线。麦克因多尔先生把护士和患者的界线模糊掉了,问题就出在这儿,所以很多女人被强迫着去做一些她们不想做的事。但或许正是因为这样才挽救了那些小伙子的生命,给了他们活下去的希望。这真是一个有趣的道德难题,不是吗?"她咧开嘴淘气地笑了。"这一点留给我们下次再好好探讨吧。"

20世纪50年代以后,格拉迪斯决定离开护理工作,她想要接受训练成为一名医生。靠着自己的不懈努力和丈夫的支持,她最终进入了医学院,并在60年代正式获得行医资格。"我一直觉得,要是当时能有一名女医生的话,对于患者和护士来说都是一件好事。如果医生里能有两三个女人那一定会更好。"

"她说的对啊!"当我晚上回到伊芙琳的家,和她说起格拉迪斯的话时,她赞许道。"除非女医生也会被男病人吓到。"她笑着说,打开了一瓶杜松子酒。

*

第二天早上,我冒着瓢泼的大雨开车前往达特福德,此行是为了寻找东格林斯特德的那位记者给我的地址。我找到了地址所在,开门的是一个男人,他告诉我他叫斯坦,是南希的第二任丈夫。他妻子刚刚出门,去给一位摔了一跤的邻居送汤。

"她总是这样乐于助人,"他说着,给我倒了一杯茶。"她从来没忘记自己是一名护士。"接着他告诉我,南希只在1943年在东格林斯特德工作过很短的一段时间,她的第一任丈夫就是那儿的病人。

"一位烧伤的患者?"我问道。

"是的,"他说,"重度烧伤。"

然而南希对透露她已故的第一任丈夫的信息却很慎重。"对,他是他们中的一员,"她说,"但是,我不会告诉你他的姓名,因为你可能要写进书里。他是伤员,但受伤的程度并不像其他的一些患者那样严重。他在东格林斯特德治好了以后就回到皇家空军了,他后来还继续飞行了。"

这是一场艰难的对话。我能感觉到南希宁愿自己从没答应见我,而且她明显对自己的经历避而不谈,反而就"小白鼠"和麦克因多尔的管理制度说了很多。但这些我从其他人那里都已经知道了。而她好像并不情愿向我吐露自己的真实感受。

我接着问起护士和患者之间的关系。

"我们和他们走得很近,但是我们都觉得自己随时都可能死掉,"她说,"我们每天都会见到他们,我们要替他们做一些没人做过的事,那都是他们以前力所能及的事。我希望让他们开心,而且也愿意在战争时期做出贡献,这是值得骄傲的事。即使要做的一些事并不一定正确,但你渐渐地也就融入那个环境了。"

"这对护士来说公平吗?"我问道。然后是许久的沉默。

"不,不公平。但是你没必要兴师动众地讨个说法,不是吗?我不想让他们觉得我说了一些不厚道的话。我也不想再说了。没人逼她们去做她们不想做的事。"

很明显从南希的表述来看她感到很不安,然而她也表达了自己的决心。我不再询问有争议的话题,而是把对话转向后来和她在一起的"小白鼠"。他们认识的时候他的治疗已经接近尾声。他回到皇家空军以后南希仍旧留在医院工作。之后的一段时间他们没有联系,只是战后一年多以后才再见到彼此。又过了一年他们就结婚了。"他再没回到那儿,只有一次是为了体检。他并不是很热衷于小白鼠俱乐部的活动。"

"为什么呢?"我问。

南希耸耸肩。"他不是那种人吧。他更自我一点,不是很合群,总是对自己很有把握。别人看到他伤残的情况会以为他是战场上的英雄,这会让他很高兴,尽管出事的时候他并没有在执勤。他那天没在部队上,而是去伦敦参加了聚会,但是聚会的房子遭到了轰炸。麦克因多尔先生在医院里看到他,于是把他带到了维多利亚女王医院,给他做手术。之后他回到了皇家空军,他一直都想回去。"

谈话的气氛越来越冷,于是我表示要走。斯坦和我握手后走到屋后去了,南希跟着我来到前门。

"有一点,"她说,这时我已经准备离开了,"他没为我们做过一件好事。"

我停下来转过身:"您是说您丈夫?"

"麦克因多尔先生。他没为女人做过一件好事。他告诉那些男人他们是英雄,可以为所欲为。我丈夫,他总是贪恋女色,他觉得那是他应得的。一辈子都对我不忠。和他有外遇的那两个女的还来参加他的葬礼了。不,不管麦克因多尔为那些男人做了什么,他没为我们干过一件好事。"

开车回到伊芙琳家的路上，我一直在想，为什么南希要答应见我。很明显和我的谈话让她感到很不舒服，甚至充满愤恨。她临阵退缩了吗？是不是和蔼可亲的斯坦最后说服了她接受访问呢？抑或是她需要和别人最后再吐吐苦水？

"当然了，可能和东格林斯特德没什么关系，"伊芙琳后来说，"她丈夫可能本身就是一个花心的人。"

当然他可能是。他也可能不是。

东格林斯特德的老大

从他的个人传记和同时代人的回忆录中都能看出,阿奇博尔德·麦克因多尔那时候在东格林斯特德是一位了不起的人物,这一点艾米丽·梅休也提供了一些确凿的证据。麦克因多尔是一个苛刻、易怒且令人生畏的男人。正是由于他的批准,"小白鼠们"才可以有恃无恐地捣乱,像小学生一样做恶作剧,他的默许助长了三号病房内对女性的骚扰和压迫。虽然他的确对病人的不良行为有一些管束,但就目前的资料来看,对于调戏护士以及医院里的性关系和恋爱关系,麦克因多尔始终是睁一只眼闭一只眼。为了使镇上的居民和更广大的民众能够接纳"小白鼠",他做了很多努力,所以他很关心他们的行为是否会影响到他在这方面的努力。除此之外,"小白鼠们"的品行不端在他眼里虽然不符合医院的规定,但也并无大碍。

吉姆·菲茨杰拉德和我一样也是东格林斯特德人,只不过他比我大几岁,现在在新西兰生活。在给我的来信中他讲述了自己当时的回忆。他的父亲名叫乔,当时的工作是负责开车接送护士和其他医疗人员上下班,也包括接送"小白鼠们"参加各种当地举办的聚会和舞会。他有时会送这些人去马奇伍德宅院,靠近汉普郡的海斯镇,在那里有一家面向皇家空军伤残军人的疗养培训中心。在那里,乔目睹了一些狂欢聚会的场面。

> 我记得有一次聚会后,一群男孩偷偷开走了接送他们的公共汽车,并把它开进两棵树之间的空隙里。我的父亲受到了批评,但是没有处罚任何人。那些伤员都是一些小伙子,当身体开始恢复,他们就想要聚会、狂欢。在经历过战场上的意外之后,他们习惯于不加节制的放纵,每个人都多多少少有一点。我父亲是退伍军人,他是一个强壮的爱尔兰人,所以他好像还能管得住他们。[48]

如果真的像吉姆所说的那样,他的父亲受到了批评,那很可能是他慷慨地代人受过,因为这些人在马奇伍德宅院做过的恶作剧已经让他们的"神"麦克因多尔大为恼火。莫斯里在传记中讲到,1943 年 9 月麦克因多尔收到空军部的投诉,称"小白鼠"在疗养中心有品行不端的行为。莫斯里说,这已经是他们在那儿的第二次恶作剧了,上一回就是涉及公共汽车的那件事。

这一次，四个酩酊大醉的伤员从酒吧回到马奇伍德宅院，他们大声喧哗、拒不配合上床休息的规定，这使那里的工作人员感到非常生气。当时负责管理的空军中校觉得他们这种酗酒、喧哗和晚归的情况可能会招来负面的舆论。麦克因多尔勃然大怒，他派爱德华·布莱克塞尔去马奇伍德检查相关报告并表示歉意。这四名伤员也回到了东格林斯特德，麦克因多尔随即对全体病患进行了半个小时的训话。在训话最后他厉声说，如有再犯，他一定会狠狠地惩罚。他后来向空军部写信，以个人名义道歉。他解释说东格林斯特德在工作日的宵禁令是每晚10点，即使有特殊情况也不能超过11点。周末是10点半，如果有特殊情况，比如舞会的话，可以延长到12点半。他声称一旦有人违反规定就要受到穿蓝色病号服的处分。两次违反规定的就要上报他们各自的指挥官。[49]

麦克因多尔在信里表明所有违反宵禁令的人都要受到处分，然而来自"小白鼠"、护士和其他医护人员的口述表明，晚归的现象并不在少数，而且经常有人在凌晨喝得烂醉如泥，回来以后不仅惊扰到其他病人的休息，还需要护士们安抚他们、帮他们醒酒或者直接把他们扔上床去。这种情况护士是不会向上汇报的。麦克因多尔真正在意的是外界对于这些行为的投诉和抱怨。有一次他们开着一辆借来的车撞坏了当地居民的篱笆,还有一次有人在镇外的一家酒馆滋事。遇到这些事,麦克因多尔都会派爱德华·布莱克塞尔亲自去当地居民家里和酒吧处理善后,除了道歉以外还会当即支付赔偿金。肇事的人则会受到穿蓝色病号服的惩罚。对于任何有损他和"小白鼠"的情谊的事情,麦克因多尔的反应都极其强烈,尤其是一些可能会损害"小白鼠"和医院声誉的事,这是他更为在意的。他的病人们对他和他在病房内的管理方式也是一如既往地拥护,一提起麦克因多尔先生,无人不是爱戴和钦佩的话语。艾米丽·梅休指出,众人描绘的麦克因多尔"接近于圣人",然而这是"相当不准确和无益的描述"。

麦克因多尔本人绝不是圣人,尽管他在外科医生的岗位算得上鞠躬尽瘁。他牺牲了绝大部分的个人生活,包括他的婚姻和第一任妻子的健康,他将自己完完全全地奉献给了病人和他们的护理工作。在直率和霸凌之间有着微妙的界线,然而麦克因多尔频繁地跨越了这个界线。他可以并且真的压制住他的下属、病人和他们的家人,甚至他自己的朋友和家人,而不会为所造成的后果后悔或道歉。[50]

塞巴斯蒂安·福克斯在关于理查德·希拉瑞的个人小传中也谈到了麦克因多尔:

麦克因多尔是一个充满野心、恃强凌弱、刻薄且狡猾的人。他的确有一些个人魅力，但他只会为了实现自己的目的而展现这些魅力。他是有些同情心和眼光，也是一个慷慨大度的人，然而他认为没有必要展现出这些品质。他还有一个本领：那就是给他的病人以希望。于是他们对他充满了信任，无论他有什么缺点，在他们心里，他就是一个伟大的人。[51]

麦克因多尔在当地的群众中也享有很高的声誉。大部分当地人都对他心存敬畏，因为他自带一股权威的气派，也因为他在笼络人心方面很有自信。他特别注意和当地人，尤其是和相对殷实的家族结交朋友、拉拢关系，这些家族往往拥有大量的产业。来自威士忌世家的约翰和凯瑟琳·杜瓦就是其中的典型例子。他们已经在东格林斯特德专门为女性病人建立了杜瓦病房，还将家人住的达顿宅地改造成一家疗养院。这儿就像伊莲和纳威·布兰德借给医院的圣山庄园一样，是专门向"小白鼠"开放的活动场所。在这里他们就像是主人的家庭成员一样享受招待，还可以参加专为他们举办的社交和娱乐活动。主人还经常安排女性朋友参加这些活动，为这些康复中的客人作伴。他们朋友的未出阁的女儿们也会收到邀请，来和"小白鼠们"聊天、跳舞。贝蒂·帕里什当时住在附近的林菲德村，她向我讲述了当年参加这种活动的经历。那一天她很生气,收拾好行李就离家出走了,因为她的母亲已经第三次让她去志愿参加和"小白鼠"的约会。

"我介意的并不是他们,"她告诉我说,"但我真的很反感被吆喝着去和他们眉来眼去,或者是做他们心里想的那些事。"

有趣的是,尽管面对来自社会各个阶层的女性的反对,当链球菌病毒在三号病房肆虐的时候,麦克因多尔并不后悔他的决定:他让女病人搬出杜威病房,好让"他的男孩子们"搬进去。霍尔护士长收到了让女病人搬出去的紧急命令,之后要用抗菌剂清洗男病人的身体,再让他们搬进去。"当霍尔护士长犹豫不决的时候,他说:'抓紧干吧,女人。'"霍尔护士长转而去找住院医生,但他也说不动麦克因多尔。那些女病人被转至其他病房,还有一些被送回了家。[52]

如果把麦克因多尔换成一个相对随和、好说话的人,那么发生在小镇、医院还有病人身上和心上的这些事件或许都很难成为现实了。在他治疗的患者中,男性占绝大多数。在战争爆发之前,他就已经在面部整形外科树立了声誉,这使得来自世界各地娱乐界和上流社会的女性都纷至沓来,然而在战争期间他却只选择治疗男性患者。经常会有其他医院的医生将女病人转院至他的门下,然而我并没有找到任何证据表明他曾经治疗过受伤的空军妇女辅助队队员，或者帮助过任何受伤的女性转院至东格林斯特德。尽管有禁令不允许妇女参加空战，"二战"时期仍不乏一些女飞行员的身影，尤其是从世界各地来到英国空中运输辅助队的女性，她们往往要执行非常危险的任务。航空运输协会的女飞行员们曾向皇家空军基地运输喷火式战斗机、飓风式战斗机和兰卡斯特轰炸机，之后她们会和男性飞行员一起从基地起飞，并肩作战。这些女飞行员驾驶的飞机往往没有弹药，也没有无线电和导航仪表，所以很容易在远程敌机的炮火或者恶劣天气中失事。很多人都在执行任务的过程中受伤，还有一些人遭到严重烧伤。包括女飞行员先驱艾米·约翰逊在内的15名女战士都遇难了。[53] 同样，许多空军妇女辅助队的队员驾驶的飞机也在空中爆炸或在机场不幸坠毁，许多悲剧都在大后方上演。

关于麦克因多尔曾救治过的部队中的女性，我只找到两条线索，然而仅此而已，并没有更多的细节。战争期间有一些女性平民伤员也曾在东格林斯特德接受烧伤治疗，然而究竟是麦克因多尔亲自做的手术还是指派其他年轻医师，比如住院医生珀西·杰尔斯来做手术，这一点不得而知。当时在医院负责分发救济药品的玛格丽特·查德在她的BBC纪录片《人民的战争》中记录了4名在这里接受治疗的女性。

18岁的琼在伦敦一家糖果工厂上班。工厂遭到轰炸的时候她正在搅拌太妃糖，滚烫的糖浆从头到脚溅满了她的整个身体。琼被送往伦敦一家医院，后来转院至东格林斯特德。除了烧伤，她还深受褥疮的痛苦。刚被送到医院的时候，她的头发上还裹着糖浆，硬邦邦地支楞出去，里面有许多蛆在爬；她的皮肤全都烧焦了，有白色的骨头从关节处伸出来。查德还记录了19岁的梅齐。原本两天之后是她大喜的日子，梅齐却遭到了轰炸。被送到东格林斯特德的时候，她脸上扎满了玻璃的碎片。还有格拉迪斯，那天晚上她正和未婚夫在巴黎咖啡馆跳舞，突然发生了轰炸。她的面部和梅齐一样重度毁容，而且身体各处都扎满了细小的玻璃碎片。露丝在战时是弹药厂的工人，但她平时的职业是裁缝。她的双手在空袭中都被炸掉了。[54]这几位女性都在东格林斯特德接受了为期几年的手术治疗。

艾米丽·梅休指出，阿奇博尔德·麦克因多尔认为男性患者是他首要关注的对象。他想让这些伤员能够回到部队里或者可以从事一些力所能及的简单工作，他还希望在这个充满冷漠和厌恶的世界里，他们能够坚持自我。我在想，既然麦克因多尔认为女性的价值仅限于美貌和对男人需要的满足，他是否觉得无论如何也没办法恢复女患者的这种价值，因此才不愿意治疗她们。毕竟，有大量的记录证明，他为"小白鼠"做的重建手术其主要目的是恢复身体功能，而不是恢复其原本的相貌。我向艾米丽·梅休和麦克因多尔的女儿瓦诺拉·马尔兰都提出过这个观点，她们的回答都是有这个可能。瓦诺拉还觉得很有可能是这样。然而，这只是我基于他对女性的态度得出的观点。

尽管麦克因多尔对下属往往缺少同情心和关怀，当医护人员遇到麻烦的时候他却能表现出极大的仁慈和体贴。但他和病人那独有的亲密关系却比其他任何事都来得重要。每个老板都需要一个强有力的团队，麦克因多尔也不例外，他总是挑选最优秀的成员加入自己的团队。助理医师珀西·杰尔斯、手术室护士吉尔·马林斯和麻醉师约翰·亨特都是从第一天起就一直在他身边工作。威廉·凯尔西·弗里（后来的威廉爵士）也是其中一员，他建立的口腔下颌科对颌面部外科来说至关重要。到 1941 年，又有两位外科医生受到皇家空军的指派来到医院，其中包括另一位麻醉师拉塞尔·戴维斯。1941 年间东格林斯特德收治的烧伤患者中有许多是来自加拿大皇家空军的，而且他们在海外部队的主要医疗官也被派来这里担任一个终身职位。罗斯·蒂利之前在加拿大接受过整形外科的培训，培训结束以后他随即在东格林斯特德实习了数月，在麦克因多尔身边精进技艺。[55] 两人很快就发展出一段互敬互爱的工作伙伴关系，蒂利也成为麦克因多尔信任的同事和朋友;在烧伤科,他是麦克因多尔讨论和实验新手术方法的伙伴。蒂利后来在医院成立了加拿大手术小组,再后来,在他的敦促之下,加拿大政府资助医院修建了加拿大侧厅。1943年12月侧厅建成时还树立了纪念碑。1944年7月,加拿大侧厅迎来了第一批的九个病人。麦克因多尔的团队也在一天天壮大,因为不断有热心的年轻人来到这里接受严苛的训练,希望能够学到他在整形外科方面精湛的技艺。

霍尔护士长首当其冲地要面对这位主任医师的古怪和专横。玛格丽特·查德将卡洛琳·霍尔形容为"一个热情、可爱且和蔼可亲的爱尔兰中年妇女,她竭力想要牢牢控制住那些'姑娘们'"。[56]在她的职权之下是主管护士:其中包括她自己的妹妹谢里·霍尔、玛丽·米里和哈林顿女士。吉尔·马林斯和沃克女士负责管理手术室,后来桃乐茜·瓦格斯塔夫女士也加入进来。几乎没有任何文献记录护理人员的个人情况,甚至连很多人的全名都没有记录。在休·麦克里夫的笔下,玛丽·米里女士曾经多年负责三号病房的工作,而她"以她不露声色的爱尔兰方式,热衷于做媒;事实上,她自己就和一个病人结婚了"。[57]米里女士的婚姻只是好几对病人与护士中的一例。除她之外,还有加拿大飞行员霍布鲁克·马恩。他和亚伦·摩根的经历有些相似:他伏在橡皮艇上在海面漂了14天,身体泡在冰冷刺骨的海水里,之后被送到东格林斯特德。霍克是他在三号病房里的名字,后来他和贝蒂·安德鲁斯结婚了。贝蒂是空军妇女辅助队的勤务兵,负责帮助病人洗盐水浴。另外,比尔·福克斯礼也和医院的凯瑟琳·阿克尔结婚了。

麦克因多尔在手术室和个人生活中尤其要依赖吉尔·马林斯的协助。他们初次见面时她在伦敦的圣巴托洛缪医院工作。他一开始觉得她是一个不错的护士,后来发现她也是一个诙谐幽默的工作伙伴,于是很快就让她负责手术室的大小事宜了。从伦敦诊疗所到热带医科医院,再到东格林斯特德,她一直在他左右。马林斯在医护人员和"小白鼠"中的人缘都很好。那时候她刚三十出头,个子高挑,一头红发,还有一双碧绿的眼睛;不仅外貌姣好,她还十分幽默,个性也很强,所以能够自信十足地管理这群令人头疼的"小白鼠"。1941年,她开始和空军中尉杰弗里·佩奇交往。他是一名伤员,一年前他的飞机被击落后坠入英吉利海峡。他们在一起相处了两年,后来达成共识决定结束这段恋情,因为根据佩奇所说的,"爱情的火花熄灭了"。[58]

阿多妮娅还在美国,这时吉尔·马林斯和麦克因多尔不仅在医院里朝夕相处,而且在个人生活上也走得很近。他在手术室的工作很大程度上要依赖于她,因为她知道如何估计他的需要,而且时常会帮他完成操作步骤。在医院以外的场合,她经常陪他参加一些社交活动,也时常和他待在"小兔窝"。在小木屋里,她会像女主人一样用好酒好菜招待"小白鼠们"。到1943年,阿多妮娅坚持要带着两个女儿回英国,只是那时她和麦克因多尔的婚姻已经相当恶化,很难再修补了。

休·麦克里夫向我讲过一件有趣的事,听上去这像是三号病房里的保留节目似的,因为有许多"小白鼠"和好几位护士都向我提起过这件事。一天深夜里,一名医生接到麦克因多尔的电话,说让他来小木屋里帮忙。他说,吉尔被绊倒了,头撞在桌子上,需要处理鼻子上的伤口。事实是她在床边的小桌子上磕破了鼻子,而且血流得很厉害。那位医生极力劝说麦克因多尔,因为伤势太重实在不能留在小木屋里包扎,于是他叫醒一名麻醉师和另一名护士,一刻也不耽误地在医院里处理了起来。吉尔·马林斯的鼻子是在加拿大侧楼的手术室里整好的,但是康复之后却留下了伤疤。过了一段时间,麦克因多尔再一次给她做了手术,因为她要求做一个那种往上翘的"麦克因多尔鼻子",这项技术他在战前就已经运用得很娴熟了。十年以后,他给电影明星凯·肯戴尔和芭蕾舞蹈家玛格·方登女爵士也做了同样的鼻子。[59]

吉尔·马林斯一直在阿奇博尔德·麦克因多尔的手术室里工作。1943年当他接受癌症的探查性手术治疗时，她也在他左右。是他的阑尾出了一些问题，后来将阑尾切除了。切除手术三周以后，他突然感到腹部剧痛，然后接受了第二次手术。原来是上一次的外科大夫误将一根四英寸长的药签留在他的身体里。这个时候，吉尔·马林斯依然陪伴着他。在艰难的日子里，她常常向好友和同事吐露心声，说她想做下一任麦克因多尔夫人。麦克因多尔本人也没有否认医院里的这些流言蜚语。他和阿多妮娅于1946年分开了，随后的一年里，基于他在战时做出的贡献，麦克因多尔被授予骑士封号。吉尔·马林斯和他在"小兔窝"里住了一段时间，后来他还专门给她买了一幢小木屋。莫斯里认为，尽管这时候他们走得很近，但麦克因多尔从来没有想过要和吉尔·马林斯结婚，即使他的两个女儿都很支持他这样做。[60] 直到1950年他才把她带到自己的母亲面前，说这是他想要娶的女人。然而，到1953年他的第一段婚姻才终于告终。离婚的理由是他不忠，证据是他和一个女人在酒店里的照片——这是他花钱雇来的演员。在那个年代，这是常见的做法。因为只有这样，感情破裂的夫妻才能够结束掉这段婚姻。

麦克因多尔的两部传记在许多方面的叙述都不尽相同，其中一处就是他离婚以后发生的事。麦克里夫在传记中写道，法庭判决离婚生效之后，吉尔·马林斯感到很不安，她突然感觉出现了一个竞争对手，但她选择保持沉默，没有向任何人提及内心的恐惧。一天早上，她去伦敦诊疗所上班的途中路过一个报摊，看到一张报纸上登着阿奇博尔德·麦克因多尔爵士和康斯坦斯·贝尔彻姆夫人的订婚启事。康妮·贝尔彻姆是一个离过婚的女人，几年前吉尔和阿奇在法国南部度假时认识了她。他们订婚的消息击溃了吉尔。在随后的日子里，她的朋友一直陪着她。从那时起，即使她依然和麦克因多尔在一起共事，他们之间始终保持着冰冷的沉默。麦克因多尔和康妮·贝尔彻姆在第二年结婚了。过了一阵子，吉尔·马林斯也离开了医院。她嫁给了一个南非的商人并和他回到约翰内斯堡。[61] 莫斯里的版本却有所不同。他说在这段时间麦克因多尔生活在好几个女人的夹击中，日子过得并不容易。他的女儿瓦诺拉在一封信中指责他："面对女人时是一个可怕的愤世嫉俗者……我们真的像你宣称的那样不堪吗？"[62] 他的母亲催促他赶快和阿多妮娅重归于好。莫斯里补充说，即使真有那么一刻，麦克因多尔想要娶吉尔·马林斯，他也早已错过了那个时刻。他认为，吉已经意识到了康斯坦斯·贝尔彻姆才是麦克因多尔生命中的女人，这一点他从未向她隐瞒过。当康妮 1952 年来到英格兰并且宣布她已离婚时，阿奇立刻着手准备自己的离婚事宜。他向她求婚，但在 1953 年麦克因多尔的离婚成为事实，1954 年贝尔彻姆顺利离婚以前，两人一直保持着必要的距离。两人订婚的消息公布于众之后,莫斯里说:"吉尔·马林斯对此并不意外,它反而印证了她最深的恐惧。然而得知消息时她的反应也是非常强烈的。"[63]他补充说,吉尔和康妮最终成了朋友,而且她们对彼此怀有敬意。或许在这儿值得一提的是,麦克里夫的传记是在1961年出版的,那是麦克因多尔去世之后的一年;而莱昂纳德·莫斯里的传记是受麦克因多尔的遗孀康妮的委托写的。她对文稿的内容有权提出增删和修改的意见。这本传记于1962年出版。

1959年,吉尔·马林斯回英国度假时曾拜访过麦克因多尔。之后,在乘船回家的途中她突然中风。当时麦克因多尔在伦敦诊疗所。他接到电话,马上安排飞往她那里。但还是太晚了,吉尔在第二次中风后去世,几天后葬在海里,享年49岁。据说麦克因多尔连续几周都没有从中走出来。他为她写了一篇感人的悼文,并且筹资在东格林斯特德修建了新的护士之家,以吉尔·马林斯命名。

没有人知道,在工作和感情上互相扶持了这么多年以后,为什么阿奇博尔德·麦克因多尔会选择让吉尔·马林斯通过登报启事的方式知道自己订婚的消息。但这或许是了解阿奇和他对于女性的看法的另一块拼图吧。

局外人

我已经对安吉拉的异议者叔叔不抱什么希望了,但她真的说话算数,在 8 月底给我打了一个电话。于是在一个温暖的周五下午,我前往医院的咖啡厅和他们见面,不知道见了面以后会说些什么。我在通往咖啡厅的小径上来回地走,以前这是运送病人去手术室的必经之路。不一会儿,我就看见安吉拉的身影出现在停车场。她正和一位上了年纪的男人一起从汽车后座把一个轮椅抬下来。她向我介绍,这位是丹尼斯,这时丹尼斯正从汽车后面绕过去,帮助另一位乘客下车。

"我叔叔有多发性硬化症,"她告诉我说,"情况时好时坏,这您可能也了解。但他今天状态不错。"很快,丹尼斯就将他推了出来。安吉拉的叔叔,亚瑟＊,向我做了自我介绍。

"抱歉,我身体不是很好。"他说着苦笑了一下,伸出手来要和我握手。

我们走去咖啡馆,我点了茶和司康饼,然后将它们一齐端到桌上。这天下午这里十分安静,很是宜人。

我们运气不错,因为亚瑟身体不好,所以他说话的声音很轻而且有些失真。

"我几十年间都没回来过,"他告诉我说,"我也不想回来,只有一次我来这儿看望一个朋友,他住在考普索恩,那儿有一处切希尔护养院——也叫希瑟里护理中心,离这儿只有几英里距离。在那附近有一家刺猬酒吧。"

我告诉他我对刺猬酒吧很熟,而且不久前才和"小白鼠们"在那儿见面。我也知道希瑟里护理中心,因为我的父亲当年就参与了它的筹建工作。亚瑟告诉我说,他看望的朋友是中队长"红头发"金杰·法瑞尔[①],他也是一名"二战"时期的飞行员,曾获得过优异飞行十字勋章。和亚瑟一样,他在战后也得了多发性硬化症。"他的妻子很不简单,"他接着说,"帕姆几乎是一个传奇人物。我参加了护养院的开幕仪式,过了几年,我又去过一次,是为了看望金杰。"

听到这儿就有点诡异了——我感到胳膊上爬满了鸡皮疙瘩。帕姆和金杰·法瑞尔是我父母很好的朋友,也正是凭借他们的关系,我的父亲才当上了希瑟里管理委员会的成员。切希尔护养院现在是一家残障人

---

① 原文是"Squadron Leader 'Ginger' Farrell DFC","Ginger"既是人名"金杰",又是西方人对于红头发的戏称。——译者注

士的关怀中心,它是由空军上校莱昂纳德·切希尔(后来的切希尔勋爵)和他的妻子苏·瑞德修建的。凭借着在"二战"中始终如一的英勇表现,切希尔获得了维多利亚十字勋章,他也是唯一获此殊荣的人。后来,他和苏·瑞德在世界各地为伤残或重病的人建立了270家护养院。战争结束以后,金杰·法瑞尔获得了行医资格,成了伦敦盖伊医院的一名外科住院医生,后来他又去了考普索恩的全科诊所工作。考普索恩是一个小镇,距离东格林斯特德和克劳利都不远,而我就是在克劳利长大的。来到考普索恩以后,金杰得了多发性硬化症。帕姆·法瑞尔真的是一个传奇人物,她果断地买下了希瑟里这座乡村大宅,包括宅邸周围数英亩的土地,将它用于慈善事业。希瑟里护理中心于1961年向公众开放。金杰后来卧床不起,1966年11月,只有44岁的他离开了人世。

"我认识帕姆和金杰还有他们的两个儿子,而且希瑟里护理中心开幕的时候我也在那儿。"说完,亚瑟和我对视了许久,两人都激动地感受着这命运的巧合。我们隔着桌子握紧对方的双手,心里想着以前是不是有过一面之缘。如果他见过我父母的话,那这很有可能。这真是感慨万分的一刻,对我们两个人都是如此,而且我和安吉拉又是在维多利亚车站的咖啡厅邂逅的,这让一切都显得神秘起来,仿佛是冥冥之中的安排。过了一会儿,安吉拉提议她和丹尼斯先行离开,留下我和亚瑟单独聊聊,他们正好去圣百利超市买点东西。

"那回到这儿,感觉怎么样呢?"这是我们开始单独聊天后我问的第一个问题。

亚瑟耸耸肩,然后向四周看了看。"感觉有点奇怪吧,或者说是陌生。好像已经不是从前那个地方了。"他接着向我讲了1943年自己刚来到这儿时的情形,那时他只有21岁。当时他驾驶的飓风式战斗机被敌军的炮火击中,他跟跟跄跄地驾驶着飞机折向英吉利海峡的方向。快到肯特郡海岸的时候,飞机的燃料箱突然起火了。亚瑟想要从飞机里逃出来,却发现降落伞打不开。等他终于能够跳伞的时候,火苗已经窜上了他的身体。后来降落伞成功地打开了,他降落在海斯镇附近的海滩上。几天以后,亚瑟被送到了东格林斯特德。

"我比大多数人都幸运,"他告诉我,"你也能看到,我只有一边的脸烧伤了,还有一只耳朵、一边的脖子和肩膀,还有我的一条胳膊和一只手。麦克因多尔保住了几根手指,这对我来说是万幸。我的胳膊和手指可以活动——直到我得了多样硬化症,耳朵和脸是阿奇整好的。这简直就是奇迹。我做了好几次手术,但我父母就住在刘易斯市,所以我可以经常回家。"

战争结束以后,亚瑟回到大学完成学业,后来又获得了博士学位。之后他在英国和加拿大的几所大学都有授课的经历。20世纪60年代后期,亚瑟得了多发性硬化症,那大约是他最后一次见到金杰·法瑞尔的时候,但那时症状表现还不是很明显。

"您不认为自己是'小白鼠'中的一员吗?"我终于问出了这个问题。

"我以前是,这很显然,我是麦克因多尔的'小白鼠',默认情况下我们都是。但是我后来从小白鼠俱乐部的活动和理念中退出来了。并不是说那有什么不好。对于愿意参加的人来说那还是一件很好的事。"

我给他倒了一杯茶,静静地等他继续,但他没有说下去。

"安吉拉说您是一位异议者。"我追问道。

他点点头。"我的确用过这个词,但可能有些歧义。不是说我不赞同它,是它不适合我。我在里面感到不舒服。当然,那是个男性俱乐部,对于我这种人当然也有些吸引力。但我那时候还在柜子里,而且用现在的话来讲,我很怕被'出柜'。"

这完全出乎了我的意料,我绞尽脑汁地想过各种异议的可能性,但却从没考虑过这一点。

"我大概可以这样称呼自己——一个'局外人',"亚瑟补充说,"可能这样更说得通。但是如果你和其他人接触过,了解当时这里的情况的话,你就会理解我这样人在这儿有多不好过。那个时候我很年轻,没有经验,总是胆战心惊的。所以我只能低下头,默默地假装我和别人一样。但我真的做过噩梦,梦见他们把我拖下床,在地上站成一圈,围着我喊'玻璃''变态''娘娘腔''基佬',还有一些其他我不愿再提的脏话。这可能听起来很可悲,但现实就是那个样子。我的感觉就是那样——很可悲,我是说。"

我问亚瑟他有没有想过,如果真的有人发现了该怎么办。

他笑了,轻轻地耸了一下肩。"我真的不知道,就是很害怕,对羞耻和虐待的恐惧深深地裹挟着我。在那种浓厚的大男子主义的气氛中我很怕受到肢体上的暴力,那个时候经常有这种事情发生。有男孩子在背巷子里遭到群殴,甚至还会出人命。当然还有警察,你能想象他们有多恐同。同性恋当时是犯法的,一旦发现是要严判的。但现在我不再害怕了。我的意思是,我记得当年的恐惧感,但那时候让人害怕的事情太多了。我们都从地狱里爬了出来,而且大部分人都比我的情况要糟糕得多。我常常这样想,不幸的经历应该使人变得更慷慨、更包容才对,但谁知道呢。只需要一两个思想顽固或者爱欺负人的人就可以改变整个群体的立场,所以我没有心存侥幸。但同时我也没有特别害怕什么人，或者有谁专门针对我。但我只想要尽快逃离那个地方，这样就不用再假装自己。我很幸运，因为我父母家离这儿不是很远，所以我经常回家。俱乐部并不适合我。"

我们又聊了聊同性恋军人的话题，还谈到了三号病房里病人和护士之间并不明朗的职业界线。我问亚瑟"小白鼠"中还有没有其他同性恋者。

"我那时候没有。"他告诉我，但是补充说他后来认识了一个同性恋者。不列颠之战以后，这个人在东格林斯特德待过很短的时间。"但这里来过七百多人，我想肯定不止我一个。不可能有人明目张胆地暴露自己，但是有足够的证据表明在'二战'期间，皇家空军里有一些同性恋者。他们很多都上过私立学校，在上学的时候尝试过同性关系。如果你按照大家期待的方式去做，而且做得不错，大家就会认为你是个正常的小伙子。我做了很……假装自己是个正常的小伙子——当兵的时候比来到这儿以后更容易做到这一点，因为在这儿每个人都在苦苦挣扎。尽管没人表现出来，但大家都害怕得要死，怕未来没有活路，而自己手上还有着大把光阴。于是大家只能抱团取暖，一种在煎熬中形成的亲密关系，我想可以这么说。这是一种纽带。所以那些和护士调情、和她们上床的种种举动也是为了证明，尽管有这么亲密的兄弟情谊，他们还是正常的小伙子。但如果你是同性恋者，这种氛围有时候很容易让人产生误会，这是很危险的。我会下意识地提醒自己，而且尽管我和每个人的关系都很好，我总是很小心地注意自己行的每一步路。"

我问他是如何融入这个充满色情意味的异性恋环境的，在当中是不是感到很吃力。我能想象在那种环境中，大家的眼睛都在看有谁不愿意参与和女人调情，而这样的人就很容易受到怀疑。

"噢，的确是这样！我和女人调过情，就是因为这个。但我一直认为护士们在某种程度上能感觉出我和别人不一样，虽然她们也搞不清楚是因为什么。有些护士挺喜欢干那些事的，我猜是因为很刺激，但还有一些很怕，你能看出来她们有多不自在。我记得有一个志愿救护支队的小姑娘总是低着头在病房里跑前跑后，从来都不敢看你一眼，好像她随时准备着想要逃走一样。很久以前，我姐姐问过我这方面的问题，她说她们很可能是知道的。所以也许她们知道我是一直在假装着。"

过了一会儿，我推着亚瑟在医院里转了一会儿——我带他去看了荣誉纪念墙，他仔细看了几分钟后就让我带他出去透透气。我将轮椅停在一个长椅旁边，坐下来和他继续聊天，直到眼前出现了安吉拉和丹尼斯的身影。

"那是一场错误的战争。"亚瑟说。我请求他解释。

"所有第一次世界大战期间的诗歌,它们歌颂的都是兄弟之间的情谊!但我们这场战争却不是这样,一切都非常可耻、很肮脏。但你知道历史总不乏一些军事英豪——亚历山大大帝、腓特烈大帝、基奇纳、戈登将军、托马斯·爱德华·劳伦斯——十个指头都数不过来,他们全是同性恋者。但在部队里,如果你和上面关系不错,尤其是当你成了英雄的时候,人们就会放你一马,你就安全了。"

我感谢他抽出时间和精力来这里见我。"是我自己想要来,"他说,"安吉拉告诉我说,她遇见了你,还说你不会用我的真名,那时候我就想站出来,为我们这些同性恋的战士们说几句话,告诉世人在战场上也曾经有过我们,尽管没人注意到我们。但部队里可能也有其他人知道的。如果我当时年纪大一点、更有经验一些,也许日子就没那么糟了。我那时会想到德国的犹太人,他们被强迫系上黄星布和袖章作为耻辱的标志。我就想如果有一天病房有人揭发我,那我就完蛋了。"

停车场那边,我们看见安吉拉和丹尼斯从车里出来。亚瑟告诉我,丹尼斯今年72岁了,比他小13岁,他们在一起27年了。"他是我一生的挚爱,他有着圣人般的耐心!"亚瑟说,"记得来罗廷迪安看我们啊。"他们开车走的时候,丹尼斯还邀请我来家里做客,他要找一个星期天亲自下厨,为我和安吉拉做午餐。

*

我不知道亚瑟的口述能不能代表当时在东格林斯特德治疗的同性恋者的经历。他选择保持沉默,并且通过表现得像个异性恋男性来融入那里的主流文化,以达到大家的期望。究竟有没有同性恋者被暴露了或者互相联系上,我无从知晓。在这方面我没有找到任何线索,但这并不意外。对于亚瑟来说,即使在半个世纪以后他想要"站出来为同性恋者说几句话",而且他从20世纪70年代起就已经是一个公开的同性恋者,但是在当时的环境下,他还是感到没有办法"出柜"。

许多历史学家都认为,在"一战"时期,人们对于阳刚之气的概念还没有形成一致的认同感。堑壕战从本质上讲是一种卑鄙无耻的战斗方式,与理想状态中战斗双方的坦诚相见完全不同。这削弱了战前人们对于男性阳刚之气的期待。然而,随着"二战"开始,男性的阳刚之气以一种更传统的方式表现了出来,那就是尚武精神和军人气质:战争为斗志昂扬的精壮男子配备了高科技和高战斗力的机械和武器。"二战"时期的社会宣传往往是这样的——孔武有力的男儿在战场上厮杀,为的是保卫女人、家庭和祖国的安全。于是一些免于征兵役的年轻人经常要面对来自各方面的敌意和种种猜测。有大量的女性参与到社会生产和工作中去,因为在许多男性应征入伍后空出了很多岗位,这进一步加剧了性别冲突。男性的阳刚之气对于国家安全来说是不可或缺的;克服个人恐惧和英勇战斗的能力,这对男性自身和部队的整体战斗力来说都是至关重要的。尽管一些青壮年男子免征入伍是出于社会的需要,但这些人还是会遭到耻笑,被当作懦夫看待。穿不上军装的男人要么年龄太小,要么上了年纪,还有一种情况是让人很难接受的——那就是认为你不适合参军。于是,男性被两极分化成适合参军的和不适合参军的,而那些被认为是不适合参军的人就要时时面对他人的诋毁,被叫作懦夫、胆小鬼等。

同性恋在当时是重罪。除了监禁以外,一旦被抓还要被迫接受强制的药物治疗,成为"正常"的人。和亚瑟一样,当时的许多同性恋者都会假装自己是异性恋,以达到社会对男性的期望。有趣的是,在"二战"的艰苦条件下,部队里的一些陈旧的禁令有所松动。因为军人吃住都在一起,这给了许多异性恋军人了解同性恋者的机会,他们认识到这些同性恋者不是罪犯,不是变态,也不是懦夫。保罗·福塞尔曾写道,在日本集中营极端困苦的条件下,同性恋关系很常见,同性恋行为也并不是因为缺乏女性才产生的,他将这称为"被剥夺一切时的同性恋关系"。然而这是一种基于爱与信任的亲密关系,它常出现在生存环境极端恐怖的情况下。[64]即使如此,对于喜欢同性的男性军人来说,部队仍是一个危险的地方。在部队里,他们会受到许多诱惑,然而一旦产生误会或越界,后果将不堪设想。在英格兰,人们的性观念趋于保守和拘谨,这主要是因为清教徒的基督教文化大大限制了性教育的普及。对于男女之间的性关系人们感到羞耻、恐惧和罪恶,而对于同性性关系则是普遍的厌恶、敌视和仇恨,这使得同性恋关系和行为的非罪化举步维艰。

面对压倒性的仇视同性恋的情绪和制度,就不难理解这些人为什么即使已经严重毁容也要不顾一切地和漂亮的姑娘在一起,而这些姑娘也总是鼓励这些人,以恢复他们作为男人、作为英雄的尊严和骄傲。同样地,也就不难理解面对这样的环境,同性恋者为什么要默默地低下头,生怕被人发现真实的自己了。

摘掉面具

戈登·布朗干得并不怎么样。他上台以后的良好表现的确出乎一些抨击者的意料,然而他的好运气并没有持续多长时间,这多多少少和他的长相有一些关系。民众早已看腻了之前那位永久美黑的首相,他那暗淡的眼睛只要面向镜头就会放出狡黠的光芒,所以戈登的出现让大家松了一口气。戈登有一张布满皱纹的平凡的面孔,总穿一身皱巴巴、并不合身的西装,领带总是歪向一边,头发往错误的方向支楞着。只消往他嘴里塞一只烟斗,给他两条拉布拉多犬,再让他在周末去首相别墅附近遛遛狗,就俨然是一副可靠的老干部的形象了。

早期的民调显示,这位新首相还是很受民众爱戴的。这是因为他顽强地经受住了一系列的考验——伦敦和格拉斯哥机场的恐袭事件、夏季的洪水还有突然爆发的口蹄疫。他看上去既严肃又可靠,是一个不装蒜的首相。将政府交给他,人民是放心的。有些人本来对他任命的财政部长相当不满,但就连这些怀疑派的态度也渐渐温和了起来。只可惜,新首相的蜜月期并没有持续多久。

人们很快就发现新首相也会糊弄民众,也有决策失当、表达的意思含糊不清的时候。的确,戈登缺乏上一任首相的个人魅力,而选民的意见总是摇摆的,渐渐地他们开始嫌弃他了。人们想看到的是一个这样的领袖:他有一丝人情味,能说几句俏皮话,偶尔会表现得很谦逊、很和蔼——还有就是拜托了,偶尔也要给大家一个笑脸吧。几十年来的媒体曝光让我们习惯于期待政治领导人物能像明星一样出现在镜头前,这是一件相当可怕的事。我们时刻准备着点评政治人物在电视上的一颦一笑,将他们的个人特质解读为特殊的意图。不出几个月,戈登的支持率就急转直下。部分原因在于他不会像明星那样表演。他的短处一天天变得明显起来:他不会笑,不会适时地插科打诨、挤眉弄眼,他学不会布莱尔在镜头前的那种信手拈来的亲民姿态,学不会像他那样漫不经心地笑,或者至少收起他那张异常严肃的面孔。问题在于,他的脸根本无法做到这些。

戈登·布朗的面部问题是生理性的。十八九岁的时候,他在学校的英式橄榄球比赛中被人踢中头部,导致左眼视网膜脱落。为此他在一间昏暗的病房里接受了数周的治疗,前后一共经历过四次手术,可惜它们都没能挽回他左眼的视力。几年以后,他在爱丁堡大学读书期间打网球的时候又发现右眼出现了类似的毛病。他很快就接受了手术,这一次他右眼的视力被挽救了下来,然而手术却有一个很糟糕的副作用——他不能自然地微笑了。从那以后,他的面部肌肉很难对微笑的指令作出反应,微笑会使他的肌肉疼痛。更糟的是,这使他硬挤出来的笑容看上去十分不自然。他的笑容缺乏温度,他硬咧开的嘴让人揪心而不是安心。他的面部没有动过刀子的痕迹或者伤疤,更没有明显的面部缺陷,只有一些皱纹而已。但当他要咧开嘴笑时,问题就来了——那表情仿佛是他嘴里嚼了什么难吃的东西似的。问题虽小,但经过媒体的放大就成了会影响民众信任和支持的大问题。

在《爱丽丝镜中奇遇记》中,爱丽丝对矮胖子说过这样一句话:"人的脸总是一个模样。"

"这正是我所抱怨的,"矮胖子说,"你的脸和每个人的一样——有两只眼睛,这样——(说着用大拇指在空中指了指眼睛的位置)中间一个鼻子,鼻子下面是嘴。都是这个样子。如果你的两只眼睛长在鼻子的同一边,打个比方——或者嘴长在头顶上——那就容易分清了。"

"那就不好看了,"爱丽丝反驳道,但矮胖子只是闭上眼睛说,"等你以后变吧。"[1][65]

---

[1] 参考梁志坚、余峰译本,《爱丽丝梦游奇境 爱丽丝镜中奇遇》,北京:中国书籍出版社,2016年版,第201—202页。——译者注

爱丽丝是对的：我们对人的外貌的确有着一定的期待，尤其是对于脸的样子。而且我们很难去接受一些意料之外的、不同寻常的面孔。戈登的面部问题是他的不幸，因为人们总是会认为他脾气不好、缺乏幽默感，或者对民众不屑一顾，而大家期待的是一个随和、宽容而且懂得关怀民众的首相。戈登的笑容和很多年前的那位"小白鼠"给我的回眸一笑是类似的，它们都给人带来一种怪诞的感觉。

矮胖子的那句"等你以后变吧"其实是在用怪异的形象去挑战主流，将人们心目中的"正常"强行理解为"不正常"。但有些人就是有所谓的"不正常"的一面，而且他们不得不"不正常"地生活下去。研究这些被烧过、砸过、煮过的飞行员的面部实际上是在探讨畸形这件事，它是如此可怕，一般人很难承受这种打击。整形手术将他们从畸形与屈辱中拯救了出来，但在频繁的手术、培育肉茎、切割和贴片这一系列步骤背后，需要的是长达一生的耐心，也需要患者一次又一次地反复体验那些肉体上的痛苦和心灵创伤。想要摆脱畸形，将身体的异样之处减轻到最小的程度，要真正宣告自己是正常人，他们需要的是一生的努力和坚持。在和平年代终于到来的时候，他们却很有可能会露宿街头，只能以乞讨为生。而路过的人往往会别过脸去，然后因为害怕而匆匆离开。麦克因多尔的男孩子们在治疗期间和之后都遭遇了人们的无知和偏见,有人认为他们的样子是遗传性的,甚至有人问他们的小孩会不会也是这样。还有一种更加古老的偏见,认为毁容者都是邪恶的疯子,可惜在现代社会,持这种偏见的也大有人在。

戈登·布朗的面部肌肉不能听从大脑指令活动,这使他经常会有一些古怪或者不得体的表情。而相比之下,比尔·福克斯礼的面部肌肉则被完全烧毁。他不能笑,他的眼睛不能活动,然而他却总能带给人一种得体的感觉。他的眼睛看不见别人,别人也无法和他进行眼神交流,然而他总能用某种方法让你的的确确地感受到他的内心和他想要表达的东西。矮胖子可以轻松地认出丹尼斯·尼尔,而他一高一低的眼睛会帮助他更好地看清这个世界。多亏有了现代科技,麦克因多尔的病人才能够活下来,并且保持着心理的健康。但我们却永远看不到他们在被医生"修正"之前的"错误的模样"了。

在今天,整形外科手术对于"不同"二字是怀有敌意的。手术刀擦去了显示个性和年龄的皱纹,以完美的名义将年轻女性的面孔塑造得越来越相似:一样的鼻子、洁白整齐的牙齿、丰满的嘴唇——一张张毫无生气的面孔仿佛是从流水线的传送带上运出来的一样。当代的整形手术创造了一种新的非自然的畸形。

回到伊芙琳家的客厅里,我们开始聊到"脸"这个话题。人们总是会凭借着一个人的面部特征和表情去猜测其性格和脾气。但是如果这个人的面部并不能活动自如,或者压根就没有面部肌肉,那么人们会很容易误解他的想法和目的。我们开始猜想,如果在街上遇见一位老朋友,发现她有了一个全新的鼻子、一对上拉的眼皮或者一张在处理后不再布满皱纹的面庞时,那该是多么尴尬。我们该作何反应呢?我们应该对此发表怎样的意见,是否应该问一些关心的问题,抑或是装作根本就没看出来呢?

"有时候,"伊芙琳说,"我会觉得被冒犯了,这让我不舒服,所以我会转移视线。我想让她做回从前的那个自己,我想看到她的皱纹、眼袋,还有那个看上去很正常的鼻子。"

我懂她的意思。当我们遇到整过容的人,首先会感到一丝背叛,然后是一丝不安,因为彼此之间的确横亘着一张整容后的脸,它需要我们去消化和适应。那么,如果不只是一些细微的面部调整,而是将脸改造成一个自己根本都认不出来的样子,那会是一种怎样的感觉?如果在每天早晨醒来时和晚上睡觉之前,你都会看到这张脸,如果这是你爱人的脸呢?如果别人,尤其是你爱的人看到这张陌生的面孔之后,表现出极度的失望和厌恶,那又是一种怎样的感受呢?

*

当年还是空军少尉（后来成了空军中校）的杰弗里·佩奇在自传《火中击落》中描述了第一次看到自己毁容的脸时的感受，当时他正躺在霍尔顿的一家空军医院的手术台上。1940年，佩奇驾驶的霍克飓风式战斗机遭遇了敌军的炮火，飞机的燃料箱爆炸了，火焰包围了他。他费尽全力从安全带中挣脱出来，逃出了驾驶舱。他穿好降落伞从飞机上跳了下去，坠入肯特郡附近的海域，坠落的地点靠近马尔盖特。在降落的过程中，他闻到了一股令人作呕的气味，那是他皮肉烧焦的味道。一家英国商船从他附近经过，这才救起了痛苦万分的佩奇。他被送往霍尔顿的医院。佩奇躺在手术台上等待麻醉，这时他向上瞥了一眼，看见了反射镜里的自己。"那是我麻醉前最后的记忆：我的脸不见了，取而代之的是一团可怕的东西，一团肿胀、烧焦的肉。"

佩奇接下来写道，发现自己还活着以后他感到非常欣喜，但是不久他就陷入了极度低落的情绪，而在这之后他还有过另一次大的情绪反复。一名志愿救护支队的护士过来给他的手部换药——"那是我这辈子见过的最漂亮的姑娘，她就是一个爱心天使的化身，任何一个受伤的战士都会这样认为"，但这名年轻的护士难以掩盖自己"恐惧和嫌恶的表情"。"我期盼着这位美女能温柔地看我一眼,就算有一丝怜悯也可以,但她的表情却一直是那样的。"他又向一名高级护士要镜子,但这个请求遭到了坚决的拒绝。护士离开以后,佩奇硬撑着站起来去照镜子,短短的两步花了他整整五分钟。他从床边走到脸盆前,然后狠狠地眨了一下眼睛好撇开蒙住眼睛的液体。"那张肿成三倍大的脸对我来说实在是难以承受,但真正让我晕倒的并不是恐惧,而是一种无力感。"66

如果佩奇第一次就被送到东格林斯特德,那名年轻的志愿救护支队的护士是会被马上开除的。面对那些病床和担架上的身躯还有面孔,一些有经验的护士还算有所准备,但其他人对她们将要面对的事物可以说是毫无准备。

简·里昂斯是一名志愿救护支队的护士,她在1940年来到东格林斯特德。她回忆说,第一天她就看到一位刚刚收治的伤员,当时她整个人都吓坏了。"在那人脸上,应该长着右眼的地方是一个洞,另一只眼睛几乎是耷拉在脸颊上的。他的下半边脸整个被挤向一边,牙齿有的掉了,有的向四面八方龇了出来。我听过医生的训话,知道不能表现出任何情绪。但我当时肯定是一副吓坏了的表情,只不过没人注意到罢了。我马上转身去厕所哭了一场。那是一个艰难的开始。"

即便如此,简依然满怀热情地度过了在医院工作的两年。"我想说,只用了几个星期我就可以直面最严重的烧伤了,那是我人生中最棒的一段时光。很快我就可以透过他们的外表直接和他们的心灵交流了。我们那时候也淘气得可怕,那是当然的,这些男孩子们极度渴望被爱、被接受,我们也是一样的。这可能会吓到你,亲爱的,但当时医院里发生了很多性行为。我是处女,但很快就不是了!一开始我还有一点紧张,但我学得很快。"今年83岁的简说着大笑起来。"而且很显然我在这方面很出色。你现在问我那个时候有没有被胁迫发生过性行为,我承认的确有,一开始的几次是这样。但感觉那只是对他们的额外关怀而已。我一开始觉得,这是我为战争应尽的义务,但很快我就不是为了战争或者那些男人去做那些事了,我是为了我自己。我在那儿发现了性,而且我也爱那些男孩子,他们是英雄,这让我感觉很好,我可以让他们的自我感觉更好。"

尽管在来到东格林斯特德之前简没有过任何性行为,她说她在家的时候就是一个非常自信的姑娘,而且家人也教育她要独立,并且鼓励她勇敢地为自己说话。和一些年轻并且缺乏经验的护士不同,简来自一个殷实的家庭。她说她的父母来自"上流社会"。"我是有机会入宫谒见的,如果没有战争的话。我从小成长的条件非常优越,我总是很自信,觉得自己可以处理好任何事。我从来都不会胆怯。"

然而对于伤员的女性家属来说,如此严重的毁容是让人很难接受的。艾米丽·梅休就告诉我,这些人的妻子和女朋友第一次来看望他们的时候,会因为恐惧而不敢看他们,而且她们离开医院后几乎再也没有回来过。一些女人会拒绝指认身份不明且尚未恢复意识的伤员。烧焦的手没法做指纹鉴定,他们的脸部受到撞击后下颌的牙齿都掉光了,所以面部轮廓也很难辨认。他们的鼻子被烧掉,眼睛被烧掉,只剩下一些空空的洞——这意味着许多女朋友会当场吓坏,无法认出这就是她们的爱人,然后她们会悄悄溜走。一些女人会极力掩饰自己内心的厌恶与悲痛,坚持来看望几次后就不再来了。一些婚约被取消掉,还有一些人的婚姻也悄然终止。面对这样的分离,男方和女方都心痛欲绝。

1940年,空军中队长威廉·辛普森在法国遭遇坠机,双手和面部都严重烧伤了。他在当地的医院里住了一年才回到祖国。在那段时间里,他一直都幻想着回到家乡,再次见到自己的妻子霍普,他们在1939年才刚刚结婚。在他的自传《我烧掉了手指》一书中,辛普森细致入微地描绘了法国医院里恶劣的医疗条件和这带给他的巨大痛苦:不合理的治疗,狭小且肮脏的环境,一团团苍蝇在伤口处飞来飞去,还有伤口的敷料时常更换不及时,这一切都让他难以忍受。有一次给他的手部换药时,他发现伤口上竟然有蛆虫在爬来爬去。当他终于可以离开法国,回到家乡英格兰的时候,他意识到自己的面部虽然已经愈合,但上面"结着厚重的伤疤,它一直伸到嘴部,所以笑的时候表情是扭曲的,而且下巴会向后缩"。他的鼻子上布满了红色和白色的斑,而且肿得很大。他左眼的上下眼皮都被烧掉了,所以左眼经常是湿湿的;他还说自己的鼻子"缩成了一个尖尖、细细的东西,只剩下了一个鼻孔"。[67] 他能走路,但是没办法弯下左膝;左手只剩下一个没有指头的桩,上面缠满了绷带;同样缠满绷带的右手上可以看到两个烧焦的指根。这时他已经开始训练自己不去在意他那"古怪且令人生畏的外形"了。法国护士的友善和关怀让他确信女人们"并不在意伤疤或者残疾,只要这个男人内心深处有着真正的男子气概,那他身体的损伤就不那么重要了"。所以,即使他明白霍普看到他时很可能会受到惊吓,他还是相信她最终是能够接受他的。他前往滨海威斯顿的一家酒店与妻子会面,但这个时候他并不知道没有人提前告诉他的妻子,他的伤究竟有多重。

"一瞬间,这可怕的一幕将她击倒在地。她看到了我身上的血迹和残肢,这画面在她脑海中挥之不去,她流着泪崩溃了。强烈的讽刺在于,她的反应是出于本能的同情,但我看到她的表现反而下定决心要疏远她。

曾经有一根纽带,它将我们两个人的精神与肉体紧紧地连在一起。但这根纽带突然断了。"他说,他的心"成了一块石头"。[68] 夫妻俩一起度过了这个周末,尽管在某些方面他们相处很困难。他们重拾了一些往日的温情,然而这段婚姻还是没办法继续走下去,他们离婚了。接受完东格林斯特德的治疗,辛普森回到皇家空军继续服役。之后他又结过一次婚,还有了孩子,再后来他还当上了英国欧洲航空的媒体信息官。

但"小白鼠们"还是得到了一些补偿。对于他们来说,最好的补偿就是这些护士的出现。除此之外,还有麦克因多尔安排的一些社交场合,在那里他们也可以接触到一些年轻的姑娘。有时候这些活动在医院举办,有时候是在当地的疗养院或者马奇伍德宅院。

在马奇伍德宅院的一次舞会上,玛丽·佩里认识了她未来的丈夫杰克。"我们还没跳完第一支舞的时候我就知道他与众不同。"她告诉我说。1943年,只有17岁的杰克应征入伍,他想当一名飞行员,却被派去接受随机工程师的培训,这是因为他在战前有过学徒工的经历。一年以后,他的培训结束了,但他只参加了两次空袭就遭遇了飞机失事。失事的原因是燃油泵出口侧有一枚螺帽是用手拧紧的,并没有用板子拧死或者用铁丝加固。机尾炮彻底爆炸了,杰克的脸和双手都被严重烧伤,腿部也有几处烧伤。一开始他被送到谢菲尔德,在劳西比医院的皇家空军特殊烧伤科接受治疗。1946年他被转院至东格林斯特德。和玛丽认识的时候他正在疗养院接受康复训练。

"我从没因为他们的伤残而太过担忧,"玛丽说,"我以前会去那儿跳舞,大家都相处得很愉快,之后我就遇见了杰克。他的脸成了那个样子,但我感到我能看到他真实的一面。事实上,我觉得他特别可爱,我可以透过他的脸看到这一点,事实证明我是对的。"

她告诉我说有一些女人是可以做到这一点的,她们能够透过伤残去了解他们的内心,但也有很多人做不到。"我觉得她们也无能为力,"她说,"你要么能做到,要么就做不到。我是幸运的,因为我能够看到杰克真实的一面,我们相爱了,而且从那以后一直在一起。"

艾拉·摩根是认同这一点的。尽管她当时的未婚夫艾伦并没有被毁容,但他的双手伤得非常重。艾伦就是那个以为三号病房是一家精神病院的伤员。他最初的工作是一名学徒工具匠,战争爆发的时候他曾经报名过海军,但因为他是技术工人,所以为了发挥技术特长他免于征兵,被分配到库珀·弗格森的车间,那里生产最新的兰卡斯特轰炸机。他一直在那儿工作,直到1942年丘吉尔提出了新的轰炸战略,决定扩大进攻,对德国城市进行空袭。丘吉尔任命空军中将阿瑟·"轰炸者"·哈里斯爵士担任轰炸军司令部的总指挥。空军的伤亡增加了，于是免于征兵的青年男子也开始被派往战场。艾伦被派去接受随机工程师的培训，后来又去了斯文德比的操作训练分队，从此离开了他在曼彻斯特的女朋友艾拉。两人四年前在一间工厂餐厅相识，那时候艾伦17岁，艾拉15岁，他们从那时起就在一起了。三个月以后，艾伦参加了一次轰炸任务，他乘坐一架兰卡斯特轰炸机，进攻的目标是德国城市斯图加特和莱布尼茨。飞机遭遇了敌军的炮火，一侧舱门被炮火炸开。两名机组人员想要关上舱门，却因为缺氧休克了过去。艾伦将他们拖近舱内安全的地方，为他们罩上氧气面罩。他自己却失去了意识，倒下的时候双手悬在机舱门外。这是他三个月内执行的第14次任务，也是他21岁生日的前一夜。

在三号病房里，周围都是被炮火烧伤、炸伤且精神受到创伤的人，而艾伦·摩根遭遇的却是冻伤。麦克因多尔想要挽救他的双手，但可惜伤得太重了，而且他之前接受的治疗延误了病情。麦克因多尔除了截掉手指以外没有别的办法。

"在那之前，我还一直抱有一线希望，"艾伦说，"但这个决定彻底击垮了我。我成了一个没有手的手艺人，我还能干什么呢？而且我确信艾拉肯定不会想要嫁给我了。我没有未来，也没有谋生的本领。"艾伦陷入了抑郁，他的身体状况很快恶化了，当时的医护人员都很担心他能否撑得下去。两周以后,艾拉得到了医院传来的消息。

"他没回来过21岁的生日,我就开始担心了。"她告诉我说,这时我们在她的家里喝下午茶。她住在罗米利,离曼彻斯特不远。"他不让我知道,因为他以为我再也不想要他了。得到消息的时候我正在上班。信里说他的状况很不好,只有50%活下来的可能性。如果我能够尽快赶到那儿,或许会有帮助。"艾拉连夜从曼彻斯特搭火车,在克鲁伊镇转车去伦敦尤斯顿火车站,然后乘地铁到维多利亚火车站,在那儿坐上了去东格林斯特德的火车,下车以后她从车站一直走到医院。"我特别害怕他在我到那里之前就死掉了。那一程我永远也忘不了。"

当艾拉出现在病床边的时候,艾伦惊呆了。"我记得我说的是——你来这儿干什么?你不会想要我了。但她让我别犯傻。'我们要结婚了,'她说,'你最好快点好起来,因为我已经在筹办婚礼了。'"

艾拉来到医院还不到一周,医生就保证艾伦一定可以活下来;他的状态奇迹般地恢复了。"是她给了我希望。我告诉她我以后也许很难谋生,再也不能工作了。'我能工作,'她说,'我们会有办法的。'"

截断手指的手术完成以后,艾伦发现麦克因多尔为他多保留了一节拇指,这给了他些许的安慰。当时他并没有意识到它们的重要性,之后他才发现这两节拇指指根有多么珍贵。也是在出院以后,他才意识到在三号病房这间"精神病院"里的时光对于他的未来有着多么重要的意义。

艾拉·摩根很快就理解了麦克因多尔在三号病房里做的一切,她意识到麦克因多尔的管理模式对病人的康复有着至关重要的作用。她也能理解艾伦,明白他为什么还想要回到工厂。他在战时想要报效国家,在和平年代想要好好照顾她和家人,这些愿望艾拉都很理解。她也从来没有低估过自己,她帮助他重拾了信心,帮他找到了克服困难的勇气。

"我和那儿的人聊过,你知道的,那些护士。她们说,有些人的妻子和女友根本面对不了这一切。有的甚至一走了之,连病房的门也没进去过。你想想看,这样一来那些男人就失去所有的希望了。所以,我告诉他我们要结婚。我要向他证明我们可以有一个未来,我要给他一个可以期盼的东西。"

艾伦和艾拉四个月之后就结婚了,而且艾拉希望在婚后由自己来负责养家糊口,他们还可以一起经营一家商店。为了和艾伦离得近一些,她搬到了东格林斯特德,并且在当地安顿了下来。她也为三号病房做了许多事,比如定期给比尔·福克斯礼喂水喂饭,一直到艾伦出院她都在三号病房照顾他和其他伤员。"我一直跟他说,你很幸运,看看周围那些人的脸被烧得多么可怕。我们好着呢。我在那儿见过太多的离别。有一些女人能对付得来,她们可以透过那些可怕的烧焦的脸看见她们心爱的人,但还有一些就是不能。我也不想去怪罪她们中的任何人。每个人都不一样。我觉得如果艾伦的脸也烧伤了,我们还是会好好的。他有手或者没有双手,这对我来说是一样的。但只有当你'有'的时候你才敢说这种话,不是吗?那些人真的非常悲惨。"

在"二战"早期,不列颠之战以后,政府害怕有太多的空军士兵遭到毁容,曾经想要将他们藏在一个秘密的地方,以免吓坏群众。麦克因多尔是绝对不会支持这种做法的。每一年他都要请他心目中的英雄——温斯顿·丘吉尔爵士来参加"小白鼠"的聚会,但丘吉尔一次也没有来。许多年以后人们才了解到,原来这些邀请函都被扣下了,这是丘吉尔夫人的命令。丘吉尔一次也没有看过这些邀请函。她是想保护他,不让他面对面地近距离接触这些人,因为他们之所以付出了如此惨重的代价,显然是丘吉尔战时政策的直接后果。

情感劳动和战时工作

爱丽丝住在沃特福德郊外的一个小村庄里；她是乔伊斯的好友，几周前我给她打过一个电话，不凑巧她当时马上要住院了。现在她回家了，而且表示愿意与我聊聊。

"但我也可能在半路上改变主意，我可不可以临时改主意呢？"她在电话里问我。

我向她解释这当然没问题，我只想大概了解一下当时的背景；如果她不想让我写有关她的事，我也可以不写。

"那我的名字呢？"

"您可以用化名。"

"您确定吗？"

"我确定，"我告诉她，"还有，如果我到了以后您才改主意，也是没问题的。"

在去拜访爱丽丝的路上，我顺道去了趟布瑞科特伍德。20世纪70年代早期，我在第一段婚姻破裂以后曾在那儿住过四年。我将车停在一座小平房前。那个时候，我带着两个年幼的儿子，一个只有两岁，另一个六岁，在这里开启了单身女人的生活。小平房看上去比以前整洁了许多，房子的一边还新盖了一间屋子。我把在这里生活的时光当作人生的一个转折点。那时候我已经三十岁了，不得不独自面对缺乏保障的生活。我的父母当时都已经退休，他们搬去西班牙住了好几年。他们不能接受我离开丈夫的决定，所以在之后的几年里都不与我联系。在我的人生中，那是我第一次感到一切都要自己扛。前夫给的抚养费只是杯水车薪，我急需一份适合单亲妈妈的工作。但关于这一段经历，我首先想到的并不是手头的拮据，也不是我半夜惊醒时一身的冷汗，心想着从哪儿去找钱来付电费和每周一次的托儿所的费用——而是我的邻居安妮、托尼还有他们的三个儿子。他们的三个小伙子和我的儿子年纪相仿。在这儿生活的经历之所以让我难以忘怀，主要是因为有他们在身边。他们让我感到有人在支持着我，感觉身边有一些可以一起笑一起哭的朋友。我记得托尼曾经把两家院子中间的篱笆拆掉一部分，好让孩子们可以自由地跑来跑去。我还记得孩子们在阳光下和雪地里尽情地玩耍，还有我们一起度假的时光。那一次，安妮和我带着孩子们去莱姆镇度假，我们一路上还编了许多傻里傻气的歌谣。他们夫妇非常乐意与人交往，而且很愿意帮助人，好像这并不会给他们添任何麻烦一样。我们从邻居成为朋友,这段友谊是建立在他们对我极大的慷慨之上的。

我又见到了这对老邻居,于是我们在圣奥尔本斯市吃了午饭,饭后又继续忘情地叙旧。我们聊起了孩子还小的时候那些充满欢笑和戏剧性的往事,大家都是笑中带泪。就在我们要离开餐厅的时候,他们的儿子理查德和他的妻子也来了。他是家里的老大,我记得他总是一副沉着冷静、有责任感的样子。现在的他已经四十多岁了,看上去依然那么沉着、可靠。我们谈话的时候,他就在一旁安静且饶有兴致地看着我们。他的眼神里充满了宠溺,而且带有一丝疑惑。我知道自己在凝视一些年纪很大的老人时也会有这种表情——我会想,他们是多么奇怪却又多么可爱啊。意识到这一点对我来说是很有意义的。因为此时此地,理查德代表的不仅仅是他的兄弟们,还有我的两个儿子——他们都已经不再是男孩了,甚至也不是小伙子,但在他们这代人眼中我们就是一群老年人。我们今天的位置他们在明天自然也会走到,但他们心里仍然小心翼翼地和我们保持着一定距离,将我们看作另一类人。这是一种让人愉悦的顿悟,同时也夹杂着一些感动。

爱丽丝住在一个不大的养老社区,她家屋前是一块精心打理的小花园,里面立着许多五颜六色的花园土地神像。

"我的孙子以为我会喜欢这些东西,他给我买了好多。但我一直不敢告诉他其实我……"她解释道。

爱丽丝很瘦,骨架也不大,有一头银发还有一双迷人的蓝眼睛。今年84岁的她看上去比实际年龄要年轻许多。1939年她和父母生活在布莱顿,在那里他们一起庆祝了她的17岁生日。几周以后战争就爆发了。

"我想要参加海军,"她告诉我,"但我父亲坚决不同意。他说那不是好姑娘应该做的事。他是一个可爱的人,虽然有点专横但其实内心很善良,而且他非常讲究体面。他是银行的高级职员,年纪比我母亲大很多,所以他没有被征去打仗。他们都是很虔诚的基督徒,而且对我的管教很严,告诉我什么该做,什么不该做。但是他们同意让我参加灯火管制的准备工作,你知道的,就是和其他女孩一起帮着把一些玻璃涂黑。但爸爸是绝对不会同意我加入部队的。"

后来人们渐渐意识到年轻的姑娘也需要去志愿参加一些战时的工作。爱丽丝的父母也同意让她加入志愿救护支队,他们认为这比被部队或者工厂招去要好一些。

"红十字会组织了所有的培训,我记得大概持续了三个月,而且都是一些基础的内容。真正学到东西还是当了护士以后。"1940年下半年,爱丽丝被派到萨里郡的一家医院工作,这家医院被安置在一幢大房子。

"那时是冬天,我记得最清楚的是那里特别冷,因为那是一个很大的房子,里面没有取暖设施。我们晚上就睡在临时扎的营房里,上面没有门,屋子里也没有电。我会把所有的衣服都穿在身上,然后钻进睡袋,等我感到暖和起来以后就不敢动了,以免冷空气钻进来。我很好奇那些病人都是怎么挨过冬天的,尤其是在给他们擦洗身子的时候。因为即使是热水,等我们端着盆子穿过很多楼道走过很多台阶以后,水几乎都冷掉了。如果不冷的话我还是很喜欢那儿的。我和其他小护士还有病房的主管护士都相处得很融洽。"

第二年夏天,爱丽丝的父母从布莱顿搬到了东格林斯特德郊外,和她的祖父母住在了一起。"我奶奶生病了,我爷爷身体更不好,他们没办法照顾自己了。那时爸爸的银行在东格林斯特德的支行有一个职位,于是他们就搬过去了。"

几个月以后,爱丽丝也来到了东格林斯特德。

"我还有点不乐意,因为虽然我想念父母,但我很享受自己一个人的生活,"她说,"哦,我也喜欢和其他姑娘生活在一起。东格林斯特德很不一样。护士们都很友善,护士长人也很好,但是我很怕麦克因多尔先生。每次见到他的时候我都想赶快跑开然后藏起来——也不是因为他有多刻薄或者怎么样,就是他这个人让我害怕。"

"那些病人呢,"我问道,"你和他们是如何相处的?"

"他们大多数是很和蔼的,而且只要看到他们那一张张可怜的脸,你就会想要为他们做任何事,只要能让他们好受一些。但是没那么容易。"爱丽丝停了下来,我本以为她的讲述到此为止了,但她继续说了下去。"整个制度是有问题的。麦克因多尔先生觉得他们可以想怎样就怎样,他会满足他们的一切请求。他也不允许任何人提意见或者试图改变什么,就连护士长也不行;那些人的确经历过可怕的事,这一点我们也是理解的。他们哪儿也去不了,只能住在医院里,一台接一台地做手术。我知道,如果我们这些姑娘和他们多玩闹一些,他们就会好过一些。他们很喜欢卖弄,经常乱挪病床,还爱捉弄我们,比如把便盆、记录表什么的藏起来。我是在许多规矩的约束下长大的,所以在那里我可以摆脱家里的那些条条框框,这一点我倒是很享受。我工作的第一家医院有很严格的纪律,但这些纪律能够保证我们的安全。你知道你自己的位置在哪里,可以这么说。东格林斯特德没有这样的纪律,我从来没听说过病人有什么纪律,因为他们从来都可以为所欲为,而且还会怂恿其他人一起干坏事。你也知道男人就是那个样子,尤其是他们年轻的时候。如果你不愿意加入，他们就会取笑你。"

我问爱丽丝，她是如何应对这种情况的，她想了很长时间。我以为她不会回答了。

"我以前很害怕去上班。我很同情他们，因为他们经历过那些事。但他们做的事情也会让我很难过。我感觉我是被逼着去……去做一些和我父母的教导完全相悖的事。有些姑娘能应付得来，她们乐在其中，但我从来没有过男朋友。我的意思是，连约会也没有过。我对发生的事情都是一知半解的。我很害怕突然被胁迫做一些我不想做的事。"

我问爱丽丝有没有向父母吐露过自己的感受。她笑了，然后摇摇头。"哦，亲爱的，并没有，"她说，"我做不来。你看到麦克因多尔先生和那些病人，他们是如此的与众不同。我的父亲从银行同事那里听说了很多关于他们的事，我的母亲也从我祖父母那里听说了一些。镇上的人是全力支持那些病人的，麦克因多尔先生也是一位非常重要的人物。你不能对这些人有任何的负面评论。我不敢告诉我父母，因为我很清楚他们一定会认为这是我的错——是我自己不检点，是我自己去勾引他们之类的。所以我只能自己默默地承受，低下头，假装我并不在乎。"

有一次爱丽丝值夜班的时候，一个刚从酒吧里喝得醉醺醺的病人回到了病房。他把她拽进一个关着灯的走廊,想要强迫她发生性行为。她说,那人非常粗暴,第二天她的手臂上还有一些淤青。

"我一向都很讨厌这个人,他比大多数病人的年纪都大。我最终成功逃脱了,因为他撞倒了一个架子,上面掉下来的东西把他绊倒了。我之后不停地发抖。值夜班的病房护士问我怎么了,我只能说我不舒服。她特别体贴,给我倒了杯热茶,还给我量了体温,但我根本不敢告诉她刚才发生了什么。"

爱丽丝值完夜班后回到家,这时候她的母亲不在家,所以她直接就上床睡觉了。第二天晚上又到了值夜班的时候,她装病说自己去不了。"我不想去上班,我怕他会对其他人说些什么,你知道的,然后他们就会一起取笑我。我也不敢告诉妈妈,所以我就假装生病了,在床上躺了一个星期。"但最后她还是回去上班了。"他没说什么,也没做什么。谢天谢地,我不知道他会说些什么。但我之后面对他的时候都会格外小心。现在我怀疑他当时可能喝醉了,所以并不记得自己做了什么,可能他也记不清当时抓住的是哪个护士。我们都要为战争出一份力,所以我要继续做好自己分内的事。现在我不那么年轻了,我明白了他们并没有恶意,当然除了那个人,没有姑娘喜欢他。但是我们真的忍受了许多。有一个年长的护士曾经对我们说:'就当是为战争做的贡献吧。'我试着这样想,但是我做不到。"

从沃特福德回去的路上我一直在想爱丽丝说的话。她的父母可能会把男人的品行不端怪到她的头上，并且会认为是她先招惹他们的。我还联系到另外的两个护士，虽然只和她们通过电话。除了爱丽丝，乔伊斯和这两位护士都向我讲过类似的担忧。这两位护士都很热爱在东格林斯特德的工作，而且她们觉得不管是从性的方面还是从事业方面来看，这段经历都让她们感受到了难得的自由。但即便如此，她们还是会害怕父母或者其他人"发现"这些男女之事，并且将病人的品行不端怪到她们头上。在当时的社会环境下，这并不难理解。桑亚·鲁斯曾经写道："'二战'期间，不论是在英国城市还是乡镇，人们普遍认为年轻女性的道德水准和以往相比有所降低。"在"二战"前期，关于女性道德沦丧的社会焦虑已经严重到了足以搬上议会进行辩论的程度。[69] 所以不难理解，为什么女性不愿意向别人透露任何让她们感到不适的行为，因为这很有可能会给自己招来非议。

让女人来承担男人的品行不端并不是一件新鲜的事，而且在今天也依然屡见不鲜。这些女人的隐忍使我回想起自己的一段经历。1960年的7月，16岁的我从学校毕业以后去了附近的一所专科学校学习秘书课程。一年以后，尽管我的打字和速记水平还不是很熟练，但我还是在一家小型的进出口公司找到了工作。

我的办公室位于伦敦花园路上的一幢大楼里。

工作的第一周里,我每天都兴奋地乘火车去上班,心想自己终于成为伦敦的职业女性了。我幻想在这里交到一些更有见识的朋友,可能还会和姑娘们合租一套公寓,这样就可以冲出父母围在我身边的警戒线了。第一周没有预想中的顺利,主要是因为我自己过于害羞也缺乏经验。但每个人都对我很友好,而且他们告诉我周五晚上有一个聚会,还有从欧洲来的客户也会参加。我告诉他们我法语说得不错,大家都说那我一定要参加,而且很期待在周五晚上见到我。

星期四晚上我离开办公室的时候,一个大一点的姑娘和我一起进了电梯。她不到三十岁,是一个非常漂亮而且性格外向的姑娘。在我眼里,她就是女性魅力的代言人,好像是从时尚杂志里走出来的一样。我们出了电梯,走出大楼的时候,她戳了戳我的肋骨。

"明天见,别忘了带上过夜的洗漱用品!"

"噢,我要坐十点钟的火车回家的。"我说,但她开始大笑,我很不解。

"没开苞的小姑娘。我们是要在那里过夜的,每个人都要。要不然你觉得他们为什么会想让我们去?肯定不是为了让我们做速记吧。也不是为了你的一口法国腔……"

她接着给我解释说一些姑娘会陪客户睡觉,之后她们还会收到礼物或者一些"小红包"。

搭火车回家的路上我的脑海里一片惊恐,我的脸也因为难为情而一片通红。我感到车厢里的其他乘客仿佛能够看穿我的心事一样,我也不知道自己为什么会面临这样的窘境。难道工作面试的时候暗示过这种事吗?我仔细想了想那一周公司里发生的所有事情,但是根本想不起来有过任何预警或者暗示。但有一点我很肯定,那就是我绝对不会告诉我的父母,因为他们会认为这是我的错,一定是我的举止让别人有了误会,以为我是那样的女孩。我想象着父亲的厉声问话,问我是不是做了什么事让别人误解了我。我相信今天的人不会这样想了,但那个时候的女人能做的真的很有限。第二天我照常去上班了,但是我没去伦敦,而是在克里登站下了车。我在大街上、公园和咖啡馆里耗了一整天,一直等到该回家的时间。在咖啡馆里喝茶的时候,我暗暗下定决心要离开那里。于是我按照正常下班的时间回到家,然后告诉父母我因为速记太差被解雇了。我的父亲很失望,他说我要好好努力提高业务水平。相反,我的母亲却松了一口气。

"你现在一个人去伦敦还太小,"她一边说,一边气鼓鼓地看着爸爸,"我早就跟你父亲说过,不应该鼓励你这么早工作。谁知道有什么人在打我女儿的主意呢。你应该在家附近的地方找个工作。"

我从来没告诉过他们实情,而且在之后的很多年里我都时常会担心,如果有男人强迫我做我不想做的事,而最后却是我的错,那我该怎么办。

*

和爱丽丝的会面十天以后,我在帕丁顿的一间公寓里见到了西莉亚·休伊特,她于 1944 年在三号病房工作过,那一年她 25 岁。现在西莉亚和她的女儿朱迪一起生活,是朱迪给我打的电话。她听一个东格林斯特德的人说我在寻找当时的护士。西莉亚行动不便,需要坐轮椅,但回忆起在东格林斯特德的岁月时她还是侃侃而谈。

"美好的岁月,"她告诉我,"我一开始在哈罗德·吉利斯爵士的医院工作——当然也是整形外科,但是我想要有一些改变。我听说过麦克因多尔先生的大名,还有他在东格林斯特德做的事情。我的男朋友有一辆车,他也付得起油钱。所以我让他在假期开车带我去东格林斯特德。我直接走进麦克因多尔先生的办公室,对他说,我想在这儿工作。他看上去有点吃惊,但是我留下来了。"

我问她对于病人的种种行为还有病房的管理制度有什么看法。

"有时候很不容易,"她说,"那些伤员的情况当然难以想象,但我对那些是不怕的。很显然,如果我没有自信,也不会自告奋勇地来到这家医院。我和有些姑娘不一样。在照顾病人、和他们打交道方面我有丰富的经验。这里和我想象的太不一样了,我也很爱那些男孩。是的,我知道你所说的那些限制级的场面,但这没有什么不好的。那是一段美好的经历。我现在还和他们中的一个人保持着联系。十年前朱迪带我去了趟加拿大,我们去蒙特利尔拜访了他和他的妻子,还在他们家里住了几天,度过了美妙的时光。阿奇博尔德爵士是我的英雄,他既是一个暴君也是一个圣人。"

很显然,在三号病房工作过的女性对于这段经历的回忆出现了两极分化。她们都觉得那里的工作强度和环境极具挑战性。但是面对"小白鼠"文化、轻佻的氛围,还有任病人为所欲为的环境——她们的反应却各不相同。这与她们每个人的性格和家庭背景有着很大的关系。我只寻访过为数不多的几位护士,尽管她们有着不同的个人经历,却都表达了对于"小白鼠"的崇敬之情,并深深地佩服他们的勇气和精神。即使是对那段时光有阴影的人也毫不掩饰自己对这些男孩子的爱。而且她们都反复叮嘱我,不要让这本书的出版损害"小白鼠"的名誉或者麦克因多尔的名声。她们大多数人都希望隐去真名,这样读者就不会知道到底是谁在"搬弄是非"了——好几位老人都用过这个词。甚至还有几位认为如果有人无法接受那些"恶作剧",那就是护士自己的失职。谈到这些超出职业范围的付出,护士们总会说这是她们的"战时工作",或者是"为战争做自己分内的事"。

阿莉·拉塞尔·霍赫希尔德是加州大学伯克利分校的社会学教授,她在20世纪80年代作了一项探寻情绪管理方法的研究,尤其针对工作中的情绪管理。她选取了一些空乘人员作为研究对象,想要了解她们接受的培训反映了航空公司怎样的态度和理念。比如说有这么一条规定,空乘人员必须要发自内心地微笑,这一点不能假装。于是这些女性——那时候的空乘人员大多为女性——需要迫使自己控制内心的想法,以实现发自真心的微笑。甚至当遇到最难对付的乘客时,比如酗酒或者辱骂自己的乘客,她们依然能够微笑面对。航空公司的要求是:空乘人员的工作不仅仅是给顾客提供礼貌的服务,送餐送茶,也不应是假惺惺的体贴和温柔,而是要学会控制自己的感受,这样才能真正地实现航空公司在广告里的承诺——"除了微笑和服务,我们带给乘客真正的愉悦与舒心"。[70] 霍赫希尔德指出,在所有的社会互动中人们都需要通过一些感觉信号来传递信息,这些感觉信号可能是一个表示欢迎或使人安心的微笑,可能是几声表示赞同的大笑,也可能是一个示意同意或者批准的点头动作。她将这些我们每天都在做的事情称为"情感工作"。我们有意识地参与这项工作，并且在人际交往的过程中产生了得体而且使人容易接受的情绪。"情感工作"出现在所有的人际关系当中，而且大多数人都做得不错。人际关系正是通过人们在这项工作中的付出才得以维系，友谊也通过这项工作逐渐加深。在一些有偿劳动中，情感工作占有不小的比重，甚至成了该项劳动的核心要素。霍赫希尔德将这类劳动称为"情感劳动"。尤其是在服务和护理行业中，这种"劳动"是非常重要的，因为它可以很好地帮助客户或者病人实现特定的情绪状态。霍赫希尔德指出："情感劳动强调思想和感受的一致性，而且经常依赖劳动者发自内心的付出。"[71]霍赫希尔德认为，在个人生活中，情感工作根植于一种"深度表演"，这是人们处理个人感觉的自然结果，它出于人无意识的本能。相反，工作环境中的情感劳动却基于一种"浅层表演"，进行这种表演的人改变的仅仅是表面上的情绪。她还认为，雇佣者往往会对雇员施加影响，告诉他们应该如何去理解和感受服务对象所承受的困难和痛苦。[72]除了空乘人员，霍赫希尔德还做了关于护士这份职业的情感劳动研究。

许多案例表明，在正常情况下护士这份职业并不涉及对病人或服务对象的情感工作。通常在职业规范的约束下，病人对于护士的期待是有限的，而护士的工作主要依赖于护理技术而非情感投入，所以护士可以自主选择是否在工作中投入过多的情感。然而对于护士来说,即使在保证专业性的前提下她们可以在工作中加入一些个人情绪,但专业与个人这两方面时常会发生冲突,所以"情感劳动"的成本就太高了。[73] 还有一项研究表明,"有些护士会愿意突显自己的女性化特质,在保持专业性的同时又会增加一些关怀的动作,因为她们认为这是一个好护士的标准"。[74] 情感劳动会要求人们改变原本自然的情感表露,这是对人的自我感受的一大挑战,而这种刻意的改变也会付出相应的代价。"在情感劳动中,有的人会出现情感失调,这是一种和认知失调类似的现象。在这种情况下,劳动者往往会在表达真实感受和掩饰真实感受之间迷失自我,长期下去会导致神经紧张。为了避免这种神经紧张,人们就需要做出选择,决定到底要不要改变自我。但是当这种表演的确是出于工作需要的时候,人们就必须选择改变自己的感受;在特定的条件下,如果面部表情可以做到和真心不符,那么人的感觉也可以做到这一点。"[75]

阿奇博尔德·麦克因多尔对于护士的期望意味着她们必须改变自己的感觉。三号病房里的工作环境不仅异常艰苦,而且还营造了一种特殊的情感氛围。在这里,医护人员和患者都混淆了专业精神与情感压迫的界线。这份工作要求护士有很高的专业技术,同时还要求她们奉献出相当多的情感劳动,对很多人来说这是一个巨大的挑战。她们要在自我意识中苦苦挣扎,这使她们感到强烈的焦虑和不安,尤其是没有人可以倾诉的时候。

"我觉得阿奇博尔德爵士希望看到的是每个护士都爱上并且最终都嫁给一个'小白鼠'。"一位护士告诉我,而且有一些人真的这样做了。

需要记住的是,这些年轻、天真、毫无经验的姑娘们面临职场性事的时候几乎毫无准备;与此同时,这些男孩子踏上战场的时候也还稚气未脱,他们对于后来的遭遇也是毫无准备的。事实上,绝大多数的"男孩子"真的只是男孩而已,他们和那些小护士一样,在心理上还处在青少年时期。如果他们没有去三号病房,而是去了别的医院或者来到今天的社会,发生在他们身上的故事或许会有所不同。三号病房工作环境迫使人们去接受"小白鼠"文化的绝对主导,而这样一来年轻的女性就会陷入两难。对一些姑娘来说,这段经历不仅是职业上的重大提升,也是个人自由的极大解放;而另一些人却觉得那是一段耻辱的、充满阴影的经历,没有任何人或者任何组织可以帮助她们渡过难关。然而采访中所有的护士都告诉我,照顾"小白鼠"是一份爱的工作;在这样的工作环境中,面对麦克因多尔的偏袒和"小白鼠"的放肆,她们将所有的困惑和痛苦都化作一句话:"为战争做自己分内的事。"

回归工作

艾伦·摩根应该觉得自己很幸运。艾拉说的是对的,他的手虽然残废了,但看起来比周围的人要好得多。他们被烧得面目全非,很多人的视力严重受损甚至看不见。但要说感到幸运也很牵强,因为他的双手在冰冻后只剩下两个指头可以勉强活动。他只有21岁,每当他想到自己的未来,眼前都是一个没用的人。他不能工作,还会成为爱人的负担。他只有一个半拇指可以活动。麦克因多尔和医务人员还在他的指关节处开了几个浅浅的裂缝,好让断根也能勉强活动,但他对此不抱什么希望。但在艾拉的鼓励和坚持下,他每天都要花几个小时练习写自己的名字,几个月下来已经用完了几十根铅笔。慢慢的,他学会了运用指关节来拿东西和写字,最终说服了麦克因多尔和皇家空军的义务委员会同意让他回到部队。他想要继续飞行,再服役一段时间,这样就可以晋升为空军上士。他真的做到了,并且在皇家空军的最后几个月里还一直在做随机工程师的工作。虽然没了手指,但他可以非常灵活地使用指根进行各种操作和工作。他战前的上司对此非常钦佩，于是退伍以后，他回到了原来的岗位继续工作。与此同时，艾拉开了一间小商店，小两口也过起了安稳的小日子。后来他们有了孩子，艾拉也成了全职太太。

然而过了不久，艾伦所在的工厂就被别人接管了。人事调动以后，他的存在变得多余。其他招聘官看到他的手都会摇摇头，虽然他会极力说明自己的双手依然很灵活，可以做任何事，但他们始终不给他展示的机会。那是摩根家的一段黑暗的岁月。艾伦感到走投无路，内心极度抑郁。这时候他却并没有意识到小白鼠俱乐部可以给他提供帮助，而俱乐部此时已经帮助好几位成员成功地找到了工作。但艾伦没有和俱乐部的人保持联系，所以他看不到什么希望。终于，在处境最艰难的时候他得到了一个面试机会。

"面试的时候我一直把双手插在裤兜里，"他说，"然后我就得到了那份工作。过了几天我上班的时候老板走过来说：'你没告诉过我你的手是这样的。'然后我就说：'但是这并没有影响工作，不是吗？'他说的确是这样。从那以后再也没有人提起过我的手了。"艾伦重新操作起了坐标镗床，他可以切出精确到 0.000 015 英寸的零件，这让他感到非常自豪。当他刚来到三号病房，发现自己的双手不能动弹的时候，他做梦也想不到自己将来还能做到这些。

在重新面对生活的路上,每个"小白鼠"都克服了身体、心理和情感上的巨大障碍。手部烧伤、断指、截肢,还有行动不便的问题,似乎比面部烧伤和毁容更加严峻,更不用说这些人大多数都被妻子或女友所抛弃。麦克因多尔下定决心,要创造一切条件帮助他们在战争结束以后回到正常的生活。他还建立了一个与众不同的职业治疗中心,但这里并不传授编竹篮这种普通的技艺。他想让病人能够从事真正有意义的工作,为此他还特地向飞机制造厂寻求帮助。应麦克因多尔的邀请,飞机仪表制造商里德与西格李斯特专门在医院的空地上建造了一个小型的卫星厂,在这里伤员们可以接受技术工人的培训和指导。1976年,和麦克因多尔共事多年的麻醉师拉塞尔·戴维斯在纪念麦克因多尔的演讲中谈到了这一创新举措的成果。

"病人们在这里的工作是制造转数针和倾角针。一年以后他们实现了两个惊人的成就:一是每人每小时的产量比原厂的还要高,二是残次品的数量远低于原厂。"[76]

在医院里开设工厂车间,这是史无前例的事情,而它获得的成果令人惊奇。今天的人很难再见到这样的做法。

"那些可怜的男孩子们,"莫莉·泰勒说,"他们工作太努力了,他们极力想要做好,但是那些可怜的手指却很难完成。工作总是伴随着诅咒声,但他们坚持了下来。我非常爱他们,也非常崇拜他们。"

莫莉是东格林斯特德的一名职业治疗师。1943年,刚刚二十出头的她来到医院担任车间监督。"我得在新莫尔登接受两个星期的培训,"她告诉我说,"当时我儿子还是一个小宝宝,我只能够把他交给母亲来照看。我培训回来的那天是个星期五的傍晚,天下着雨。我走出车站的时候就感觉到出事了,等走到伦敦路我才看到到底发生了什么。"

那天下午5点刚过,一架德国轰炸机在东格林斯特德上空投放了两枚500公斤和八枚50公斤的高爆性炸弹。其中一枚落在了怀特霍尔电影院的舞台后面,而当天下午的放映还没结束。这次轰炸之前毫无预警,人们尖叫着冲出电影院跑进雨里。然而飞机又飞了回来,敌人架起机关枪向惊魂未定的人群扫射。很多人当场被杀死了,还有一些依然困在电影院里,周围的建筑也被火光包围。

"我担心死了,"莫莉说,"我母亲之前跟我说过她下午要去看电影,我知道她一定会带上宝宝一起去。然后我就看到她从马路对面抱着宝宝走了过来。她说看电影的时候感到不舒服,预感到有什么事将要发生,所以她在电影结束之前就提前离场了。"

刚知道自己要去监管"小白鼠"的工作时莫莉还很害怕。"他们都是很聪明的飞行员和工程师,所以我指导和监督他们的时候总感觉很别扭。我教他们的时候觉得自己很傻,但他们却听得特别认真。他们脸皮也很厚。他们都很有幽默感,也爱讲一些下流的笑话,还会拿起活塞做动作……你不会想听的。他们都是很棒的小伙子。我好像在他们当中很受欢迎,而且我也愿意和他们打情骂俏。我还和他们一起去跳过舞。比尔·福克斯礼跳得特别好,他还带我去过另一个电影院看电影,那里叫'无线电中心'。我会从他口袋替他把钱掏出来,放在他手上,然后他来付钱。他们都是非常可爱的男孩子。"

对于"小白鼠"来说,当他们离开医院和东格林斯特德这个安全而友好的环境之后,面临的最大的挑战就是公众对于他们的模样做出的反应。

1945年,22岁的桑迪·桑德斯是一名陆军中尉,他被转到英国陆军航空团。"这座小镇为我们做的太多了,"桑迪告诉我说,"他们对待我们就像对待当地的普通居民一样,这给了我们很大的希望。当然,如果你去其他地方就会完全不一样,但至少你相信,人们有一天是有可能变得和镇上的人一样的,他们能学会透过你的外表看到真实的你。"

在一次基础飞行训练中,桑迪驾驶的吉尔德飞机在降落时遭遇了侧风。他3次试图扭转飞机的方向，但都失败了。最终飞机坠落在地上，燃起了熊熊大火。桑迪从机舱里逃出来的时候他的衣服已经着火了，这导致他的面部、腿部和手部有40%都被烧伤。他被送往伯明翰的伊丽莎白女王医院，但飞机上的领航员却不幸遇难。

"那是很艰难的一段岁月。我努力去接受自己受伤的事实，然而同时我感到是自己的失误才导致了领航员的死，我在自责中走不出来。我得了非常严重的抑郁症，那些可怕的回忆经常在脑海里闪回。我曾经想过要自杀。我的脸很可怕，我感到自己很没用，我看不到生活的希望，看不到未来。我不相信会有女人能够直面我的脸，更别说爱上我了。有两次我爬上医院的屋顶想要一了百了，但每一次都有一个护士说服我活了下来。"

桑迪在伯明翰接受了9次手术，出院以后他被派往德比市附近的战俘集中营当副指挥官。在那里他听说了东格林斯特德发生的事。

"我的眼睛闭不上，植到眼皮上的皮肤收缩了。军医告诉我东格林斯特德有一个阿奇·麦克因多尔，他很擅长整形手术。所以我拿起电话，拨通了医院的号码。我请求和他谈谈，他也同意见见我，看一看能为我做些什么。"

经过了14次手术，麦克因多尔为他重新做了一对眼皮，除此之外他还做了鼻子移植和许多其他的面部调整。这改善了上一次面部修复手术造成的一些问题。

"就是从那时起我想做一名医生，因为在东格林斯特德我看到了医学是如何把你的人生从灰暗转向光明的。阿奇做手术的时候我会在一旁观摩，心里琢磨着有哪些技术是我可以学到的。但拯救我的不仅仅是整形手术，还有这个小镇。和死神擦肩而过以后，你会想要充分利用这一生，也想要对别人的困难给予更多的理解。"

我们见面的时候桑迪·桑德斯已经八十多岁了。虽然已经上了年纪，他仍然是梅尔顿莫布雷区域的一名医生。

要别人接受自己，这需要很长的时间。即使到了20世纪50年代，人们普遍还是对毁容者抱有无知和歧视。很多人一看到面部受过伤的人就会露出惊骇、厌恶和恐惧的神情。但是很多"小白鼠"都克服了这些无知和歧视，比如，杰克·托佩尔就通过自己的努力抗争，从玛莎百货的办公室里走了出来，终于可以进入店面工作，在他们努力的背后有着麦克因多尔和小白鼠俱乐部坚持不懈的支持和干预。

麦克因多尔心里一直牵挂着一件事。他很担心

"小白鼠们"在身体恢复之后能否重建他们已经支离破碎的生活,这就需要他和小白鼠俱乐部的帮助和支持。爱德华·布莱克塞尔就肩负了这方面的任务,他要帮助他们在走出医院和东格林斯特德之前就做好准备。除此之外,他还为他们联系一些工作机会。这一方面,比尔·福克斯礼面临的挑战是最大的。他失去了双手,视力几乎为零,而且面部完全毁容,无法做出任何表情。麦克因多尔和布莱克塞尔认为他这样的情况很难找到工作,于是医疗团队做出了长期而艰苦的努力,尽可能地修复他的面部,帮助他恢复身体功能。而比尔自己也表现出了超人的信心和坚韧,他有着百折不挠的精神。在他和医院的共同努力下,比尔才得以重新面向人生。

比尔坚持健身,尤其热爱长跑,甚至在这一领域小有名气。出院以后,他和妻子凯瑟琳在德文郡开了一家五金店,但比尔很快就发现这并不适合自己——拿起钉子、螺丝和螺帽这些动作对他来讲都很吃力。后来在俱乐部的帮助下,福克斯礼夫妇关掉了五金店,然后他们搬到离东格林斯特德不远的克劳利。比尔后来进入了中央电力局工作,而且一干就是一辈子,每个工作日他都要搭火车往返于伦敦和家里。他也一直参与慈善事业,尽全力去帮助其他遭遇烧伤的军人,尤其是那些在马岛战争中受伤的军人,直到他于 2010 年辞世。还有许许多多来自英国、加拿大等国家的"小白鼠",他们在治疗结束后又回到了部队,在战后开启了新的人生。他们用勇气和毅力书写了非凡的篇章。但是也有一些处境不是很好的伤员,理查德·希拉瑞就是其中之一。

在接受了东格林斯特德的治疗以后,希拉瑞决心要重返蓝天。为了证明他的身体已经康复,他还和医疗委员会发生了不少冲突。1941年他想要去一次美国。他计划着去许多工业城市巡游,向军工厂的工人讲述战场上的经历,还可以访问当地的社区团体。他向上报告了这个计划,情报部的达夫·库珀和沃特·蒙克顿爵士认为他的想法可能会有利于战时宣传,但他们也看到了可能出现的问题。最后,希拉瑞的热忱与毅力获得了胜利,他得到了空军部的批准。麦克因多尔也再三考虑了他的想法,最后还是决定支持他。当一切准备就绪以后,希拉瑞就启程前往美国。

理查德·希拉瑞一到纽约,就在广场饭店见到了一群人数不多却非常热情的媒体。但在华盛顿他却遭到了冷遇。英国大使馆的高级官员们看到他之后都大为惊骇。他们觉得公众一旦看到他毁容的脸,只会对宣传起相反的作用。他们害怕一些美国的母亲"看到他的脸以后会说'我们不想送儿子上战场了'"。[77] 于是,他们通知希拉瑞去其他城市的计划必须取消,但官员同意将他准备好的演讲印成小册子,他在美国期间也可以录制广播节目。

希拉瑞向当时的英国大使哈利法克斯勋爵陈情,后者还去见了罗斯福总统。勋爵敦促罗斯福支持希拉瑞的巡游,但他的提议遭到白宫的否决。在英国,毁容的伤员越来越多地出现在公众的视野之内,然而美国人却没有为此做好心理准备。政府认为理查德·希拉瑞的出现反而不利于当时的政治宣传。[78] 希拉瑞充满挫败感地回到了伦敦。他的自尊、精神和荣誉感都被彻底击垮了。不过他还是以这段经历为由希望回到空军服役,尽管战友们都注意到他的手连一副刀叉都拿不稳。在他的坚持下,部队最终接受了他,但他却再也不能独自飞行,还要去查特霍尔的操作训练中心重新参加培训。

麦克因多尔这时正在进行难得的休假,得知希拉瑞的遭遇,他十分担忧。他一方面担心希拉瑞的身体情况,尤其是他受损的视力能否支撑夜间飞行;另一方面,他更担心的是希拉瑞的心理状态,并且认为他有一定的抑郁倾向。麦克因多尔敦促皇家空军停止希拉瑞的飞行,让他再次接受治疗。然而空军方面并没有做出任何反应。到1942年7月,希拉瑞已经可以重新驾驶轻型飞机了,而且在当年11月医务委员会也批准他可以进行行动飞行。但这直接导致了一些问题:操纵沉重的飞机对于手部伤残的希拉瑞来说是非常困难的,尤其是面对不稳定的天气情况时。驾驶舱的一些控制设备对于他来说也很难操作。尽管有人建议他等完全恢复了以后再继续飞行,但他不肯听。1943年1月8日清晨,希拉瑞飞往布伦海姆参加训练。刚起飞不久他就在低云丛中绕着机场转圈,此时飞机上还坐着无线电通讯员威尔弗雷德·法伊森。地面管制员告诉他需要绕过一座信号灯。大卫·罗斯写道,"管制员问他:'你开心吗?'希拉瑞答道:'还行吧。我要继续绕行。'他在等待同伴做出决定……这是他的最后一次通话,几分钟后就再也没有回复了。只听见一声刺耳的轰鸣,然后就是可怕的坠机"。[79]

希拉瑞和法伊森双双遇难,他们的死引起了空军内部的严肃讨论,军官们还互相指责,认为不应该让希拉瑞回到部队。但希拉瑞自己的盲目乐观误导了很多人,他让一些军官对他充满信任,并且对他的勇气和毅力充满了敬佩。如果希拉瑞能够充分融入"小白鼠"的集体,也许他可能会接受大家的规劝,放弃飞行,在战争以外的世界找到一席之地。但飞行是他的热情之所在,飞行塑造了他,他也只能在飞行中看见自己,"小白鼠"的兄弟情谊也无法使他放弃成为一名飞行员的梦想。他曾经说过,"飞行是孤独的,要参加空军必须要看透生与死"。他从来没有学会接受伤残加在他身上的种种限制,而他面部的伤残也从来没有阻挡过女人对他的爱慕。关于他的死,没人能明白是不是因为有一丝对死亡的向往在驱使着他,但他的故事永远地留在了《最后的敌人》这部小说里,它也成为英国"二战"文学史上十分重要而且哀伤的一页。

*

阿奇博尔德·麦克因多尔的每一天都像打仗一样紧张和忙碌。除了日复一日在手术台前长时间的工作,他还要去其他的空军医院巡视和指导,还要和权力机构进行艰苦而持久的斗争,为"小白鼠"争取更多的权益。他把整个小镇变成了一个治疗"小白鼠"心理问题的诊疗所,也是在这里他研发了许多整形外科手术的医疗器械和操作方法。这些经验和技术在21世纪的整形外科手术中依然在使用着。他很少休假,尽管他的身体已经吃不消了;相比之下,他在个人生活尤其是家庭上面投入了太少的时间和精力。1943年,他发现自己的双手出现了一些问题,不仅影响手术操作,还给他战后的事业发展打了一个问号。

最开始他发觉左手的无名指有些僵硬,然后又发现右手有无力感。他开始通过捏一只小球来训练手部的知觉,这是伤员用来恢复手部受伤时常见的做法。很快他就被诊断为患有杜普伊特伦挛缩症。美国总统罗纳德·里根、英国首相玛格丽特·撒切尔、剧作家萨缪·贝克特还有板球运动员大卫·高尔和格雷厄姆·古奇都深受这种疾病的困扰。这种痉挛有时候发病很快,但症状会逐渐减轻;但也有一种情况是病人会在不经意间发现它,症状随即发展得很快。麦克因多尔知道他必须快速行动,以免让痉挛发展到不可挽回的程度。对于一个长时间治疗战时伤员的人来讲,这是他第一次亲身体验病人面对伤病的恐惧感,因为有可能他也要在自己曾经擅长的领域一下子变得无能为力。

即使在今天,治疗杜普伊特伦挛缩症的手术过程依然非常复杂和危险,这需要在患者手掌上切开一个口子,之后要凭借医生丰富的经验辨认出每个手指的指神经,然后用高超的医疗技术切掉造成痉挛的组织。莫斯里评价说,这种手术的"危险性只有钢琴家、艺术家和外科医生才能理解"。[80] 麦克因多尔将自己的手交给了好友和搭档雷恩斯福德·莫勒姆医生。手术完成两天以后,他就听到东格林斯特德的怀特霍尔电影院遭遇空袭的消息。伤员被送到医院里,一些尸体也被送来进行处理。麦克因多尔这时本应好好休息的,但他的心已经飞回了医院,在病床上一刻也不愿意待了。当天晚上他就擅自出院。他将一只缠满绷带的手固定在胸前,然后开车回到了东格林斯特德。第二天清晨,他一回到医院就开始指导工作、安排病人。他很恼火自己没办法亲自手术或者处理伤口,这让他惊恐地意识到,如果他的双手不能用了,他将很难面对未来。

一下子,麦克因多尔感到非常紧张和焦虑;他变得神经过敏,而且还有些抑郁。即使他的手正一天天地好起来,他头顶的阴云依然很难驱散。几个月以后他开始肚子疼,这让他相信自己得了肝癌。但如同前面所说的,事实证明那不过是阑尾炎而已。阑尾切除了以后他的疼痛并没有消除,发现是一根医用棉棒在腹腔内没有取出来,于是他又进行了第二次手术。那段日子非常难熬,因为麦克因多尔并不习惯于如此脆弱,也不习惯于对局面失去控制的感觉。身体上的痛苦和心理上的压力最终都给他带来了不良的影响。

战争快结束的时候,医院的压力小了一些,然而麦克因多尔依然在方方面面都冲在第一线:在手术室里做手术,指导年轻的医生,还有代表他的"男孩子们"和各种人打交道。他和爱德华·布莱克塞尔为了提高"二战"的伤残抚恤金做了很多工作;而且作为一个忠诚的保守党人,他对新上台的社会主义工党嗤之以鼻,认为其减少社会水平差距的举措是极其有害的。最主要的是,他害怕酝酿之中的国民医疗保健制度成为现实,因为他认为这会大大降低英国的医疗条件。他下定决心要和政府作斗争,以确保维多利亚女王医院不受国家的控制。他还想要和卫生部长安奈林·比万进行正面交锋。而前方还有很多场战役在等着他。

战后,他和"小白鼠"的情谊和纽带依旧。他喜欢被他们围着坐在钢琴前弹唱一曲,也愿意和他们一起去"小白鼠酒吧"喝上一两杯——这家酒吧真的是以"小白鼠"命名的。1947年,他在假期去坦噶尼喀看望老友罗宾·约翰斯顿,在那儿他爱上了非洲。他和约翰斯顿一起买下了一个农场,之后一直是后者在经营。麦克因多尔好几次回到那里,一边打理农场一边在当地的医疗机构做一些手术和其他工作。随着时间的推移,他和康妮·贝尔彻姆的婚姻、爵士的封号,还有社会广泛的认可与尊敬,都让这位外科医生跻身于权贵圈子和上流社会。但他依然坚持在伦敦和东格林斯特德继续工作,以确保他的"小白鼠们"能够得到持续的治疗,同时他也可以不间断地为凯·肯戴尔和艾娃·加德纳这样的社会名流做整容手术。

1960年,麦克因多尔去西班牙旅行,名义上是度假,但实际上是为了秘密地做白内障手术。他患眼病已经有一段时间了,但他不想让现在和未来的病人对他产生任何不信任或者疑虑。手术做得很成功,但在回家的飞机上他的心脏病发作了,情况很紧急。这给他的身体状况又一次敲响了警钟,之后的几周内他发现身体的很多方面都很不好。

4月11日,阿奇博尔德·麦克因多尔和朋友在伦敦的怀特俱乐部吃完晚饭喝完酒之后,开车回家的时候已经是凌晨。第二天早上，一位侍女端着一杯茶进来叫他起床，却发现他已经在睡眠中死亡。医院的全体员工、他的病人和以前的病人都被这突如其来的噩耗震惊了。

"当时真的很难过，"鲍勃·马钱特回忆说，"好像我们所有人都被笼罩在乌云之下。但生活还要继续，因为还有病人需要手术和护理。大家付出了很大的努力，这个地方已经不像从前那样了，但我们必须继续下去。"

阿奇博尔德·麦克因多尔爵士的葬礼在圣克莱门特戴恩教堂举行。他的同事、学生、朋友、仰慕者和许多之前的病人都来到教堂悼念他。在所有来宾中，最引人注目的就是他心爱的"小白鼠们"。他的事迹已经成为传奇。作为先驱，他为整形外科医学的未来打下了坚实的基础。他希望在有生之年能够成立一个研究部门，解开人类皮肤和组织的秘密，挖掘再造肢体和器官的可能性。很遗憾他没有活到这一天，但布朗德麦克因多尔研究基金会顺利成立了。它的成立是为了纪念和传承麦克因多尔爵士高超的医术和才能、他的创新精神和他不顾一切也要推进外科医学新领域的决心，还有他坚持不懈和官僚机构作对抗的毅力。现在几十年过去了，"小白鼠们"经过麦克因多尔雕刻过的脸庞不仅证明了他高超的医术，更见证了他排除万难举全镇之力为伤员营造良好疗伤环境的魄力,另外,它们还见证着这个在他的领导下成立、发展,而且至今仍发挥着作用的病患互助组织。

"我们是彼此的托管人,"阿奇博尔德·麦克因多尔在1944年的一期"小白鼠"杂志中写道,"我们要好好活下去,这是为了记住:为国捐躯是一种荣幸,而为了国家好好活下去更是一种荣幸。"[81]

不会盯着你看的小镇

2007年10月

我在这儿的时间不多了,一方面我很想念澳洲的家人和朋友,另一方面我又舍不得在这儿挖掘出的一切。有史以来最阴冷多雨的一个夏天结束了,紧接着的是一个金灿灿的秋天。树叶都被染上了鲜艳的红色和金色,清晨也不再冷风阵阵,取而代之的是晴空万里、秋高气爽的好天气。秋日固然美好,却很短暂。夏令时结束以后,夜晚降临得越来越早,也越来越长了。在冬日里,下午四点钟天就黑了。由于常年生活在异国他乡,我已经难以想象自己当年是如何挨过这些漫长的冬夜的。为了利用这些在黑夜中独处的时光,我开始反复核对手写版和电子版的笔记,并且研读了从各个图书馆里复印的厚厚的一沓资料。我发现自己竟然忽略了一个重要的方面。1943年11月刊的《读者文摘》刊登了一篇文章,题为《不会盯着你看的小镇》,此时距离怀特霍尔电影院的轰炸事件已经过了四个月。这次轰炸造成108人不幸遇难,还有235人受伤,这是萨塞克斯郡在"二战"期间最大的一次伤亡。由于阿奇博尔德·麦克因多尔的突破性医学成就,这座小镇在当时已经吸引了来自全国的关注。

"东格林斯特德,"这篇文章是这样开始的,"是一座心碎的小镇,镇上的人从事着让人心碎的工作。"

接着,文章介绍了那些"极度变形、没有皮肤、红肿的面孔"每天出现在镇上的情形。

"他们在大街上闲逛,尽量不去在意自己映在橱窗里的脸,把蜷曲或者没有指头的手揣进裤兜。经历了多次植皮手术以后,他们的脸好像是从异次元世界里来的一样。经常会看到没有鼻子或者耳朵的人。他们的眼睛很小,像是发着冷光的玻璃珠子,他们的表情很难用语言去形容。人们第一次看到这些男孩时,脸会吓得惨白,同时腹内开始作呕。这种生理反应是难以控制的,尽管人们并不想要这样对待他们。"

作者继续写道,在街上当地人会停下脚步和他们聊天,还会邀请他们去家里做客;女孩们会邀请他们跳舞,即使是孩子也不会盯着他们看。"于是,在东格林斯特德,被烧得最为可怕的男孩却成了最受欢迎的人。医院的任务是拯救他的脸庞,而整个小镇的居民给了他生活下去的勇气。"[82]

英格兰之行的最后几个月里,随着我的研究渐渐深入,我对儿时的英格兰不再仅仅怀有玫瑰色的怀旧情绪，而是更客观地认识到了当时残酷的现实。我仔细研究了一些战后伦敦的照片，了解到了当时的人们是生活在怎样的困难和废墟中的。他们几乎失去了一切，而战争造成的阴影和痛苦在接下来的日子里依然难以抹去。我还记得在20世纪50年代早期，我曾去看望过住在伦敦东区的祖母。她的家住在一栋窄小却很整洁的排屋内，这出乎我的意料，因为这片街区没有遭到任何破坏。然而要走到这里，我们得先经过一片穷人住的区域，那里的房子遭到了轰炸，很多还没有修好。我从窗子外面向屋里望去，房子里面很荒凉，没有什么家具，那些人都很穷困；我还看到孩子们穿着破衣烂衫在废墟中玩耍，他们在垃圾堆里翻捡着，像是在寻找什么宝藏。我的童年是在战后的萨塞克斯郡乡下度过的，我生活在一个美丽的小村庄里，那里没有遭到战争的破坏，我的家既温馨又舒适。我的生活环境和伦敦以及北部的工业城镇相比，真的是另一个世界。然而即使在我的家乡，身边也有一些不那么殷实的家庭，比如我的好朋友伊芙琳就来自这样的家庭。她从小受到的困苦和艰难早该让我意识到在这片饱受战争戕害的土地上，我能够拥有如此优越的条件是多么幸运。

尽管现实如此残酷，而且我也意识到自己的记忆存在着不切实际的浪漫化想象，然而这个可爱的小镇的确见证了一些不可思议的人和事。在东格林斯特德镇上发生的事迹,还有镇上的乡民以及他们的精神,这些都是真实的,也是非常珍贵的。通过集体的努力,他们拯救了年轻人脆弱的生命,修复了受伤的心灵,并且在灾难过后让整个小镇恢复了元气。如果这一切在这儿真实地发生过,那这个国家的其他地方、其他的小镇或村落也可能有过类似的事迹。我的回忆或许是失真的玫瑰色,但这体现了一种生活之道:尽管它存在一些浪漫化的不切实际的想象,然而这种精神的确帮助了整个西欧在"二战"之后的岁月里快速地从废墟中站了起来。能认识到现实的残酷是好的,但我不必放弃乐观主义的精神。在我心目中,这片土地依然像儿时的记忆里那样纯粹,美好如初。

我沉浸在纯粹的怀旧情绪当中,索性允许自己从工作中抽身出来,踏上一趟单纯的怀旧之旅。没有会面也没有采访,没有笔记要记,没有电话要打,也没有任何赴约的安排,我只想让自己回到记忆中的那些老地方去。我驾车穿过亚士顿森林,汽车开上一条熟悉的道路,那是我和母亲经常坐双层巴士去拜访外祖父母的一条路,他们住在伊斯特本市附近的阿尔西斯顿村。道路两旁林木茂盛。我还记得小时候常常在巴士上层坐下,小手紧紧地抓住铁扶手,眼睛向窗外看去:远处有成片的野风信子,花丛中还卧着一只大红狐狸,汽车经过的时候它正懒洋洋地在阳光下挠痒痒。这画面像昨天一样清晰,我的眼中溢满了泪水。

  1944年2月我出生在伦敦东区,那正是"婴孩闪电战"①的时候,当时大伦敦地区和英格兰东南部都遭到了德军的重创。闪电战开始几个星期以后,我父亲决定将母亲和我转移至城外安全的地方。父亲在阿尔西斯顿租了一个小木屋,那儿距离我外祖父母家步行只有15分钟,母亲和我就在这里住了下来。父亲在伦敦工作,而且当时是维持治安的志愿者,所以当他周末没有执勤任务的时候才能回来看我们。我来到阿尔西斯顿,将车停在那幢小木屋旁边。在这里生活的时候我还没开始记事,也不知道一共在这儿住了多少年。但是战后我们经常回到这里,妈妈也经常给我讲这里的故事。我从车里出来,在秋日午后的阳光下走过那段熟悉的路,走过酒吧,走到我外祖父母家旁边的小径上。我的母亲曾一遍又一遍地走过这段路,当时手里还推着婴儿车,里面躺着牙牙学语的我。那年6月,婴孩闪电战已经接近尾声,但这里仍是飞弹的必经之路,有许多被称作"蚁狮"的V型飞弹从法国和荷兰海岸射向伦敦。

  "当它们快飞过来的时候,我能听到它们的动静,"

---

① 婴孩闪电战(Baby Blitz)指的是德国空军在1944年1月至5月期间针对英国南部地区的集中空袭。——译者注

妈妈向我说过好多次，"只要一听到那种蜂鸣般的噪声我就会赶快跑回家，来不及的话就把婴儿车推进路边的沟里，然后趴在上面保护你。这些飞弹太多了，我知道等我从房子里出来或者走到半路的时候，又有一些会飞过来。只要一听到这些该死的东西飞过来的声音，你就会号啕大哭。真的很可怕，好像有什么怪兽在暗处盯着你，随时准备袭击。有时候我甚至感到他们能看到我们的一举一动。"

从那年6月到10月，一共有9521个飞弹落在英格兰的土地上。每天都有超过100个V1炸弹在英格兰东南部爆炸，但我们还是幸免于难。今天路旁的那条沟还在，沟的两旁长满了雏菊和峨参花，看上去和当年没什么两样。我外祖父母的小木屋也依旧在那儿，院门外的两棵松树还像哨兵一样直挺挺地立着。小屋周围的景致和我记忆中的一样，并没有什么变化。

之后我来到伊斯特本的滨海区散步。路上开着一簇簇野花，窄窄的三层排屋上墙面的颜色已经斑驳，这些多是当地人开的民宿。有的挂着牌子，写着提供住宿和早餐，有的则写着"客满"。我走向码头的时候开始起风了，天色也渐暗，坏脾气的海鸥在路边抢食一袋薯条。海边空气中的咸味儿和鹅卵石上溅起的浪花又唤起了我童年的回忆：海滩上的假日时光，我的小桶和小铲子，冰淇淋甜筒，那件扎皮肤的泡泡衫游泳衣，小摊上烤海螺和海贝的味道，还有傍晚时分弥漫在空气中的防晒炉甘石乳液的味道。

第二天我从哈特菲尔德穿过东格林斯特德，开上那条通往克劳利和盖特威克机场的主路。我在路旁的一幢房子旁边停下，那是我从9岁到1965年结婚前一直居住的地方。这是一幢翻新过的都铎式小木屋，粗泥灰墙上嵌着白色的板条，顶上是黑色的木梁，墙上还有菱形格子窗。几个世纪以前，连夜赶路的走私犯会在这里歇脚，他们从伦敦南部的海岸贩运威士忌、蕾丝、烟草和银器。房子旁边是一条用脚踩出来的窄路，它穿过房子外面的空地，大概有1/4英里长。在两条大路之间，这条窄路把房子和空地隔开了。我父母在1953年买下了这栋房子，之前的房主30年代就住在这里。有一段时间他很讨厌这条小路，想要把路封掉并且从土地测量局的备案中删掉它。然而他的举动遭到了当地居民的反对。一连几周，他们每天晚上都拿着垃圾桶盖、水桶、铁锹还有其他金属器具在他的屋外猛敲一通，而且一敲就是几个小时——这是极具萨塞克斯风格的乡土音乐。当地议会最终没有接受他的申请，这条路也保留了下来，而且越来越泥泞，和我儿时相比更是杂草丛生。我穿过纷乱的荆棘和茂密的灌木丛，来到一片好几英亩大的果园，旁边还有修剪整齐的草地，上面长着一簇簇杜鹃花。我和伊芙琳曾经在这儿打网球、采集种子和树叶,我们还会把泡着种子和树叶的水装进旧易拉罐里,假装那是一种酒或者茶。我们还会从这儿钻出去,坐在杜鹃花丛的阴影下交换秘密、制订计划。在一堆布满荆刺的树枝后面是一棵巨大的紫叶山毛榉树,它的周围还有一大片高高的荆棘丛。就是在这儿的草地上,我的父亲曾经为我的婚礼搭起过一个大帐篷。

我来到小花园,惊讶地发现当年我们精心打理的花圃竟然荒芜了,我感到很生气,但气的是我自己。我感到很难过,因为是我离开了它,去了一个新的地方,一个与众不同的、更刺激的、更现代的地方。

*

几天以后,我还没有从往昔的情境中抽离出来。但我还是从衣柜里拿出了那件还算正式的晚礼服,准备参加"小白鼠们"在菲尔布里奇酒店举办的晚宴,就是在那儿我第一次见到了杰克·托佩尔。他们都很喜欢去菲尔布里奇,但镇中心的怀特霍尔餐厅酒吧才是他们最钟爱的休闲场所,仿佛那里是他们专属的社交俱乐部一样。餐厅的经理——比尔·加德纳不仅很照顾他们,还和他们成了朋友。他会留意他们的饮酒喜好,而且当他发现喝得差不多的时候,还会把他们送回医院。除了怀特霍尔,镇上的其他商店、酒吧和电影院都很欢迎"小白鼠们"。社区对这些伤员如此关怀,主要还是由于麦克因多尔在前期做了许多宣传工作。除了确保当地居民能为"小白鼠"营造一个安全的环境以外,他还要求包括医院委员会成员、医生和护士在内的所有职工都去说服镇上的居民,让他们不要害怕这些人的脸,要欢迎这些从战场上回来的英雄。

在玛格丽特·斯特里汉姆的记忆中,她有一个朋友当时在一家咖啡馆工作,他告诉她,咖啡馆里的员工会讨论应该以何种态度来对待这些人。他们一致同意要努力让他们感到舒服自在。同样,爱德华·毕肖普也记录了一位叫梅布尔·奥斯本的服务员,她当时在怀特霍尔餐厅工作,也参加过一次类似的员工会议。在会上,大家都同意"看着他们的时候要直视对方的眼睛,要假装看不见那些异样之处,也不能回避目光。我们就是这样做的……然后我们渐渐地也就习惯了,就真的不会注意到有什么问题了"。[83]

怀特霍尔餐厅旁边有一家彩虹舞厅也经常接待"小白鼠"。他们在手术间隙有时候会来这里勾搭当地的姑娘,和她们跳舞。一些行动没有障碍的"小白鼠"还会收到私人聚会或者聚餐的邀请。他们会在星期天去赴约吃午饭,听留声机上的唱片,围在钢琴旁边唱歌,有时候还会打打扑克牌。玛格丽特·斯特里汉姆和她母亲就曾经热情地招待过他们。还有很多当地人愿意挤一挤,空出一两间卧室来招待那些看望伤员的家属，主要是他们的妻子、母亲还有女朋友。

杜瓦家和布兰德家会提供一些大宅子作为"小白鼠"的康复中心，除此之外，一些普通家庭也会敞开大门，邀请那些刚刚出院的"小白鼠们"来家里住上几周，然后他们才会离开小镇这个安全的避风港。我结束了自己的怀旧之旅，几个星期以后，我在东格林斯特德博物馆的办公室里见到了当地的历史学家迈克尔·莱帕德，他和我谈起了镇上的居民和"二战"英雄的这段不同寻常的关系。"阿奇博尔德爵士的群众疗法不仅对他的病人起了作用，也给小镇带来了影响，"他告诉我说，"通过让群众参与进来，他将人们在战后的注意力转移到这上面来，这缓解了人们的焦虑，而且让大家有机会为战时的国家做点事。人们看到自己也可以做点贡献，觉得很有意义，这效果是很明显的。整个小镇对这些人的适应能力非常惊人，从那以后居民们甚至不愿意让他们离开这里。"

举行晚宴的那天早晨我坐在伦敦路上的咖世家咖啡馆，这里距离以前的怀特霍尔餐厅不远。我看到有几位老年人端着托盘向一张桌子走去，他们在椅子里坐下，一个人把咖啡放在桌上，然后站起来准备去还托盘。

"我来帮您。"一个年轻的姑娘说道。她看上去只有十六七岁，正在擦桌子。她停下说："您是一位'小白鼠',是吗?"

这个人的脸一直背对着我,我没有听清他的回答。但我看到姑娘笑了,她的嗓音很洪亮,盖过了咖啡馆的噪声。

"我奶奶在'二战'期间还是个小姑娘,她妈妈曾经在医院帮忙。您的两个朋友还去过她家吃晚饭呢。"

这位"小白鼠"示意她加入他们,正当她要激动地坐下时,一个穿着咖啡馆制服的小伙子前来阻止她,他问她到底在想些什么。

"他们是'小白鼠',"她说,"你知道的,'二战'英雄。"

这一次我又没听清楚,但我看到这位年轻人也笑了,他探过身去和老人握手,老人伸出了两只手,其中的一只是有残疾的。然后他也拉开椅子和他们一起坐下来聊天。人们一代接一代地将这种精神传承了下去,东格林斯特德的传奇还会继续。

*

屋子里挤满了人,以老年人为主;大家身着盛装,上面嵌着亮片,还有燕尾服、丝质礼服和黑漆皮鞋,人们戴着助听器、挂着拐杖,脸和手是麦克因多尔重建的。老友相见,气氛热烈而愉快,大家呷着酒,畅谈着,品味着过去的时光,沉醉在回忆里。站在人群边上的是穿着制服的皇家空军学员,他们正忙着售卖彩券,也要给空了的酒杯倒酒。我看见屋子的另一端站着艾米丽·梅休,她正向一群人介绍一个人,我仔细辨认,发现那人是艾·安·吉尔,他是记者和评论家,也在很多著名的出版物包括《闲话报》《名利场》和《星期日泰晤士报》上有自己的专栏。艾德里安·安东尼·吉尔一向以刻薄著称,而且经常对公众看重的人和事进行不留情面的批评。他的文章犀利、机智、不留情面,他在新闻工作者理事会接到的投诉之多至今还无人能及,尤其是针对他种族歧视这方面。我纳闷,为什么吉尔也来了,我希望他对此事的报道和评价能够有点分寸。

鲍勃·马钱特很热情地邀请了我,这对我来说是一份荣幸。但我很清楚自己的位置,我知道自己不是他们中的一员。这并不是说我在这里不受欢迎;相反,有很多我认识或不认识的人都邀请我加入他们的聊天。整个场面沉浸在亲密无间的气氛当中,空气中流动着各种回忆,有欢笑也有伤痛。看得出来,大家多少都意识到这可能是他们的最后一次聚会了。交谈中溢满了近期和更久以前的回忆,大家都格外珍惜这次最后的团聚。宴会开始了,几位的发言都很简短,但听上去却格外的亲切和愉快;今天晚上到场的有"小白鼠"、他们的妻子和其他家庭成员,还有一些当地的政界人士,以及其他宾客。然而真正的重聚并不在今天。"小白鼠们"会在明天进行属于他们的聚会,届时除了俱乐部的赞助人——爱丁堡公爵菲利普亲王殿下以外,谁也不能参加。

第二天早晨,"小白鼠"和他们最重要的亲人、东格林斯特德现在和以前的居民,以及医院过去和现在的工作人员来到圣斯威辛教堂,在这里济济一堂,举行年度纪念仪式。这座小镇和"二战"英雄、麦克因多尔还有维多利亚女王医院建立的关系实属不凡,在从"二战"到战后的长达六十多年的岁月里,它铭记着这段历史,并且要将这些不平凡的故事带向未来。

走出教堂的时候我不停地听到人们说着"最后一次""今后没有机会了""可能再也见不到你了"这些话。有微笑也有泪水,有静静的、深情的拥抱,还有斑驳的双手紧紧地握着、不愿意松手的画面。我还是很难想象这些人没办法再回到这里的那一天,很难想象他们将不会再有机会重温那些老掉牙的笑话和回忆,或者一起悼念已经离开大家的战友。但有些东西是一定会留下来的,有些东西会永远继续下去。

再　见

11月21日是个星期六,一大清早我就被窗外的风雨声吵醒。外面狂风大作,吹得房门和窗户直响,屋顶上是雨滴的劈啪声。我抱着电脑在澳大利亚广播公司的直播频道观看最后几个小时的澳大利亚大选。我的手机响个不停,全是家人和朋友从澳洲发来短信的提示音,他们迫不及待地要和我讨论未来的新政府。我关掉电脑准备出门,这时候我的心情很不错,因为我要前往纽马基特去见我的叔叔还有堂兄弟们。

我的堂兄弟伊恩和克里斯安排了一个很好找的地方见面,然后我跟着他们来到了克里斯的家。伊恩和克里斯的父亲——劳里——是我父亲的弟弟。后来他们的妻子琼和克丽丝汀也加入了我们,一起去老人家里把叔叔接了过来,准备吃晚饭。劳里叔叔刚过九十岁,他看起来丝毫不减当年的风采:穿着一件黑色的短外套,戴着团斜纹领带[①],一

[①] 团斜纹领带(Regimental Tie)指的是一种军队专用的英式斜条纹领带。——译者注

头茂密的银发整整齐齐地向后梳着,胡子也修剪得非常整齐。

"我最爱的侄女!"他说。

"您唯一的侄女。"

"一回事儿,"他说,"就算有别人,你还会是我最爱的侄女。"

他当然也是我最爱而且唯一的叔叔,尽管在他下面还有一个弟弟,但在我出生之前我的父亲就和他断绝了关系,其中的缘由我至今不知道。劳里和我的父亲伦恩长得很像,只不过爸爸从年轻的时候就开始谢顶。然而他们的性格却大不一样。有一次劳里叔叔告诉我:"伦恩是家里头脑最发达的人,而我属于家里四肢最发达的一个。"劳里叔叔年轻的时候曾在祖父经营的家族事业里做过建筑工人,后来又参了军,所以他的身体的确很棒,但他的头脑却并不简单。在他的妻子琼去世之前,他们一直经营着一家酒吧。两个人都特别乐观,永远都不会有坏脾气,而且很喜欢招待客人。

我爸爸的脾气也很好,而且为人十分慷慨,但他没有劳里叔叔那样外向。他时常很严肃,有很强的责任感,也很自律,喜欢强调纪律与规矩的重要性。尽管他是一个意志坚强而且坦率的人,但是我明白,他的控制欲和对权威的迷信与忠诚其实是源自某种恐惧。

"我记得你出生那一天,"劳里在餐桌上回忆道,

"1942年的2月,我接到伦恩电报的时候还在沙漠里。我亲爱的老伦恩,我现在依然很思念他。"他谈起"二战"、敦刻尔克大撤退还有沙漠战争①。"可怜的伦恩,他不在服兵役的名单上,这个坎他从来没有真正地跨过去。他一直很难接受这一点。"

这句话让我感到意外,因为记忆中的爸爸从来没在家里表露过关于这件事的任何不快。我知道他免于征兵后去了军需部工作,而且被迫留在了那里。他负责为军需工厂的食堂配送食物和用具。除此之外,他还志愿参加了警察局的治安工作,以另一种方式为国效力。我向劳里谈起这个,他给了我一个意味深长、有点让我不解的表情。

"这不对吗?"我问道。

他在椅子里不自然地挪了挪。"对的……噢,不对。我想现在告诉你也没什么了。那是一份很重要的工作,真正免于征兵的人是不会被分配到那里的。这不是他没能服兵役的原因,原因是……"他停了下来。

他告诉我,一切都要从伦恩年轻时支持奥斯瓦德·莫斯利说起。莫斯利曾经当过保守党议员,后来成了无党派人士,在议会缺席了许多年。后来他加入

---

① 沙漠战争(The Desert War),又称西部沙漠战役(Western Desert Campaign),是"二战"北非战场的最初阶段。——译者注

了工党,而且于 1926 年在斯梅西克获得了地方议员的席位。1929 年,莫斯利加入了费边社,那一年工党赢得大选的时候,他负责解决就业问题。

"在那之后不久,伦恩就参与其中了,"劳里说,"他当时只有 18 岁吧,可能是 19 岁。莫斯利非常擅长演说,他通过演讲赢得了许多人的支持。我觉得他应该是一个很有感召力的人。"

莫斯利实行了所谓的"莫斯利备忘录",这项计划旨在实行工厂国有化,对一些工厂实行高税率以保护其他企业,同时还包括一项解决就业的大型公共项目。

"伦恩对他很着迷,他参加了一些集会,还为他发过宣传单,"劳里说,"他觉得莫斯利可以解决一切问题。"

但是莫斯利很快就对工党失望了,后来索性辞去了部长的职位。1931 年他在大选中丧失了席位,同时也不再担任由他所创办的新党的领导人。随后他去欧洲考察学习,在一次与墨索里尼的会面之后他回到了祖国,这时的他已经对法西斯主义深信不疑。

"过了很久伦恩才意识到是怎么回事,"劳里说,"但不管怎么说,等到莫斯利成立黑衫党和英国法西斯联盟的时候,他已经看清了他的面目,但他始终对自己之前的狂热感到有些难为情。当他去报名参军的时候,部队已经不肯接受他了。你看,他们把他当成了危险分子。他不能报效国家，这让他伤透了心。他是一个……是一个非常爱国的人，而且他很看重报效国家这一点。整个事情的确很可怕；他当时只是一个年轻人，而且他21岁之前就已经不参加了。所以参军失败之后他自告奋勇地报名参加了志愿巡逻队。"

劳里告诉我，即便到那时爸爸也没有放弃。不列颠之战的时候他再次尝试申请参军，1943年初又试了一次，可惜都以失败告终。"他心里始终有个疙瘩。他从来不说，但我想在那以后，他感觉自己像个嫌疑犯。主要是他自己感到很耻辱，所以从来也没向你提起过。"

我们面对面坐着，两人的眼中都噙满了泪水。

"我希望你听了以后不会觉得爸爸不再伟大了。可能我不该告诉你。他真的对国王和国家都极其忠诚，很有责任感……我知道这件事对他打击很大。"

当天夜里，我在克里斯和克丽丝汀家的客房里把和叔叔的对话记录了下来，我反复思忖之前知道的和现在了解的有关父亲的一切。我曾经无数次猜测过为什么父亲这样一个遵纪守法、一本正经的人会如此害怕受到当权者的排挤。现在我终于找到了那块缺失的拼图。

劳里向我解释，我的爸爸极力克服这件事带来的羞耻感，然而恰恰相反的是，他们的弟弟，也是祖母最宠爱的小儿子——唐——却寻找各种借口来逃避征兵，尤其是以宗教信仰为由拒绝服兵役。祖母是当地浸礼会的一名虔诚的信徒，于是想方设法在这方面支持他，尽管唐从13岁后就从没踏进过教堂一步，他自己也根本谈不上虔诚，反而经常因为信仰问题嘲讽他的母亲。伦恩、劳里和祖父都对此表示厌恶，这在家庭成员中产生了严重的分歧，它造成的伤痛永远也没有愈合。最终唐失败了，他放弃了对抗，加入了海军。爸爸永远也没有原谅他的小弟弟，因为他试图逃避服兵役。他也因此和自己的母亲心生罅隙，因为她曾帮着他逃避。现在几十年的兄弟疏远终于真相大白，同时这也解释了我父亲和祖母之间的紧张和对立的关系。

我带了一捆家庭旧照片来和伊恩与克里斯分享，其中有两张我父母在1939年9月的结婚照片，"二战"就是在9月爆发的。照片里，我的父母站在屋子的一角，墙上镶着装饰用的木板，这是伦敦东区的一个结婚登记所。我母亲穿着套装，下面是一条窄裙，头上有一顶大大的宽边帽，帽子下面露出了她的大波浪卷发。她坐在一个罩着布的方凳子上，旁边放着一个小小的临时桌。我想，她坐着而不是站着，大概是因为她比我父亲要高出四英寸的缘故。她舞蹈家的修长双腿优雅地在脚踝处交叉着，脸上露出一丝淡淡的微笑。桌子的另一旁站着我的父亲，他的身体微微靠向我的母亲，手搭在一摞书上。他穿着一身临时警察的制服,英俊的脸上因为严肃而没有一丝微笑。另一张相似的照片中,他仍穿着这身制服,只是制服帽子被换成了一顶锡头盔。我父亲一直对衣着体面十分讲究。他还有一些照片也是在这个时期照的。照片里他要么是一身纯白的燕尾服,打着白领带,要么是黑色的晚礼服配黑色领带,还有穿着灯笼裤或者粗花呢套装的照片,抑或是身着一件轧别丁雨衣①,腰上还束着一根皮带,头上戴一顶软毡帽。我以前一直搞不明白为什么他拍婚纱照时偏偏要穿着这身警察制服。现在我明白了。大多数在战争年代结婚的男人都会在登记那天骄傲地穿上军装。我想,爸爸是想给未来挽回面子才穿了自己仅有的一套类似军装的制服。我越看这些照片,越觉得他真的像劳里叔叔说的那样,是一个心灵受到过重大挫折的男人。一切都说得通了,然而我却感到如此伤心,因为我多想在今天告诉他,我是多么爱他,而且在知道了这一切以后我的爱丝毫不会改变,但这一切来得却是那么迟。

*

"那么,你找到想要的答案了吗?"伊芙琳问我。拜

---

① 轧别丁雨衣(gabardine raincoat):轧别丁又称华达呢,是一种防水布料,通常用来制作外套。——译者注

访劳里叔叔一家之后的那天晚上,我又去了她家和她再次道别。"从'小白鼠'身上你找到答案了吗?"她这样问道。

"我想我找到了,但也不确定。我需要先搞清楚这一切的意义才能知道。"

她给了我一个白眼。"你们这些作家,从来都不会从正面回答问题。只要有故事就肯定会有意义呀。"

"但的确有许多作家在坚持不懈地找寻故事的意义,不是吗?"我问她。然后她笑了,将一条茶巾扔给我。

"我是说,你至少知道书里要写些什么吧?"她过了一会儿问我。

我勉强答道:"也许吧。"但我真正想说的是我其实毫无头绪。尽管收集了这么多的材料,我却感到越来越困惑。我在许多观点之间摇摆不定。

"我是说,你说的意义到底有什么意义,"她继续说,"不能只把发生在他们身上的事情记录下来吗?"

我深深地吸了一口气,开始向她讲述故事和意义之间的关系。我说,不仅是对于作家来说,其实我们都会从回忆中挖掘意义,而回忆本身就是由一个个故事拼凑起来的;通过将回忆以故事的形式书写出来,我们其实是在重新塑造那个特定时空中的自己。这是我们理解历史和保存记忆的方式。

"关于你爸爸,"她说,"那真是一个悲伤的故事。我的确有点怕他,但他和你妈妈从来没有给过我任何的距离感,你家和我家之间的距离,你懂我的意思吗?我是说阶级和经济地位上的差异。你的父母总是会给我很多关注,但我在自己家里却感受不到这些。"然后和上次在珀斯时一样,她又对我说了同样的话。那是我们四十年杳无音信之后的第一次见面。她根本没想到我会通过"老友重逢"给她发邮件。很多年以前她就开始回避和童年有关的任何回忆,不愿再想起那个贫困而且被虐待的可怕的童年。但我的出现让她想起了那些纯粹的快乐时光。"和你的友谊是我童年里仅有的阳光,"她这次告诉我说,"后来,时隔四十年你又找到了我,现在你又站在这儿,这些都证明了你自始至终都把我放在心里。这就是你所说的意义吧?"

我们接着又聊了聊过去的时光,聊到我们的父母和学生时代。

"我从中还意识到了另一点,"我说,"我明白了自己为什么会这么在意守规矩这件事了——我很容易焦虑,害怕出错,还担心出错以后一切都要怪到我的头上。"

"嗯。你小的时候的确很讨厌,总是害怕惹麻烦。我不论干什么事都会招来麻烦,所以我并不是很在乎。但你长大了以后却不愿意继续当一个好女孩了,不是吗?"

"是不太愿意了,"我说,"但一旦做了出格的事,我还是会很容易内疚和焦虑。还有我会很紧张,生怕被别人发现了以后要承担严重的后果。"

"那你有没有——被发现过?"

"并没有,"我笑道,"基本上没人发现。"

"好吧,"伊芙琳说着开始整理洗碗机里的餐具,"或许等你离开这儿以后就会找到答案。'小白鼠'、'二战'、你爸爸,还有其他所有的事情。回家以后再作整理吧。"

"或许吧,"我说,"希望如此。但现在它就像一个巨大的黑洞一样。"

"如果还是没结果呢?"

我耸耸肩,把工作台上的碎屑扫了下去。"那我就只能等下去了,直到可以整理出头绪为止。"

"但可能好久都理不出来。"

"对,有这个可能。"我说话的时候全无底气。要是我永远都理不出头绪呢?

*

两天以后我叫了一辆出租车,前往盖特维克机场。车窗外是萨塞克斯冬季的乡村景致,但一切都在暴雨中湿漉漉的,交通也因此变得异常缓慢。前一天晚上我辗转难眠,心里有说不出的悲伤和不舍。这感情强烈得有些不合理，而我只不过是离开英格兰回到澳大利亚的家而已；再说我将来随时都可以再回来，而且我肯定会的。我难平的心绪来自一种无以挽回的失落感。我所眷恋的故乡已然成了他乡，然而不仅仅是这个，还有一些我说不清道不明的东西已经成为陈迹，而我很清楚，它再也找不回来了。

三十多个小时以后，我坐上了另一辆出租车。在飞机上睡眠不足，然后又一下子被扔到西澳大利亚夏日里灿烂的阳光下——这巨大的反差一瞬间让我想起当年刚刚搬到这里时的情景，我和当时一样感到很不舒服。回想起那个时候，再对比今天丝毫不减的不适感，我意识到这两个地方——英国和澳大利亚——其实在很多方面都有着天壤之别。而且除了一些显而易见的差别之外，还有一些细微处也是迥然不同。刚回家的几天里我一边倒时差，一边努力从过去六个月的经历中抽离出来，恢复回原来的自己。那些我抛出的问题现在等待着我自己去解答：当时是什么样的——结果怎么样——他们和你谈过吗——你找到任何护士了吗——这几个月以来在英国的感觉如何——你找到把你吓得摔下楼梯的那个人了吗——这件事你在书里写下来了吗？你看上去有点怪，所以真的没事吗？有点怪——就是这个词——怪在不合时宜、怪在离乡背井。我很高兴回到这里的家，但同时又因为离开那里的家而难过，更难过的是我失去了一些我自己都难以名状的东西。

圣诞节的前一周我收到了西蒙和苏西寄来的圣诞贺卡，还有一份 12 月 2 日出版的《星期日泰晤士杂志》，里面用全彩色页面刊登了小白鼠的照片和他们的故事，还有艾·安·吉尔写的一篇文章，其中记录了他参加最后的团聚晚宴时的见闻。"对于东格林斯特德镇上的伤员来说，性和女性的诱惑在他们康复的过程中扮演了重要的角色，"吉尔写道，"甚至有人直言不讳地指出，在医院里随便打开一间碗橱都会发现一个缠满绷带的飞行员和一个一丝不挂的女护士从里面慌张地跑出来。"[84]

我想象着乔伊斯、爱丽丝、格拉迪斯和其他人读到这篇报道时会是什么心情，她们会不会感到自己的职业精神和个人奋斗被简简单单地一笔带过了，而她们自己的个人经历却遭到了粗鄙的误解。我合上杂志，把它扔进了文件箱，同时默默盘算要以怎样的方式把我所知道的一切都写出来。

连点成线

圣诞节来了又去,然后我们迎来了新的一年——2008年。在我离开英国之前,我已经把几大包书、影印的文献、照片和其他资料寄回了澳洲的家,现在包裹终于寄到了。我打开包裹,将各种资料分门别类整理,之后又重新归类了好几次,才终于把它们放入文件箱。我给所有的资料都贴上标签,然后把它们堆在了写字台底下。放在最上面的是有关护士的资料,因为接下来的几个月里我要为一家学术期刊写一篇有关护士的文章。这是我到目前为止的第一份研究成果,同时我也要把它提交给学校,当作第一阶段的研究报告。这篇文章写好以后,我终于整理好了最后一箱文件,之后所有的文件箱都被我堆到了桌子下面。

"进展得怎么样?"伊芙琳打电话问我,这时已是年中,"你应该快写完了吧。"

我很庆幸这只是语音聊天而不是视频,所以她看不到我因为发窘而涨红的脸。"写得很慢,"我撒谎了,事实上我压根就没开始写,"是需要花一些时间的。"

"但你在英国已经做了这么多的前期工作了,你有那么多采访和研究的记录,而且你花了好多天坐在电脑前把它们都转录了出来。我以为你需要做的只是把它们写出来而已。"

然后我开始试着向她解释我迟迟不肯动笔的纠结所在:我一直没有想好该如何去写这本书,我不知道应该搭一个怎样的框架。我想把"小白鼠"的故事、护士的故事、小镇的故事和我自己的故事结合在一起来写,因为我知道这些故事之间是有些联系的,虽然我并不知道这些联系是什么,而且我也不知道我为什么要做这件事,以及它对我的意义在哪里。

我说完以后,电话那端的伊芙琳没有说话,她用沉默表示对我的否定。然后她岔开了话题,我们就又聊了些别的。这次对话过了很久以后,尽管我还是会做一些被乱石压住的奇怪的噩梦,却再也没有梦到过"小白鼠"了。有些事情已经和以往不同了,尽管我并不知道它具体是什么。

写字台下,文件箱静静地躺在那里,而我的负罪感却因为它的存在与日俱增。最终,我告诉自己,我需要的只是多一些自律。于是我把这些纸箱子装上汽车,把它们运到办公室里。我向自己保证每周都至少要花一天时间来写书。我要执行严格的时间安排,当天的工作如果完不成就不能离开办公室,这样很快它就会成为我的习惯。然后,我就可以趁热打铁,将每周至少一天的工作量加到两天。我相信,很快我的进度就可以大踏步地前进了。

然而六个月以后——这时距离我回到家已经一年了——我仍没有打开那些箱子。我一句话也没有写,更别说一章了。越是不写,我的拖延症就越严重。

对于任何写作者来说,我们用来拖延写作、迟迟不肯开工的借口和原因往往都非常相似。但我以前从来都不相信文思枯竭这一套。在过去的几十年间,我的工作是自由撰稿人,所以如果我不写就没有收入。抚养孩子会给人很大的动力,而且不管怎么说我现在基本上每天都在写作,一天要写几个小时,包括周末都在写——只不过写的都是其他东西。的确,我的手边总是有其他的东西要写。我的朋友不再向我询问书的进度了,他们大概也忘了有这回事,但我的同事们还记得。书写得怎么样了?还好吗?我学会了用一种新的方式来回应他们,一种受折磨的艺术家的表情。"现在还没时间写,"我会摇摇头,用一种凄凉的语气告诉他们,"因为还有其他的工作。"他们会点点头,表示理解。接着我们会互相倾吐工作上的压力:更多行政上的要求、新的软件系统要及时掌握、不切实际的记录要求还有永无止境的教学任务。任何人都会同情我们的。但是我敢肯定,伊芙琳并不会买账。

"瞎扯,"她说道,这次我又回到英国来看我的孙子和孙女们,"腾出时间写就是了。"然而又一年过去了,这一年中我还两次回到英国并且找到了更多的资料,但依然没有奏效。直到一天晚上我坐在床上读弗·斯科特·菲茨杰拉德的短篇小说,其中有一段描写让我屏住了呼吸,于是我又反复地读了好几遍。

> 他不是没有想到,可是他已经无心顾及了。因为他的心已经不在了,再也回不来了。门已经关上了,太阳也已经下山了,彩霞早已敛尽,只留下了那亘古不变的钢一般灰色的天穹。他即便有过什么辛酸,也都留在那幻想的世界里了,留在那青春的世界里了,留在那生活丰富多彩、引得他大做其冬天之梦的世界里了。[①][85]

我关掉台灯,在黑漆漆的夜里躺下。终于,我明白了这一切都有关一种失去的纯真:"小白鼠"的故事、护士的故事、小镇的故事和我对于童年时代故乡的念念不忘——每一个故事都是一个失去纯真的故事。为什么我花了这么长时间才明白呢?

---

① 参考姜向明、文光、蔡慧译本,《那些忧伤的年轻人》,上海:上海译文出版社,2011年版。——译者注

一个月以后，我只写了三章粗糙的文字，但我至少开始动笔了。过了不久我向一位出版商谈起这本书，她的热情给了我更多的动力。于是我打开了那些箱子，里面的文件堆满了我办公室里的书桌和茶几。我心中大概有了一个框架和写作顺序。2012年11月，我准备在圣诞节前再去英国拜访数周。走之前我最后看了一眼那堆五花八门的资料，然后锁上了办公室的门。

去英国的飞机和往常一样简直要了我的命。到达的时候我不光有时差反应，还感到不舒服，头疼欲裂并且咳嗽不止。但是英格兰的冬天也可以很美丽：天气晴朗，空气清新，街道和公园都裹上了一层厚厚的银霜，而且一整天都不化。但在抵达后的第一周里，我的咳嗽一直不断。一天夜里，学校的办公室物业突然给我打了一个电话，把我从睡梦中吵醒。

"现在英国是凌晨两点。"我咕哝着。

"对不起，不知道您出国了。只想告诉您昨天下的暴雨引起了房顶漏水，您的办公室被淹了。"

我挣扎着坐起来，胃里一阵恶心。"有什么被淹了吗？"

"一些书、一些文件还有……"

"我书桌和茶几上的文件呢？"

"很糟糕，"他说，"都湿透了，还有一些泡在水里。"

我一头埋进枕头里,心沉到了绝望的谷底。那一夜的后半段我一直在担心,到底是哪些文件没法再用了。接下来的几周一直是寒冷阴郁的天气,我的心情也是如此。我想,我坚持了五年的远距离"恋爱"竟然以最残忍的方式走到了尽头。我在这段历史里寄托了深厚的感情,在它背后是我这一代还有老一代的人对于战后岁月、英式幽默和左翼政治的文化认同。这份深情仿佛也印证了我自己关于岁月的纠结:一方面我想要牢牢抓住过去,另一方面我又需要面向未来。路上的霜冻开始融化,变成了大大小小的水坑,接着又是接连不断的雨天。我咳嗽的毛病又开始加重了,我感到身体每况愈下,仿佛一天比一天更凄凉。所以终于挨到回家的那一天,我感到如释重负。

谢天谢地,终于回到了珀斯。我发现有一些资料在同事们的奋力抢救下保留了下来,尽管还是有一些成了一团模糊的纸浆,那些被水打湿的模糊字迹在短期内难以辨认。又一次,圣诞节来了又去,新的一年开始了,我也回到了工作当中,但我依然不停地咳嗽,整个人都感到疲惫不堪。遛狗的时候我很难从路的尽头再走回去。我把身体变差的原因归结为年迈和绝望,接下来我能做的只有不断地自我激励。我身上唯一可以正常工作的好像就剩下大脑了。我告诉自己,等天气好一些我就会好起来。然而我并没有很快好起来。

出于某些原因,我没有好起来,但是我也没有去看医生。5月中旬的时候我的身体状况突然极度恶化了。

我的噩梦突然间成了现实:我感到呼吸困难,在喘息和呻吟中度过了一个漫长又可怕的夜晚。我浑身出满虚汗,感觉自己就像是一幢摇摇欲坠的老房子;我必须强迫自己保持清醒,因为一旦闭上眼睛就会墙倒屋塌,而我会消失不见,被闷在一堆砾石下面。

是肺炎,还有其他难以确诊的病症。检查反反复复折腾了好久。一个星期以后,最后的检查结果出来了,我得知自己受到了军团菌病毒的感染,有可能在几个月以前就已经感染上了,而且很有可能是在去伦敦的飞机上被传染上的。确诊之后就不用担心了,抗生素可以完全治好它。但我的大脑已经罢工了,连着好几个星期我的脑子里都是一团浆糊,更别提写作了。我只能看一些最无脑的电视节目和黑白片《福尔赛世家》,还有《楼上楼下》。简直难以置信,我花了好长一段时间才恢复正常。

几个月以后,我的身体虽然还在恢复,但我已经可以继续写作了。我开始竭力寻找完成这本书的方法。在写书之余,我意识到我的七十岁生日即将到来,于是下定决心去弄清楚自己到底在害怕什么。我受够了那些噩梦,受够了对噪声的极度敏感。看到楼房倒塌的新闻时我都会心跳加速,因为一想到有人被埋在瓦砾之下我就会感到极度恐惧,仿佛能感受到噩梦中的可怕的窒息感。在我内心深处隐约有个什么东西总是在惊恐地保持警戒。我的身体经常是僵硬的,而且我会小题大做,认为一些小小的失误就会招来可怕的后果——我怕失去亲人、失去家园、失去自由,怕因为犯错而一瞬间失去一切。这根本毫无道理,我厌倦了这样的生活。

"这并不是恐惧感(fear),"我的心理治疗师说,"恐惧总是有由来、有根源的。游泳的时候看到一条鲨鱼——这是一种恐惧,它背后有一定的逻辑。你所说的恐惧感并没有明显的由来。这是一种恐惧症(phobia)。"

我自己也没想到,我竟然开始和他聊起了"小白鼠"。我告诉他我以前是深深地害怕他们的,但现在我不会了。"如果我不知道这种恐惧症从何而来,那我该如何克服它呢?"我问。

"但显然这就是它的来源啊,"他说,"战争就是恐惧的来源。"

"可是我当时还只是个婴孩啊。战争在我不到两岁的时候就结束了。我对战争没有任何印象。我什么都不记得啊。"

"这是一种不自觉的恐惧,和你的意识无关,"他说,"但你的潜意识是记得这些的。这些记忆在你出生之前还在娘胎里的时候就已经存在了。你的母亲——她在怀孕阶段时常处于恐惧的状态下——你提到了伦敦的空袭,还有她经常把你藏在地沟里……"

突然一切都豁然开朗了。我不敢相信自己活了大半辈子,却一直都没有意识到这一点。

"很多对战争没有外显记忆的人在潜意识里都有一些挥之不去的恐惧。坦率地说,这的确是需要我们去研究的。"我闭上眼听他讲话,我听见他说到了放手的概念。

让我意外的是,这一次我很快就摆脱了恐惧,直到过了很久它才再次出现。但它消失了,也带走了我肢体上的紧张感。我能想象伊芙琳会说什么。我仿佛能看到她深吸一口气然后摇摇头,从厨房这头走到那头,往烧水壶里灌满水。"所以照你说的,这可能也是其中的意义咯。你为什么总要把事情搞得这么复杂啊?"然后我开始放声大笑,直到笑声变成了泪水,因为她再也听不到我的回答了。伊芙琳走了。连接我纯真岁月的最后一节锁链,在两年以前断掉了。我知道她一直都患有癌症,但是病情急转直下,两天之内就带走了她。"我要说,"我能听到她告诉我说,"我从来就不吃这一套。"

解决之道

珀斯,2014 年 7 月

在我书桌上方挂着一张 1991 年的纪念证书,上面写着纪念小白鼠俱乐部成立五十周年。证书上有菲利普亲王和当时的俱乐部会长汤姆·格里夫的亲笔签名。七年前,俱乐部秘书杰克·佩里将这张复制品赠给了我。书房的另一面墙上挂着一张黑白照片,是东格林斯特德在 1947 年的街景。正是在那一年我的父母从伦敦搬到了这座小镇附近。在我卧室的梳妆台上放着我父母的那张局促不安的结婚照,另外还有一张他们在澳大利亚的相片,那时他们都刚过八十岁。照片里他们正笑着,脸却没有面向镜头,而是对着一位广播电台的记者。这位记者在购物中心拦住了我的父母,想要采访一些民众舆论。我父亲咧开了嘴,但他的笑容看上去不是很自然,我的母亲看上去似乎更为放松一些。现在当我再看这张照片时,眼前是一个内心受到过打击的男人和一位试图弥补他心灵创伤的女人。在我的厨房里,冰箱上贴着一张伊芙琳和我在

2004年的合影，记录了我们相隔几十年后再次相见时的情景。贴住照片的冰箱贴是法国艺术家路易丝·布尔乔亚的名言——"艺术是理智的担保"，这句话放在这里似乎恰如其分，因为我正要将这些零散的故事归到一处，尽管我知道如果伊芙琳看到它只会翻个白眼，然后给我们一人倒上一杯酒，就像她那天的反应一样。那一天，我问她小的时候是不是也很害怕"小白鼠"。

"我不怕，我的意思是他们看上去的确有点吓人，但我不害怕他们。我从来没做过你那样的梦。但那场战争——它无处不在；即使战争已经结束了，它的影响依然延续到了20世纪50年代；人们总是在谈论它造成的破坏。当我们还是孩子的时候，它就像一团巨大的乌云笼罩在我们头顶。它深深地影响到了我们每一个人。"

她说完以后我没有作出回应，因为这和我的记忆完全不一样。我的童年是无忧无虑的，父母给了我非常优越的生活条件。在童年时代，没有人会提起那场战争。相反，我的家、附近的镇子、咖啡馆里女人的窃窃私语、珀金斯小姐在芭蕾舞房里用手杖轻轻打着节拍、修女们卷起长袍教我们滑冰——这些才是我的童年回忆。"别在孩子面前……"[①]如果有人谈起这个话

---

① 原文为法语，"*Pas devant…*"。——译者注

题,我的母亲就会小声说道,然后焦虑地看我一眼。我相信她是在保护我;但我现在知道了,可能她同时也是在保护我的父亲。对我来说,唯一的黑暗就是那些公交车站,那些面孔,还有在布莱克威尔谷地潜伏的黑影,是那些"小白鼠"而已;我多希望爸爸或者沃尔博特修女可以举报他们,把他们送走,这样我童年的阴影就可以消除了。

我终究没有找到那晚站在我家楼梯上的那个人,现在我怀疑他是不是真的存在过。我的确从楼梯上摔下来了,还被送进了医院,但那真的是一位"小白鼠"吗?还是从我梦魇中走出来的一个人?

写到这里,之前因为拖延而产生的不安烟消云散了。这些故事其实是一个故事。讲故事的人有自己的目的,而它却带来了更多的意义,发人深省的意义。距离我出发去寻找阿奇博尔德·麦克因多尔的"小白鼠"还有他们的护士已经过去七年了,但我却花了将近七十年才明白,原来战争早已在我的生命中留下烙印。原来,在我出生以前,战争的影响就已经成了我生命中的一部分。

参考文献

回忆

1. 《东格林斯特德观察家报》,1913年7月27日,引自弗兰西斯·奥斯本,《脱缰的马》,伦敦:阿谢特出版社,2008年版,第43页。

开始

2. 莱昂纳德·莫斯里,《浴火重生的容颜:阿奇博尔德·麦克因多尔爵士传记》,伦敦:威登菲尔德与尼克尔森出版社,1962年版,第80页。
3. 如上。
4. 休·麦克里夫,《整形外科医师:麦克因多尔》,伦敦:弗雷德里克穆勒出版社,1961年版,第71页。
5. E. J. 丹尼森,《乡村医院成长记:东格林斯特德维多利亚女王医院的故事》,伦敦:安东尼布朗德出版社,1963年版,第82页。
6. 莫斯里,如上文献,第46页。
7. 如上,第51页。
8. 如上,第46页。
9. 如上,第47—48页。
10. 如上,第71页。
11. 艾米丽·R. 梅休,《勇士的重建:阿奇博尔德·麦克因多尔、皇家空军和小白鼠俱乐部》,伦敦:格林希尔图书,

2004年版,第17页。
12. 如上,第34页。

备战

13. 艾·亚·米尔恩,《小熊维尼盖房子》,伦敦:梅休因出版社,1928年版,第122页。
14. 莫斯里,如上文献,第82页。

烧伤问题

15. 梅休,如上文献,第58页。
16. 安吉拉·福克斯,《谜样福克斯》,伦敦:丰塔纳出版社,1986年版,第82页。
17. 梅休,如上文献,第44页。
18. 如上,第58页。

"小白鼠"和他们的俱乐部

19. 马丁·弗朗西斯,《飞行者:英国文化与1939年至1945年间的皇家空军》,牛津:牛津大学出版社,2011年版,第15页。
20. 如上,第18—21页。
21. 温斯顿·丘吉尔,下议院讲话,威斯敏斯特,1940年8月20日,churchill-society-london.org.uk/thefew.html。
22. 塞巴斯蒂安·福克斯,《致命的英国人:三个短暂的生命》,伦敦:哈奇森出版社,1996年版,第129页。
23. 爱德华·毕肖普,《麦克因多尔的军队:小白鼠俱乐部和它不屈不挠的成员的故事》,伦敦:格鲁布大街出版社,2001年版,第1—5页。
24. 杰弗里·佩奇,《火中击落:一名"二战"飞行员的幸存故事》,伦敦:格鲁布大街出版社,1999年版,第112—113页。
25. 梅休,如上文献,第18页。

恐惧与沉默

26. 乔安娜·伯克,《撕裂的男性:男性身体、不列颠和第一次世界大战》,伦敦:雷亚克讯出版社,1996年版,第175页。
27. 保罗·福塞尔,《第二次世界大战中的人类心理和行为》,牛津:牛津大学出版社,1990年版,第96—101页。
28. 弗朗西斯,如上文献,第112—113页。
29. 塞巴斯蒂安·容格,《为什么老兵怀念战争》,2014年1月,ted.com/talks/sebastian_junger_why_veterans_miss_war。
30. 如上。
31. 弗朗西斯,如上文献,第121页。
32. 理查德·希拉瑞,《最后的敌人:一名喷火式飞行员的回忆录》,伦敦:麦克米兰出版社,1943年版,第52—53页。
33. 詹姆斯·迪基,《轰炸的燃烧弹》,引自《詹姆斯·迪基诗选》,印第安纳波利斯:卫理公会出版社,1998年版,第74页。
34. 弗朗西斯,如上文献,第113页。

三号病房的生活

35. 莫斯里,如上文献,第80页。
36. 玛格丽特·查德,《战时整形手术,第一部分》,《第二次世界大战:人民的战争》系列,英国广播公司,bbc.co.uk/ww2peopleswar/stories/45a2423954.shtml。
37. 玛格丽特·查德,《战时整形手术,第二部分》,《第二次世界大战:人民的战争》系列,英国广播公司,bbc.co.uk/ww2peopleswar/stories/89/a2424089.shtml。
38. 莫斯里,如上文献,第84页。
39. 如上,第97页。
40. M.莫里斯,帝国战争博物馆文献,(Misc 186)80/38/1。
41. 梅休,如上文献,第97页。

为战争做好分内的事

42. 佩妮·萨摩菲尔德,《重构战争年代的女性生活:"二战"时期口述历史中的话语与主观性》,曼彻斯特:曼彻斯特大学出版社,1998年版,第116—117页。
43. 理查德·莫·蒂特马斯,《战争与社会政策》,选自《福利国家研究文选》,伦敦:乔治艾伦与尤恩出版社,1958年版,第88页。
44. 詹姆斯·欣顿,《九个战时的生命:民意调查和塑造现代自我》,牛津:牛津大学出版社,2010年版,第12页。
45. 佩妮·萨摩菲尔德,妮可·克罗凯特,《"从焊接这里学不到什么":"二战"时期的性教育》,载《妇女历史评论》,1(3),第435—454页。
46. 欣顿,如上文献,第7页。

驻足深思

47. 罗斯·麦基宾,《阶级与文化:1918至1951年的英格兰》,牛津:牛津大学出版社,1998年版,第307页。

东格林斯特德的老大

48. 吉姆·菲茨杰拉德,邮件,2012年9月15日。
49. 莫斯里,如上文献,第166—167页。
50. 梅休,如上文献,第75页。
51. 塞巴斯蒂安·福克斯,如上文献,第147页。
52. 莫斯里,如上文献,第114页。
53. 贾尔斯·怀特尔,《"二战"期间驾驶喷火式战斗机的女飞行员》,伦敦:哈珀出版社,2007年版。
54. 玛格丽特·查德,《战时整形手术,第三部分》,《第二次世界大战:人民的战争》系列,英国广播公司,bbc. co. uk/ww2peopleswar/stories/24/a2424124. shtml。
55. 梅休,如上文献,第125页。
56. 玛格丽特·查德,《战时整形手术,第二部分》,如上文献。

57. 麦克里夫,如上文献,第119页。
58. 佩奇,如上文献,第114页。
59. 麦克里夫,如上文献,第144页。
60. 莫斯里,如上文献,第192页。
61. 麦克里夫,如上文献,第181页。
62. 莫斯里,如上文献,第222页。
63. 如上,第226页。

局外人
64. 福塞尔,如上文献,第109页。

摘掉面具
65. 刘易斯·卡罗尔,《爱丽丝镜中奇遇记》,伦敦:班塔姆出版社,1984年版,第212页。
66. 佩奇,如上文献,第86—88页。
67. 威廉·辛普森,《我烧掉了手指》,伦敦:帕特南出版社,1955年版,第31页。
68. 如上,第33页。

情感劳动和战时工作
69. 桑亚·O.鲁斯,《哪些人民的战争？英国"二战"时期的国家认同和公民身份》,牛津:牛津大学出版社,2003年版,第32页。
70. 阿莉·拉塞尔·霍赫希尔德,《心的控制:人类情绪的商业化》,加利福尼亚:加州大学出版社,1983年版,第5页。
71. 如上,第38页。
72. 如上,第38—39页。
73. 莎伦·博尔顿,《有谁在乎？护理职业中无偿的情感工作》,载《高级护理学报》,32(3),第580—586页。
74. 帕特里夏·刘易斯,《压抑还是表达:特护婴儿病房中的情感管理探究》,载《工作、就业和社会》,19(3),第565—

581页。
75. 霍赫希尔德,如上文献,第29页。

回归工作

76. 拉塞尔·戴维斯,《阿奇博尔德:他的时代、社会和医院》,载《英国皇家外科医学院年报》,59(5),第359—367页。
77. 大卫·罗斯,《理查德·希拉瑞:不列颠之战的飞行员和〈最后的敌人〉的作者——一部写实的传记》,伦敦:格鲁布大街出版社,2003年版,第212页。
78. 如上。
79. 如上,第330页。
80. 莫斯里,如上文献,第162页。
81. 阿奇博尔德·麦克因多尔,《大师赠言》,载《小白鼠》。

不会盯着你看的小镇

82. 《不会盯着你看的小镇》,载《读者文摘》。
83. 毕肖普,如上文献,第137页。

再见

84. 艾·安·吉尔,《最后留下的几个人》,载《星期天泰晤士杂志》,第68—76页。

连点成线

85. 弗·斯科特·菲茨杰拉德,《冬天之梦》,引自《那些忧伤的年轻人》,纽约:斯克利布纳出版社,1926年版,第17页。

致　谢

第一章的部分内容已发表在《沙子中的印记：西澳大利亚新写作》文集中，标题为"并不在那儿的人"，由西澳作家中心于 2008 年出版。第四章和第十八章的部分内容已发表在《女性历史评论》第 3 期，总第 21 卷，标题为"战时劳动中的情感劳动：与麦克因多尔的小白鼠亲密无间的女性"，第 341—361 页。

我要感谢科廷大学人文学院为我 2007 年的第一次英国研究之旅提供了访问机会和访问经费。

从开始这项研究计划到完成这本书，有许许多多的人曾给予我各种各样的帮助、支持和鼓励。没有他们，我不可能完成这本书。我要感谢以下几位，他们在这趟旅行之前就给了我很大的帮助：

帝国理工学院的艾米丽·梅休博士向我提供了许多重要的信息。我们曾在 2007 年 8 月 8 日和 10 月 25 日见面，她对我的计划表示极大的鼓励和支持。从她那里，我得到了一些相关人士的联系方式。梅休博士不仅提出了宝贵的建议，还向我讲述了当时的时代背景。除了当面会谈,她还在邮件里回答了我的许多问题。这本书仰赖她的许多建议,而且她的专著——《勇士的重建:阿奇博尔德·麦克因多尔、皇家空军和小白鼠俱乐部》——也给了我很大的启发。

在我出发之前,东格林斯特德镇议会的新闻官西蒙·克尔帮我联系了住处。之后,又是他帮助我在东格林斯特德重新安顿了下来。在我访问期间,他向我提供了许多信息和相关人员的联系方式。另外,还要谢谢西蒙和他妻子苏西对我的热情招待。

阿奇博尔德·麦克因多尔爵士已故的女儿,瓦诺拉·马尔兰,在我来到英国之前曾经拨冗与我通信。我来到英国以后,她又在富勒姆的家里热情地接待了我两次,分别是在 2007 年 8 月 7 日和 2007 年 11 月 12 日。

很遗憾的是,从我开始这项采访工作以来,那些护士、"小白鼠"、他们的妻子与朋友、当地的老居民和当时医院里的工作人员,他们中有些人已经离开了我们。我对他们和还健在的老人们表示衷心的感谢。感谢他们慷慨地与我分享这些故事。我尤其要感谢曾经护理过"小白鼠"的女性,感谢她们将自己在东格林斯特德的经历讲给我听。对她们中的很多人来说,这是第一次向别人吐露心声,因此这并不是一件容易的事。我希望自己对这些口述材料的呈现是妥当且公允的。当然,我也要感谢"小白鼠"及他们的妻子和伴侣。他们热情地迎接了我,还和我分享了记忆中珍藏的故事。能够和他们面对面,亲耳聆听这些故事,并且用文字记录下来,这是我莫大的荣幸:

我要感谢鲍勃·马钱特的热情接待。他抽出自己的宝贵时间,在维多利亚女王医院里和我有好几次会面,期间向我讲述了很多医院的过去和现状。马钱特还陪我参观了小白鼠博物馆两次,分别是 2007 年 6 月 25 日和 2007 年 11 月 30 日。他给予我很多的帮助,耐心地解答了我的问题,并且在我返回澳洲以后继续在邮件中为我答疑解惑。

我还要感谢杰克·托佩尔在东格林斯特德的菲尔布里奇酒店和我会面、聊天,那一天是 2007 年 7 月 12 日。

感谢比尔·福克斯礼、汤米·布兰登、乔治·霍洛威与雷·布鲁克和我一起在克劳利的刺猬酒吧里喝酒,那一天是 2007 年 7 月 17 日。

感谢莫伊拉·纳尔逊夫人在她牛津的家里热情地接待了我,那一天是 2007 年 7 月 16 日,在那里我们进行了非常愉快的谈话。

感谢乔伊斯*在她坎特伯雷的家里见我并和我聊天,那一天是 2007 年 7 月 21 日。

感谢杰克和玛丽·佩里在阿宾顿镇上的家里接待

了我,并且将珍贵的"小白鼠"影像资料赠与我。那张在我看来尤为重要的小白鼠俱乐部成立纪念证书,也是他们的馈赠。那一天是 2007 年 7 月 18 日。

感谢莫莉·泰勒在她东格林斯特德的家里和我分享了"小白鼠"的回忆,那一天是 2007 年 7 月 19 日。

感谢布里奇特·沃纳在她克罗伊登的家中和我亲切地聊天,那一天是 2007 年 7 月 24 日。

感谢格拉迪斯*在肯辛顿的俱乐部里和我聊天,那一天是 2007 年 8 月 27 日。

感谢南希*在她达特福德的家里和我聊天,那一天是 2007 年 8 月 28 日。

感谢亚瑟*在 2007 年 8 月 31 日来到维多利亚女王医院,和我一起重温了那段历史,并且和我分享他在三号病房里的经历。也感谢他的侄女安吉拉·格林斯莱德。感谢她让我们相遇。

感谢爱丽丝*在 2007 年 10 月 15 日邀请我去她乔利伍德村的家,并向我讲述了她做护士的经历。

感谢艾伦和艾拉·摩根 2007 年 10 月 29 日在他们罗米利的家里热情地接待了我。

感谢德里克·马丁向我讲述小白鼠俱乐部的故事,也感谢他向我讲述他自己的故事。那一天是 2007 年 8 月 21 日,我在他科恩布鲁克的家里采访了他。

感谢贝蒂·帕里什 2007 年 10 月 23 日和我在林菲

德喝咖啡,我们进行了愉快的谈话。

感谢玛格丽特·斯特里汉姆在她凯特汉姆的家里和我会面、聊天,那一天是 2007 年 9 月 6 日。

感谢桑迪·桑德斯在他梅尔顿莫布雷的诊所与我会面、聊天,那一天是 2007 年 10 月 31 日。

感谢简·里昂斯和我在大英博物馆的咖啡厅里的谈话,那一天是 2007 年 10 月 9 日。

感谢西莉亚·休伊特在 2007 年 10 月 25 日邀请我去她伦敦帕丁顿的家里喝下午茶。

感谢迈克尔·莱帕德 2007 年 11 月 9 日在东格林斯特德博物馆的办公室里接受我的采访。

另外,感谢我的房东——马尔科姆和芭芭拉·瓦伦丁的热情招待。访问期间,他们在哈特菲尔德的单人公寓是我温馨的港湾。

我还要感谢一些未曾谋面的人,他们中有"小白鼠"、护士,也有当地居民和参加过"小白鼠舞会"的女性,这里暂不将他们的名字一一列出。通过电话和邮件,他们也向我讲述了许多故事。

许多同事和朋友也曾给予我各种各样的鼓励和支持,我要感谢他们的建议,还有他们一直以来对我的关心:感谢海伦·麦利克博士、科林·布朗教授、蒂姆·多林教授、瑞秋·罗伯森博士、罗恩·布拉伯博士、乔恩·斯特拉顿教授和格拉汉姆·默多克教授。

我感到非常荣幸,能够和弗里曼特尔出版社合作。我要感谢所有为了这本书的成功付梓而努力工作的人。几年前在珀斯作家节上,我和乔治娅·里克特有过一次谈话。我们一边喝茶一边聊着关于这本书的想法。从那天起,这位出版编辑就一直对这本书充满信心,并且相信它会很有意义。如果没有她热忱的鼓励、"锱铢必较"的编辑,还有她对争议性话题的洞察力,这本书几乎不可能是现在的样貌。非常感谢你,乔治娅。我也要感谢克莱夫·纽曼、简·弗雷泽、克莱尔·米勒,以及所有弗里曼特尔出版社的工作人员。

最后,我要感谢我的家人,感谢他们给我的爱、支持和信任。无论我想要做什么,他们总是鼓励我大胆去做。我很幸运能够拥有你们。

莉兹·博斯基

译后记

"小白鼠"最后一次聚会的尾声,老兵们一一握手告别,这是书中十分动人的一幕,也许今后他们不会有再见的机会了。经历过"二战"的人都已是耄耋之年,他们眼前的时光的确不多了。此时此刻,或许书中那些或真名、或匿名的老兵和护士已经逝去,但他们年轻时的磨难、痛苦、勇气和欢笑将被永远地封存在回忆当中。我隔着文字,一点点地与这些老兵和护士熟络起来。时不时地,我会想:在他们的表演接近尾声的时候,那些风华正茂的回忆是否愈发鲜活、生动?时间对于耄耋老人尤为珍贵,却也相当荒诞。荒诞在于,当他们回想起自己的青春岁月时,横亘在今昔之间的那段漫长的时光仿佛不复存在了。回忆就是有这样神奇的力量,能将人一瞬间带回当年。在回忆中,身体的衰老一下子显得不那么悲哀,也没那么可怕了。人一生中最美好的年华都能在回忆中得到永存。

这本书储存了回忆的力量。它不仅像放电影一样,让我们看到了这些老兵和护士们未经岁月打磨的容颜；更借助口述，还原了一段女性的历史。它也许被宏大的战争主题所遮蔽，但却像石缝中的野花一样不甘心枯萎或被遗忘的结局，静静地等待着被发现、被倾听。澳大利亚作家莉兹·博斯基擅长书写回忆，尤其是迈入中年的中产阶级如何在回忆中自处，并且如何通过回忆建立关系。在《坏习惯》(*Bad Behaviour*)中，四位已是中年人的好友得以回顾那个喧嚣的20世纪60年代，还有那时青葱的自己；在《终生难忘的旅行》(*Trip of a Lifetime*)中，政府议员希瑟遭到枪击，她和家人必须适应这个突发事件；同时，他们也不得不直面一些曾经刻意掩藏的人生秘密。博斯基乐于书写中年女性的心路历程与自我成长，而这一主题在当代文坛鲜少有人重视。在《邻家女人》(*The Woman Next Door*)中，她以细腻的笔触描绘了邻里温情，展现了女主人公们自主且自信的退休生活；在《最后机会咖啡厅》(*Last Chance Cafe*)中，作者试图回答这样一个问题：面对衰老，我们需要怎样的勇气？有书评人指出，博斯基想要通过作品告诉读者：对于女性来说，中年并不是人生的分水岭，也不意味着退居二线，尽管在主流文学和通俗文化中，中年女性的重要性和主体性往往会遭到忽视。

《在爱和战争中："二战"护士英雄与浴火重生的容颜》是一本个人情感充沛，同时观照历史盲区与社会争议话题的书。作者莉兹·博斯基曾是澳大利亚广播公司的资深记者和主播,面对政治和社会话题有着丰富且老到的采访经验。正如她在书中说的,她"曾非常擅长向采访对象抛出难题"。但面对这些老兵和护士,在此次采访计划中,她常常感到语塞。在战争年代,国家利益至上。为了确保战争的胜利,部队医院的护士需要无私地奉献出自己的时间和精力,甚至需要"克服一些困难",以便鼓舞伤员的士气。在关爱与隐忍的缝隙中,维多利亚女王医院的许多护士都做出了自己的牺牲。但随着历史的尘埃渐渐落定,当皱纹爬上她们的额头,是否还有必要执念于历史的黑白?这是一趟回乡之旅,年逾六旬的作者回到阔别已久的英格兰,不免感慨万千。但无论在采访还是叙述过程中,作者凭借着冷静且克制的文笔,尽可能客观地还原了这段历史。也许,倾听、记录与书写本身就是作者想要寻找的答案吧。

战争带来的肉体创伤是本书的另一个重要主题。对这一主题的展开不仅体现了博斯基作为新闻人的客观和专业,也体现出她作为小说家的人道主义情怀。在"小白鼠"的故事中,毁容与面部修复也许是最引人注目也最难展开的部分。报效国家的凌云壮志背后有着难以避免的巨大代价,这包括死亡、毁容、残疾,也包括失落感、心理创伤、自尊的丧失和社会的抛弃。英姿飒爽的空中英雄突然变成社会的弃儿,战争对人的摧残可见一斑。本书中有许多对毁容者面部特征的描写,这包括作者在童年时期对"小白鼠"的印象,但更多的是她在克服了心理恐惧以后,根据当时的医疗记录和照片所作的描述,也包括与老兵面对面的采访记录。在这些描写中,作者用词非常克制,以保证被描述者得到足够的尊重。作者不愿过度渲染战争的残酷,同时又要客观地展现烧伤的严重性。在翻译的过程中,我也尽可能向作者靠拢,力求保持语言的中立。然而我不禁想,在这个残忍的主题上,语言的能力可能真的有限,或许任何的表达都会造成伤害,包括"毁容"二字。倡导"小白鼠"康复治疗的麦克因多尔医师深谙此理。他希望镇上所有的人——护士、医生、居民、大人、小孩——都假装看不见这些人的异常之处,因为只有这样,才能帮助他们克服巨大的心理障碍。这些面部可怖的人曾给幼年的作者留下难以抹去的心理阴影。在全书最后,当作者完成了这趟情感与历史之旅,才终于明白,这些伴随着她成长的梦魇与不安都是战争的烙印。作者能勇敢地面对这样艰难的话题,以执着与坚韧,将这本饱含个人深情与历史思考的书呈现给世人,这是历史当事人的幸运,也是读者之幸。

2016年3月,我的导师谈峥教授询问学生当中是否有人愿意翻译此书。出于对历史的兴趣,我很幸运地接过这项翻译任务。另外,复旦大学的包慧怡博士也给了我很多的鼓励和帮助。翻译此书耗时颇久,但上海社会科学院出版社的唐云松副总编辑对我十分体谅。非常感谢他与该社所有为此书付出辛勤劳动的老师。我也几次与作者博斯基教授通信,请教诸多语言方面的问题,博斯基教授都非常耐心地为我解答,感谢她的信任与回复。感谢我的朋友赵锦璐、邹斯琪抽出时间校对文稿。感谢我的家人、朋友、老师和同学在翻译本书期间给予我的宽容和体谅。最后,再一次感谢谈峥教授、包慧怡博士、唐云松老师和博斯基教授的信任。

刘田
西安
2018 年 4 月 20 日